中国国家留学基金资助（201708330039）

2013年度教育部人文社会科学研究规划基金项目资助"约翰·福尔斯创作心理机制研究"（13YJA752015）

浙江省哲学社会科学规划课题资助"中国古典诗学视域下的约翰·福尔斯作品研究"（12JCWW10YB）

2012年宁波大学刘孔爱菊青年教师出国资金的资助

得克萨斯大学奥斯汀分校蓝瑟姆人文研究中心（Harry Ransom Humanity Research Center At Texas University）2012年提供免费的资料查阅

| 中国当代研学丛书 |

文化

# 创作之谜

## 以约翰·福尔斯及其创作为例

潘家云 | 著

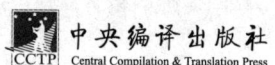

图书在版编目（CIP）数据

创作之谜：以约翰·福尔斯及其创作为例 /潘家云著.
—北京：中央编译出版社，2020.3
ISBN 978-7-5117-3787-8

Ⅰ.①创…
Ⅱ.①潘…
Ⅲ.①英国文学—现代文学—文学研究
Ⅳ.①I561.065

中国版本图书馆 CIP 数据核字（2020）第 013353 号

## 创作之谜：以约翰·福尔斯及其创作为例

出 版 人：葛海彦
责任编辑：杜永明
执行编辑：纪宛伯
责任印制：刘 慧
出版发行：中央编译出版社
地　　址：北京西城区车公庄大街乙 5 号鸿儒大厦 B 座（100044）
电　　话：(010) 52612345（总编室）　　(010) 52612339（编辑室）
　　　　　(010) 52612316（发行部）　　(010) 52612346（馆配部）
传　　真：(010) 66515838
经　　销：全国新华书店
印　　刷：三河市华东印刷有限公司
开　　本：710 毫米×1000 毫米　1/16
字　　数：213 千字
印　　张：15.5
版　　次：2020 年 3 月第 1 版
印　　次：2020 年 3 月第 1 次印刷
定　　价：90.00 元

网　　址：www.cctphome.com　　邮　　箱：cctp@cctphome.com
新浪微博：@中央编译出版社　　微　　信：中央编译出版社（ID: cctphome）
淘宝店铺：中央编译出版社直销店（http://shop108367160.taobao.com）(010) 55626985

本社常年法律顾问：北京市吴栾赵阎律师事务所律师　闫军　梁勤
凡有印装质量问题，本社负责调换，电话：(010) 55626985

# 前　言

　　本书主要循着经典的文学研究模式——世界—作家—作品—读者，以约翰·福尔斯为个案，试图回答下列创作心理方面的问题：何谓创作？为何创作？为什么作家是作家？与文学爱好者有何差别？为什么作家那样创作？为什么他关注那些问题而不是别的问题？作家的身心特质、思想意识和作品特质之间有何关联？作品是揭示普世真理还是个人状态的投射？为什么福尔斯反复看见幻象？人在多大程度上具有自由意志？自由意志是不是环境的产物？评论者为何那样评论？是作家成就了自己还是读者成就了作家？作家作品研究对评论者有何潜移默化的影响？东西方的理论可不可以融合起来评论外国文学？若从中华文化的角度看，福尔斯的作品有何特质？中华文化是否已经暗暗深入了福尔斯的神髓？

　　本书以约翰·福尔斯研究为范例，从手稿研究、存在哲学、心理分析、佛禅心理学等多个角度探索福尔斯创作的内在因果与关联，揭示创作心理的一般规律。具体看，作家把自己的身心状态、个性、情结、文化记忆、矛盾思想、认知局限性等赋予虚拟人物，将其投射到作品之中，且在虚拟空间和虚拟文本中畅享生命写作的乐趣，受众（读者与批评家）受到自己的知情意、独特个性和独特视角等因素影响，与作者并不一定会一一对应,心心相印。事实上,由于福尔斯博学多闻,其作品则晦涩、多义、费解,读者评论常常出乎作家预期,乃至挫伤作家的自尊心。总体上看,福尔斯是一个人类无意识的探索者。人类的心灵如同浩瀚的天空,人类的情结如同夜空中的繁星,数不清,看不清,隐匿在暗沉沉的无意识中,很难为人类的有限觉知力所感知。只有在被特定情境触发后,才如同彗星闯入大气层,绽放出明亮的光彩,被人类的觉知力捕捉到、关注到、充分地描述、淋漓尽致地把玩。这些情结饱含能量,光彩夺目,变化多端,比如我们的理想国情结、家国情结、智慧老人情结、理想女性情结、理想男性情结、灰姑娘情结、归根情结等,林林总总,多如繁星。福尔斯就是这样一个拥有生命哲学、坚定关爱自我的作家。他专注地关注内心的天象,观察、记录、描写、分析、探索自己内心情结的种种变化。他是一个内观情结之星象的人。情结,隐匿于心,如同黑洞,蕴藉着大量能量,展开绽放即成作家与作品。为了写作和认识自我,福尔斯刻意选择低薪、隐居、焦灼、边缘化的生活,从存在主义意义上说,他是心灵意义上的极限运动员,正如梭罗试图通过简朴的湖畔独居挑战生活的极限。"我愿意深深地扎入生活,吮尽生活的骨髓,过得扎实,简单,把一切不属于生活的内容剔除得干净利落,把生活逼到绝处,简单最基本的形式,简单,简单,再简单。"然后,体验、观察、记录、分享。

　　从研究方法上,本书主要采用提问—回答法、因果挖掘法、相关性研究法来发现切入点。粗略地反观自省一下,文学评论的次第大致可以分为几类。第一类,欣赏,每个成功作家都有其过人之处和高于常人的套路。第二类,翻案文章。发现其缺点,或发现流行阐释的谬误处、自我遮蔽处,从独特的视角作一篇翻案文章。文学作品与文学批评,俱需与众不同、独树一帜,才得生机,千篇一律,就是自取其败。翻案文章是逆流而上,就需要逆流而上的勇气、见识和笔力。第三类,深挖隐秘因果与关联。作品乃果，其因甚多。我们更关注客观呈现的作家个人的身心状态、情志意、认知深度与作品的关联，个体作品与所处的历史时代的关联，个人成败与时代风气和地域特征的关联，比如福尔斯的处女作《收藏家》在英国几乎波澜不惊，甚至遭到抵制，在美国却一炮走红，凸显了文学接受的文化和地域特征。作品成败有时并不完全取决于自己，也取决于它所处的时空和文化氛围，其效果则是，深知力有不逮，无须意气难平，做好自己就好。第四类，于无声处听惊雷，于无字处读天书。成功发表的作品构成前景，未发表的东西构成背景。前景只是冰山一角，背景才是那一角下面庞大的支撑，它们貌似缺场，却时时刻刻隐匿而在场。这些无声的背景是：未发表的材料如草稿、手稿、日记、通信等，以及不写的东西。为什么他对理想女性主题日思夜想，念念不忘，而对更宏大、更广阔、更社会苦难、更高层面的他方世界的东西视而不见？他的关注点、忽略点、盲点、能写而不写的地方，更反映着他的深层的东西。比如福尔斯在和妻子伊丽莎白共享日记之后，出言就相对谨慎，不如前期日记畅所欲言，很多想记录的东西因为忌讳就搁置下来了。此时读作品，更在字里行间，在空白处，在无声处，在未道处，在缺场处，在缺失处，在选择性沉默处，在作者都没有意识到的无意识处。一切在场只是使缺场显现，我们尽力使得缺场出场，尽量将隐匿的因果和关联完整地呈现。比如，对日本禅宗的影响，福尔斯在作品中只字未提，难见端倪，但在采访和日记中却着重强调，"不理解禅宗就不理解我"。于是，笔者只好循着这个指示，去阅读了禅宗。

　　第一次接触英国作家约翰·福尔斯，是2002年在上海外国语大学张定铨教授的文学理论课上。张老师要求我们从解构主义和新历史主义的角度去阅读福尔斯的《法国中尉的女人》。其时，我们还正在忙于阅读另一本狄更斯的小说——800多页的《大卫·科波菲尔》。我当时很苦恼，不太适应、也不太喜欢狄更斯那种挠痒痒式的温和幽默，痒痒没挠透，让人很难受。唯一的领悟就是大卫母亲临死前所说的那句用生命代价换来的话："一颗有爱的心比任何学识都重要（a loving heart was better and stronger than wisdom）。"当我读到《法国中尉的女人》的时候，顿感欢欣鼓舞，因为福尔斯的文字的长度、用词、费解度都相当于GRE，可以让我保持GRE的阅读理解能力又用不着做GRE那些枯燥无聊的题目。还有它的精神分析的味道，都很对我的胃口。我用一个月时间读完了《法国中尉的女人》，读完时的直觉就是这部作品从遣词造句和思想深度上可以获诺贝尔奖。但他只获得了诺贝尔文学奖的提名，并未最终获奖，这又成了一个疑问，引发了我的探究心。心理上，我那时已经准备把福尔斯作为博士论文的备选作家之一了。但翻阅文献、反复思虑后，发现竟然无从下笔，能写的角度都被别人写过了，我的每一个感受别人都感受过了，而且感受思辨比我更深刻，我简直无一句新鲜的话可以说说。于是不敢贸然下手，如是等了十年之后，直到 2012 年在得克萨斯大学奥斯汀分校蓝瑟姆人文研究中心（Harry Ransom Humanities Research Center）查阅福尔斯手稿时，才发现，福尔斯痴迷于自己的创作心理，想搞清楚却没搞清楚，想凭写作认识自我却始终难以认识自我，陷入自我发现式的写作快乐中不能自拔，写作成了他自我疗伤、自我救赎的唯一方式。若从创作心理角度深入其无意识，不失为一个极好的角度。于是奋笔疾书，三个月成就一篇论文《萨拉是谁？》。

当时看完《法国中尉的女人》后，兴趣大增，立刻翻看了福尔斯的其他作品。《收藏家》给我一种似曾相识的感觉。我依稀记得，早在 1993 年的一天晚上，同事就给我讲过的一个故事——一个比《巴黎圣母院》里加西莫多更悲情的爱情悲剧：一个中下产阶级子弟克莱格，爱上了一个中上产阶级女孩。他自料一辈子也得不到她，在赢得一笔足球彩票后，把她绑架了。不管女孩怎样发脾气，他都彬彬有礼地对待她，温柔体贴，从不施予暴力。他希望通过强制的共同生活，让女孩了解他，激发女孩的真实的爱情，可是女孩宁愿献出贞操，也不肯献出爱情。两人就这样僵持着，最后女孩因在囚室里患肺炎得不到救治而香消玉殒。这个故事让我百思不得其解：到底什么是爱情？为什么她如此坚拒？这是我在阅读中第一次生起问题意识。我当时的第一个自然反应是爱情的生理属性问题，第二个反应是爱情的经济基础和阶层问题。据《动物世界》栏目说，动物之间的好感是通过闻体味，通过体味寻找和自己免疫功能互补的对象。情有独钟实际上是气味有所独钟，令人心醉神迷的爱情其实早已在基因中注定，是可遇而不可求的事情。如果你不具有互补的免疫力和与之互相匹配的基因、诱人的体味和变数（Hazard，福尔斯深信个人的命运在于变数）的偏爱，则意味着你与美好的爱情无缘。而克莱格不惜铤而走险，苦心孤诣也无法品尝一点点爱情的滋味。人生何其不公平！但人类的爱情显然比动物更复杂、更怪异、更神秘，除了三种爱情物质如多巴胺、苯乙胺和后叶催产素控制着爱情（不知道是这三种化学物质激发了爱情还是爱情刺激了这三种物质的分泌），还有相当复杂的社会因素和思想因素影响着它。也许这位男主人公就是这样一位想通过忠心耿耿的奉献来刺激女孩的多巴胺的分泌，从而最终抱得美人归的人。好一个不向生理规律低头服输的罪犯！于是我很想看看福尔斯怎样处理克莱格的爱情问题。阅读后才发现《收藏家》的写作风格和《法国中尉的女人》的风格大相径庭，文字简朴清新，高中生都能读懂，这显示出一个作家文字的柔韧性。文字的措辞、句子长度、悬念、思想性、心理分析的味道都让人喜欢。但克莱格的爱情让人心生疑惑：如果绑架是爱，控制是爱，嫉妒是爱，那么一切违法犯纪都是爱。这明明不可，为何他又知其不可而为之？难道罪犯的爱更深切？法纪的存在只是为了证明罪犯的爱更炽烈？他是好色还是审美？究竟什么是"爱"？"爱"字的翻译可以是 love / lust / passion/compassion/ attachment / fondness / affection/ craving/covetousness/greed 等。爱的程度、深度大相径庭，究竟是哪一个？为什么米兰达善有恶报，克莱格恶无报应？而且他还会继续绑架作恶、连环杀人，他是否最终会被绳之以法？这些问题。缠绕在一起，让人又开始研究"什么是爱""善恶与报应"问题，从病态心理学入手，又接触到人本主义心理学、情结心理学，沿此路径，又接触到佛学和禅宗。佛学认为，俗世之爱是贪染（craving），是"以妄想丝，自缠缠他"。从病态心理学和存在心理分析角度细细分析之后，才发现第一印象根本不对：克莱格心理病态，他的自卑、防御、虚无主义、恶性自恋让他很难赢得真实的感情。即便她爱他，他也不会相信，他注定生活在无爱的囚笼里，因为他丧失了爱他人的能力，很难体验他爱与被爱了。

以后又阅读了福尔斯的两本至关重要的思想书籍《菁英》（Aristos）、《虫洞》（Wormholes）和埃里希·弗洛姆的人本主义心理分析著作，对福尔斯的精神分析小说和存在主义思想有了更深入的认识，于是就选择了福尔斯的《收藏家》作为我的博士论文。而弗洛姆的《人类破坏性的解析》和《人心》两本人本主义心理分析专著为我提供了解析克莱格和米兰达性格的视角。

窃以为，《收藏家》应该是福尔斯白描艺术上最成功的作品，克莱格那种偏执的"爱情"、对意中人的苦难视而不见的固着（fixation）、不惜毁灭生命的无情的恶性囤积性格（hoarding character），特别是对米兰达病死之前的描写，让人感到如亲见魔鬼现身。魔非真魔，心若邪执，人即是魔。窃以为，克莱格的日记乃是福尔斯全部作品中最"白描入骨"的部分，其他皆有介入过多、故弄玄虚、谈玄说禅、装神弄鬼、白日梦游、好为人师之嫌。《收藏家》不仅极具存在主义极端情景的特征，借"囚禁"的极端环境探讨人生意义和自我超越，同时以一个人独特的心理恶化过程反思整个社会和人性之流弊，心理过程极其复杂隐讳，心理防御机制相当精巧和艺术化，让人难以辨识。其可怕之处在于克莱格从消极自恋慢慢发展出一种恶性的囤积性格、虐待—受虐症、恋死性格,性格结构专注于破坏,并从破坏中找到自己的价值,体现为一种执意解构秩序的邪恶力量(Aristos 中用的是 law 与 disintegrating factor 两词)。他拒绝人性的温暖和关怀,拒绝成长和变化,拒绝向善,出现了一种心理固着(fixation)和固化(fossilization)的倾向。固着于收藏美,固化于以自身价值体现在破坏性大小的邪见之上,这种邪恶封闭的执念让人不寒而栗,所以,笔者必须从形而上的角度讨论恶的自缚自毁,善的感而后动、迫而后应、自解自脱、自我充盈。但纠缠于善恶同样落入了二元论的圈套,其本身没有进入六祖慧能所言的"正邪俱打却,菩提性宛然"的澄明寂照、超越二元对立与分别的妙明真心状态。从更宏大的理论框架看,福尔斯的善恶思辨还是落入了二元论的窠臼,善意虽然可以让米兰达在囚室中获得短暂的精神自由和飞速的成长,却无力让她获得真正的解脱,在病死之前,她那么强烈恋生的呼喊最后只能让读者一声叹息。

尽管很多人认为《法国中尉的女人》是最经典的作品,但笔者认为福尔斯写得最好的小说乃是其处女作《收藏家》,不是整本书,而只是书的前半部分,因为后半部分对米兰达的叙述有些画蛇添足之嫌,尽管它的主要目的是表现一个存在主义者面临绝境应该如何成长。但是,缺陷是文学经典的有机部分,正如雀斑之于美人,给评论家留下了置喙的空间。倘若文学经典如同宗教经典,他方国土,闻所未闻,非我境界,如何评论得?就只能"矮人看戏何曾见,只能随人说短长"了,评论空间被压缩,就只剩下研究与比较了。克莱格自述的部分堪称对虐待狂和破坏狂病态心理的白描,白描入骨,让人阅读时禁不住脊梁骨发出丝丝寒意。2018 年,笔者在剑桥大学访学时发现,只有五六十岁的老一辈英国人还知道福尔斯的名字,青年一代大约都去研究更加现当代的文学了。而且,他们对《收藏家》的直觉反应是恶心、毛骨悚然、看不到希望。窃以为，产生这样的阅读效果应该是因为读者共情（empathy）太多而距离（detachment）太少，卷入（involvement）太多而静观太少，认得太真而游戏心太少。福尔斯在英国遇冷也从一个侧面反映了老派英国人的阅读趣味、个性特征和文化氛围。《收藏家》的内涵实际和《法国中尉的女人》同等丰富，不知为何评论家们都认为《法国中尉的女人》是福尔斯最杰出的作品。正是对克莱格隐匿的逐渐恶化的心理的描写，让笔者接触到了一些心理分析和人格学的知识，对日常生活的洞察和自身反省能力都上了一个台阶，并逐渐走上了文学作品的心理分析的道路。

　　《魔法师》是最难理解的一本书，包含着福尔斯所有作品技巧和思想的萌芽。不破解《魔法师》的写作手法，就很难破解福尔斯其后更加光怪陆离的小说《狂想》（Maggot）、《尾数》（Mantissa）等作品。康奇斯的装神弄鬼、故弄玄虚、来去无踪，朱丽的剧烈的身份、性格的随意切换让人费解。真正地理解《魔法师》，大约是在三年以后读到《国外文学》上弗莉格教授发表的文章说，后现代作品都有一种妄想狂的特征，好像有只空中之眼在窥视它。此文如醍醐灌顶。原来，《魔法师》根本不是现实主义的作品，而是后现代的妄想狂的表现。作品中一切人物和世界都是作者妄想的投射。由此笔者顿悟福尔斯作品中的被窥视妄想，源自这些后现代人物的自恋。于是顺理成章地破解了其作品中的窥视妄想、幻象、人物身份切换的幻象游戏，女性的被动和调情的极其主动（实际为男性欲望的投射）等妄想狂特征。若从现实主义角度去理解即使头皮搔破也不得要领，难怪国外评论家对其恶评如潮。从《魔法师》始，福尔斯已经滑向了后现代。而且，他从处女作《收藏家》开始，就已经包含了这种幻觉和投射的萌芽。这三年，笔者观察文本的理论框架已经从人本主义心理学过渡到了佛教心理学，基本理解了以研究心学为主的禅宗，这才发现，福尔斯的幻觉游戏非常类似佛学的"三界唯心""应知法界性,一切唯心造""心生则万法生""心能造境"等佛学观点,《魔法师》具有很强的禅宗教学法的特征,福尔斯多次在接受采访时无问自说,"不了解禅宗就不能真正地了解我",但由于采访者读不懂禅学,反而打断了福尔斯的思路,在关键处没让福尔斯多说几句,让读者理解与作家的自我理解失之交臂,失去了一个相互印证的好机会。佛法以观察有情众生的一念心的生起、发展、苦乐、生灭、流转、洞察到心灵的真相,对心灵发展的各个步骤、受苦的缘由、心灵的来源与去处,无不一一细述,其描述极尽周详细密。福尔斯在26岁左右通过阿伦·瓦茨(Allan Watts)的《禅之道》(*Way of Zen*)接触禅宗,大加赞叹,但毕竟他生长的环境是神权文化和人权文化博弈的西方文化,和禅道文化有微细的差别,因而,在思想的某些关键的交叉口,他又慢慢折回到西方的人本主义的大路上。所以,《魔法师》中的禅意具有狂禅和病禅的倾向。若用佛法基本原理反观福尔斯的心理分析作品,以前那些令人费解的地方基本迎刃而解,特别是福尔斯作品中表现出了善意与邪见、魔法与没法(没法子继续叙述,只好借助魔法),对这种正邪参半、善恶共现、装神弄鬼的作品自然多了一层更深的理解力。《魔法师》基本是佛法中的幻觉论的艺术再现,利用幻觉、白骨观消灭尼克对女色和自恋的贪爱之心,虽然难以断尽贪爱,但情感挫折有助于尼克理解人生如幻,从而对幻境的贪染也会淡化一些。对于尼克所经历的太虚幻境,其实也不用执着,那都是福尔斯自我调节、自我观察的一种方法。他在静观,我们也只需随同静观,他若写完、放下,我们更应该读完、放下,转向其他。可惜,我把主角的迷茫和问题抱了十几年,现在也到了应该放下的时刻了。

从《菁英》(*Aristos*)看,福尔斯的思想基本是精神分析、存在主义、人本主义、道家思想、中国禅宗的大杂烩,因为福尔斯深受弗洛伊德、荣格、萨特、加缪、老子、禅宗的影响,并且在小说创作中贯彻了这些思想，体系芜杂，思想缠绕，情结深层，很难理清头绪，福尔斯的思想很大程度上是上述思想家的思想的杂糅。真正的大思想家的横空出世，一定伴随着一个全新的视角、一个全新的一以贯之的核心概念全面性地重新审视一切。尽管福尔斯富于创新，但那个一以贯之的关键字始终没有出现。

福尔斯的世界性的声名表明他的作品具有普世性。那作品中普世性的因素何在？窃以为，(1) 质疑。《哈佛幸福课》的主讲人泰勒·本-沙哈尔（Tal Ben-Shahar）说，每一个问题都是一种求索（Quest），问题的质量决定你求索的质量。福尔斯更进一步，"每一个答案都是一种死亡"（"An answer is always a form of death."），所以，他在小说中从来没有答案，只有无尽的开放性，这使得众多读者去探究，探究使得话语增值，这是他作品的成功因素之一。(2) 我是谁？福尔斯致力于认识自我（self-knowledge）——"我是谁"——这个永恒的问题就决定了他思想探索的普世性和深透性。这个深奥的问题如同高不可测的明月："一月普现一切水，一切水月一月摄。"（永嘉禅师）一个问题"我是谁"，激发了全人类的共鸣。(3) 福尔斯第二个激发普世共鸣的主体是爱情，深入研究"她是谁？"通过洞穿女性身心奥秘，自己深度卷入，来洞穿自己的灵魂，在爱情中学习，爱情是最深入的学习。(4) 福尔斯触及的第三个大众心理基石是"探秘（Mystery）"，他评价女性，以其是否具有神秘性而论高下，以此激发自己的探求心。他的文本也是按照探秘的方式去写作，具有侦探小说的特质。如此结合，使得福尔斯的作品具有哲学、美学、自我研究、爱情、探秘等多个主题，也就奠定了他成功的社会基础。

本书采用论文的方式撰写，有如下原因：(1) 福尔斯的思想芜杂、自相矛盾，主意不定，如果笼统勉强地将本书收束于一个核心关键字之下，最后文章内容会含糊不清、自相矛盾。福尔斯在接受采访时抓住了评论中的两难，反驳《二十世纪文学》主编贝克道："你不是刚刚说过我是传统主义者，怎么又说我是解构主义者？"面面俱到，定会自相矛盾，这就是专著的两难。所以，只能一个观念一个观念地剖析，把它们的来龙去脉、创作影响分门别类地辨析，这样做问题意识更强，论述更清晰。（2）本书的前期研究绝大部分以论文形式呈现，已经积累了一些前期基础，如果非要改成教材一样的专著形式，实际上破坏了问题意识及后期论证。（3）语言学教授熊学亮先生在一次讲座中戏谑道，读专著时的遗忘速度比阅读的速度更快，还没有读完就已经忘光了。读专著犹如到操场散步，随便何处皆可入场，读论文则如钻牛角尖，必须从问题的洞口开始，问题意识使得思辨线路更清晰，有章可循，有路径可依赖。有鉴于此，必须以摘要来归纳大意、以问题意识来纲举目张，引导、方便读者阅读。读论文如禅宗的参话头，始终把那个重大问题"我是谁"搁在心里，让人欲要分心时提起专注力，继续专注于问题而不是分心散心、妄念纵横，这样年深日久，神经联系会自然接通，答案会突然显现，参究者会以自然流露的语言，说出自己的理解，那时不再是引经据典，而是本心流露。（4）因为是论述式，引文偶有重复乃正常现象，一因水平有限，二因观点至今未变。错谬在所难免，期望方家斧正并海涵。

Contents

# 目 录

## 第一章 创作论 ········································································ 1
- 第一节 创作与自由意志 ···················································· 1
- 第二节 福尔斯创作的认知特征 ········································ 8
- 第三节 福尔斯作品的意象对话 ······································ 18

## 第二章 作家论 ······································································ 30
- 第一节 约翰·福尔斯其人其文其心 ······························ 30
- 第二节 福尔斯的心理图式 ·············································· 50
- 第三节 福尔斯的勇气 ······················································ 63
- 第四节 存在的困境与突破 ·············································· 76
- 第五节 可疑的自由：福尔斯小说中的极端自由观批判 ······ 87

## 第三章 作品论 ···································································· 100
- 第一节 福尔斯作品中的妄想狂特征及评析 ················ 100
- 第二节 爱欲论视角下《收藏家》中人物的人格结构分析 ······ 114
- 第三节 《收藏家》中克莱格的伪理性剖析 ················ 124
- 第四节 再论《法国中尉的女人》中的萨拉是谁？ ···· 138

第五节 《菁英》概念辨析与其吊诡的法西斯倾向 …………… 157
第六节 论《菁英》中约翰·福尔斯对中国佛道哲学的误读和
　　　　误用 ……………………………………………………… 171
第七节 论福尔斯对禅宗的认同、吸收与偏离 ………………… 182

## 第四章　读者接受 ………………………………………………… **196**
第一节 论对文学批评的批评 …………………………………… 196
第二节 约翰·福尔斯的遗产：我的读者反应 ………………… 208

## 参考文献 …………………………………………………………… **217**

## 后　记 ……………………………………………………………… **226**

# 第一章

# 创作论

## 第一节 创作与自由意志

### 一、何谓创作？

何谓创作（creat）？狭义地讲，指个体根据一定的目的，运用已知信息，产生某种新颖独特有社会价值的产品，如文学、艺术、音乐、绘画等艺术门类的作品产出。这个定义的问题较多：(1)"根据一定的目的"是否意味着目的先行、理性先行、实用主义？它否认了艺术的自然流露的特性、不为什么的无目的的目的性。(2)"产出有社会价值的产品"，如果个体劳动没有交换出去变成社会劳动，难道它就不叫创作？自娱自乐就不叫创作？让我们暂且抛弃上述创作论，换一个角度再看创作活动。广义地讲，创作是一个使无形显形，使抽象具体化，使无形无相变得有形有相，使隐匿的事物被感知被看见的过程。人的主体意志究竟在创作中起到一个什么样的作用？是创造了这些事物，还是使本来存在的事物的关系显现了出来？如果创作家不创作，不将其呈现在他者意识中，那些素材就消失了吗？就不存在了吗？因此，创作家究竟是在创造，还是只是显示事物内在关系的工具？创作究竟是主体性的，还是工具性的？还是催化剂式的？这是一个理论难点。萨特认为，创作家是工具性的,使得人和事物之间的关系显示出来,正如萨特在《为何写作》中所言:"人是一个手段,通过人,事物才显示出来。由于我们在世界的存在,才使得各种关系变得复杂起来。是我们,使这株树与那一小块天产生了联系。由于我们,那颗死了一千年的星,那一弯新月,那一条黑色的河流,才在浑然一体的景色中显现出来。……我们除了确定自己是'展示者'之外,还确认了我们对被展示物来说是非本质的。"① 创作家可如催化剂 (T. S. Eliot),使得各种综合材料发生质的变化;创作家亦可如蜜蜂,使得花粉变成蜂蜜。创作是一个神奇的现象,值得我们深研。当然,作家深入研究自己的深层创作心理,使得自己与自己、自己与他者之间的关系更加清晰地呈现出来,也是变相地认识自己和他者的机会。

从文学的角度看②,《圣经·创世纪》中上帝创造世界的叙述③最能暗喻

---

① [法]萨特著,[美]韦德·巴斯金编:《萨特论艺术》,欧阳友权、冯黎明译,广西师范大学出版社 2002 年版,第 130 页。

② 孙灯勇、郭永玉:《是疯子还是天才:精神质与创造力关系探讨》,载《华中师范大学学报(人文社会科学版)》,2008 年第 6 期,第 136 页。何谓创造或创作(create)?创作有何特征?从认知心理学角度研究创作力的文章早已汗牛充栋,恕不赘述。思虑再三,笔者还是退守文学评论方向为佳。跨学科的目的不是跨到其他学科,而是为了更好地站稳本学科。认知心理学的成果可以为我所用,隐匿地在场,却不能冲淡文学研究的主体。目前关于创造力的定义多达 60 多种,孙灯勇、郭永玉等的文章非常系统地介绍了创造力方面的研究:个体的创造性成就主要取决于以下三个方面:(1)认知能力,包括智力、获得的知识、特殊才能等;(2)人格特质,包括独创性、坚持性、不顺从性、精神质和动机等;(3)外部的环境变量,包括政治宗教因素、社会经济条件、教育条件等。阿马比尔(Amabile)的研究表明,创造力是个性特征、认知能力和社会环境相互作用的结果。斯特恩伯格(Sternberg)和鲁巴特(Lubart)在其创造力的投资理论中提出,创造力是六种因素——智力、知识、思维风格、人格、动机和环境相互作用的结果。费斯特(Feist)认为,仅掌握某领域知识和技能的个体与那些高创造力个体相比,存在许多人格特征方面的差异。如高创造力的个体好奇心更强、灵活、独立、开放,兴趣更广泛,更具有冒险精神,不墨守成规等。

③ John Folwes, *The French Lieutenant's Woman*, New York: Little Brown & Company, 1969, p. 81. 福尔斯认为,"小说家仅次于上帝",小说家也是"神(god)",像上帝一样创造出一个虚拟的世界,给予虚拟的苍生以生命,所以,小说家可以叫作小说家上帝(novelist-god)。

化地完整体现创作的诸多特点：

> 起初，神创造天地。地是空虚混沌。渊面黑暗。神的灵运行在水面上。神说，要有光，就有了光。神看光是好的，就把光暗分开了。神称光为昼，称暗为夜。有晚上，有早晨，这就是头一日。

从这段叙事里，我们看到，创造的前提条件是：（1）主体性。首先有一个创作主体，他具有真正自由的自由意志。（2）创作冲动或创作的意愿。从何而来（下文详述）。（3）创造的能力。（4）评价标准与观念。创作者有关于"好的"的观念，且自认为达到自己的观念体系、评价体系和能力范围的最佳状态。（5）命名——符号化的过程。（6）投影——被造物或产品的特性。被造物的特性体现了造物主的意愿或意志的投影。上帝按照自己的样子，也就是说，文本中的人物都是创造者自身某个特点的替身（alter ego），有创作的形象和某种特征，即一切造物都是造物主的投影。因此，创作家福尔斯说，"一切言说，都是隐匿的自传"，异曲同工。正如弗洛伊德在《创作家与白日梦》中所言，创作家会想方设法在作品中隐秘的地方打上自己名字的印记。一个非常有趣的例证是在 IBM 工作的胡万进先生把自己的名字嵌入了自己所造字符之中："新建一个 Word 文档，输入一个'胡'字（隶书或幼圆），将其变为空心字并加以放大，空心处就会出现'胡万进印'四个字。……除了'胡'字之外，还有其他一些生僻字，如溠、恶、讫、哟、冈、壳、砼、钵、错、镁、翟、卯、曰等，其数量之多，让人觉得胡万进的做法确实有点过分。"专家的解释是，"古代的茶壶工匠就喜欢在献给皇上的茶壶最隐秘处（一般在壶嘴里面）刻上自己的名字，虽然被发现是要杀头的，但是仍有很多工匠乐此不疲"，"这是一种文化专利的象征"。① 从创作心理角度看，这是一种自恋自爱，且延伸到爱自己的造物到了不遗余力、不

---

① 唐海威：《Word 空心字暗藏"胡万进印"》，http：//ent.sina.com.cn/2004-08-22/0558480562.html（访问时间：2004 年 8 月 22 日）。

惜生命也要将它打上自己印记的地步。爱上被造物，不仅仅是人之常情，还是神之常情。其次，创造之后，被造物一定处于某种特定的时空之中，且受制于这个时空，这就类似虚拟作品中的场景决定了人物或被造物不能超越自己的时空。简言之，一个具有完全主体性、自由意志的存在物按照自己对美与真的设想，创造出一个完全符合自己意志的另一个存在物，并且对自己的造物感到满意（good），随后对其进行逐一命名，使其符号化，这个过程就是创造或创作。在理想状态下，创作是主体意志自主自由地体现自己的意志。无论能力高低，都是一种创作。人在创作的时候会反向地感受到：主体性建立、自由意志展开、理念具体化为丰满的现实、自我满足感。或者，反向推论一下，当一个作者开始创造的时候，他会体验到主体性、自由意志、效能感（efficacy）等。或者，没有自身的主体性，没有自由意志，没有构想，没有理念，没有能力，都是无法完成真正意义上的创造的。没有自由意志，就不能算是真正意义的创造，或有多大的自由意志，就有多大的真正意义的创作和创造。否则，他的作品早已被一个更强大的意志所创造了，他只是一个工具，使得更高远强大的意志通过他而外现了。

这个定义可能马上就会引发争议：在部分丧失主体意志的情况下（即部分控制的状态下），个体是否还能创造或创作？难道没有上述特点就不能创作？奴隶、被控制的人没有自己的主体性，没有自由意志，不是照样还能创造性地解决奴隶主命令的问题吗？首先，从大的方面讲，奴隶的创造不是创造，而是被创造。奴隶所做的一切都是被奴隶主的意志创造出来的，奴隶只是奴隶主创造的工具而已，奴隶虽有创造的能力，但他并没有开始自由自在地创造，这点必须说明。其次，一个个体的自我意志生成之后，不管这自我如何微小，如何无能，他的主体性、自由意志总是存在的，他依然是个备受局限的极不自由的创作家。再次，创造的最高标准和最后结果是自己对自己满意，如同上帝觉得那一切都是好的。如果一定要让他者认可，那就是一种主权旁落，一种异化，有创造之形，而无创造之实了。因此，创作家从本质上是为了让自己满意,不是为了某种异己的力量的认可和满意。

创作,可以说就是人模仿上帝创世的行为。如果退回中世纪,一个人宣称自己创作了一个作品,很可能会遭到宗教的审判,因为他亵渎了上帝(blasphemy)。但本书所研究的,不是从宗教角度看创作,而是从深层心理的角度来重新审视创作。

## 二、为何创作?

创作是个神奇的事情,是什么在驱动作家不由自主、废寝忘食地写作?创作背后的驱动力究竟是什么?创作过程的外在表现为"一股强烈的、不可遏制的创作冲动,一种自然喷涌的、不为作家主观随意性所左右的定式和趋向"。从此表象,鲁枢元先生发出了自己的疑问:"这一创作过程中的'心理流',是全靠作家的理论的、智力的思维来拨动的呢?还是出于作家生物性的盲目冲动呢?……它只能是作家统一的、整体的心理情景的自然流露、自由展开。……是'知、情、理、意'合而为一的心理流的自身运动。"① 鲁枢元先生是不太认可有股外在于己的力量把控了作家的说法的。他认为,创作过程中的精灵只不过是"作家那种潜在的心理定式",这种心理定式对于客观存在的社会生活所提供的信息,起着一种主动的探测、储存、加工、控制、检索、定向的作用,是社会生活信息转换为艺术字诀的一个必不可缺的环节。② 为何创作?为何不由自主?随着人类认识的深入,将会有林林总总、因人而异的答案,它是个永远开放的命题。是被外在的力量裹挟,还是被内在的力量裹挟?究竟这种力量来自心内还是心外?

但是,有时候,创作冲动如此之强烈,以至于连作者本人都怀疑其来自神灵、异己的力量。在文学创作上,个体是很有可能丧失自己的主体意志的,这里有两种情况:(1)主体意志被外在于己的更强大的意志所把控,个

---

① 鲁枢元:《创作心理研究》,作家文艺出版社2015年版,第14页。
② 鲁枢元:《创作心理研究》,作家文艺出版社2015年版,第64页。

体成了外在于己的意志的工具（agent）；（2）内在于己的强大力量把控了自我（ego）（比如强大伊德力量、超我力量或无意识把控了自我），使得自我身不由己。这个外在于自己的力量究竟来自神灵，还是最终也是来自自己，来自暂时还没有被发现、被触发的深层心理？

为方便故，笔者可以粗略地将其分为两种学说：身外说和身内说。身外说认为，创造力是源自身外的神秘力量。有的认为部分源于身外，古希腊、古罗马的人们认为灵感来自身外的神秘守护神（genius），他帮助创造家完成作品。艺术家的职责好似听写者，或信使，或如管道，灵感呼啸穿越身体而过。有的人认为灵感全部来自身外，神秘灵感的源头如叔本华认为的"种族之灵"，"人在恋爱的时候，往往呈现滑稽的或悲剧的现象，那是因为当事者已被种族之灵所占领、所支配，改变了他原来的面目了，所以他的行动和个性完全不一致"。① 种族之灵附体在诗人身上，迫使恋人们去追求和表达。荣格认为那股神秘的创造力源于创作者无意识的深处。每当创造力占据优势，他的精神就受无意识的统治和影响，而有意识的自我会成为一个旁观者，旁观这一心理现象的发生。创作更像是一种注定的命运，决定了作家的精神走向。所以说不是歌德创造《浮士德》，而是《浮士德》创造了歌德。② 再者，因为诗人天生具有极好的消极感受力（negative capability），且主观上又可能主张"逃避个性"（escape of individuality by T. S. Eliot），所以，诗人就像道的媒介和神灵的传声筒、中介体，能够明白晓畅地、完整地传达身外之灵的见解。因此，诗人就像一根不带主观意志的水管，詹姆斯·瑟伯（James Thurber）在采访中说，"他一闭上眼睛，他就会听见祖先的声音，写作时，还会看见天使一样的人物在笔上跳舞。他们并不总是春风和煦的。他

---

① ［德］叔本华：《爱与生的苦恼》，陈晓南译，中国和平出版社1986年版，第8页。
② ［瑞士］卡尔·古斯塔夫·荣格：《心理学与文学》，冯川、苏克译，译林出版社2011年版，第142—143页。

感到自己和某种形而上的录音机处在不断的交流中"①。身外说是否科学可暂时搁置不议，但它流行两千年自有其合理性。当代作家伊丽莎白·吉尔伯特（Elizabeth Gilbert）在创作实践中发现此说有一个神奇的妙用：它可以保护艺术家免于焦虑，作品成功时，不居功自傲，自以为神；失败时，不过度自我责备，自暴自弃；灵感枯竭时，能继续坚持创作，等待神秘合作者出场。身外神灵说不失为一种有效的艺术家的心灵保护机制，值得广泛弘扬。②

自文艺复兴，理性的人本主义兴起，人们就倾向于认为艺术灵感来自于自身的努力，人变成了宇宙的主宰和一切事物的始作俑者。只要自己努力，一切皆可成就。这种完全依靠自力的创作说是柄双刃剑，在成功时让人自大，在失意时让人自毙。

福尔斯在《当文思之痒生起时》中讲述被这种创作冲动裹挟时，迫不得已，不得不写。但是，他的创作冲动并非来自身外神力的裹挟，而是自身痴迷所蕴藉的力量。他的基本观点：什么是创作？不计算得失，不计成本，不计算投入与产出，完全出于生命内在的需要，需要抒泄，需要自足，需要自主地梳理，需要自我发现、自我认知、自我调适，写作就如吃喝拉撒一般自然而然，不写不行，如此状态，方能叫创作。③ 我们不能试图去做作家，而是只能让不得已的人去做作家，让不得不写的人去写作。作家不全是后天努力的结果，而是迫不得已顺应天性、顺应内心号召的行为。

---

① James Thurber, "An Interview", Ed. R. V. Cassill, Richard Bausch, *The Norton Anthology of Short Fiction* sixth edition, New York: W. W. Norton & Company, 2000, p.1716.
② ［美］伊丽莎白·吉尔伯特：《创作力的培育》，https://v.qq.com/x/page/k0104qpip9z.html（访问时间：2012年9月20日）。
③ HRC, Fowles: 35.12. John Fowles, "When bugs bite", *The Times*, Saturday October 12, 1985. 此记录收藏于得克萨斯大学奥斯汀分校蓝瑟姆人文研究中心（Harry Ransom Humanities Research Center）福尔斯创立的手稿第35盒第12文件夹，以后按HRC习惯记录成（HRC, Fowles: 35.12），只有内在逻辑清晰的资料才有后续页码，以后注释沿用此格式。

## 第二节　福尔斯创作的认知特征

### 一、记忆术与创作术

作家如何创作？他的黑匣子里究竟发生了什么？记忆术也许会给我们带来一点启迪。美国的科学记者乔西瓦·富尔（Joshua Foer）在 TEDx 的一个演讲《每个人都能掌握的记忆技巧》①中讲述他去采访一场"美国记忆大赛"记忆术比赛，除了看到木然呆坐的人，没有任何迹象可以观察，他观察不到这些人头脑里发生的复杂变化（这和作家们的木然呆坐外在类似）。为了报道记忆大赛，他于是转变身份，练习记忆术，他被记忆术吸引，兴趣勃发，两年后作为一个选手去参与记忆术比赛，居然拿到了冠军。他发现，记忆能力本身居然和大脑的能力本身并不大相关，而是和一个人的创作力、想象力、意义体系相关。一个记忆术的重要原则——Baker/Baker Concept（贝克/面包师法则）主要包括以下五点。

（1）具象化。即把无意义的人名 Baker 转化为意义重大色声香味触具足的面包师傅，概念必须在声香味触上尽量刺激感官，概念越鲜活（vivid）、越具有个人化意义（personal），越容易记住（这和小说的人物塑造类似，形象越鲜明、越和读者类似，越容易被读者接纳，而抽象概念则难以记住）。

（2）空间与导航。脑成像发现：记忆冠军们更多地激活了大脑中关于空间记忆和导航的部分（即他在脑海里经历了一次有趣的旅程）。你必须将影像（images）置于某种场景中，来整合你以前的记忆素材，并演绎对你有重大意义的故事。记忆者尽量创造（create）出一个适合自己的最佳记忆套路，

---

① ［美］乔舒亚·福尔：《每个人都能掌握的记忆技巧》，http://open.163.com/movie/2012/1/F/7/M8SI72TUD_M8SI78DF7.html（访问时间：2015 年 12 月 10 日）。

或一种自己才能熟练运用的记忆想象大厦（create a memory palace, an imagined edifice），让里面充满各种稀奇古怪的形象，"越疯狂、越古怪、越怪异、越搞笑、越乱七八糟、越臭不可闻，你越容易记住这些形象"（这也和创作类似：要使得形象的色声香味触偏离常规（deviation）、最大限度地刺激感官和神经，方能让读者记住，否则就落入所谓的窠臼和读者预期之中，引不起反响。但这一点走向极端，就是魔幻作品，丧失了现实主义精神，毕竟人类总是有体能的限度。文学创作也在不断突破常规和传统的界限，它们在形象和叙事创新的意图上是类似的）。

（3）记忆宫殿类似小说中的场景（setting），也类似福克纳虚构的"约克纳帕塔法县（Yoknapatawpha）"，然后一家一户地写过去，"家乡那块邮票般小小的地方倒也值得一写，只怕一辈子也写不完"，无独有偶，福尔斯从阿兰-福尼尔（Alain-Fournier）的《失去的国度》（*Lost Domaine*）的小说中也学会了创造一个 lost domaine（封闭场域、太虚幻境），如法炮制，然后自己去填充它。

（4）联想与发现意义。真正容易记住的联系是自己切身体会过的关联，和自己越相关，越是一种有意义的联想，越能记住它（此处，以往的记忆再加上虚构与想象，使得记忆术类似创作术了）。记忆术的精髓乃是创造（creating），它就是一个创造力、想象力的锻炼，一种深入转向自己、转向内心，深入体验自己的意义体系的生活。记忆术是深度觉察、深度加工、深度想象、自由创造、主动构想、深度的意义联系。事实上，这是大脑的特性，和自己不相关、无意义的事情是很难记住的，被记住的内容都具有一定的私人意义。在某种程度上，记忆和创作都是前期经历的重新整合。本质上，记忆力强弱并不是大脑的能力强弱，而是个人的意愿强弱、影像的色声香味触的鲜活度的刺激强弱、个人意义感的强弱。魂牵梦萦的事情折射出你是一个什么样的人。记忆是高度个人化的现象，你的人生就是你的记忆。你想记住什么，什么就是你，你就是你想记住的事物。同理，创作小说之所以是一件高度个人化的事情，因为创作家精力有限，受限于自身所处的时空，且只愿意去深入观察、想象对自己意义重大的心灵事件。于是可以顺理成章地推论出：写小说是个人的事情，也是高度个人化的事情，写好了就好了，别人觉得它好不好，已经退居其次了，除非他觉得迎合他人的意志也是很重要的事情。但是，这里立刻出现一个自由意志的悖论：迎合他人的意志，就得屈就自己的意志，此时的创作还有多少真实可信的成分，就得大打折扣了。自由意志有多少迎合屈就，真实可信就应该打多少折扣。

（5）记忆的前期条件是高度专注（attention），深度卷入（deep engagement），方能记忆。分心（distraction）是记忆术的最大敌人（正如分心是最为败兴的事情，文学史上不乏灵感被突发事件赶走的案例，诸如"满城风雨近重阳"）。专注的艺术功能就是接通和感应，获得一体感，消除二元对立、自他对立的隔膜状态。福尔斯可以算是个非常严重的心智游弋的人，他说，"即使在面对老朋友，或者我本应全神贯注的人，比如采访者，我都很少全身心地在场（fully present）……只有在我写作的时候，我才感到全身心地在场"①。创作使他从二元对立的世界中解脱出来，也使他从时光流逝的焦虑中解脱出来，忘记了时间。小说"有一种把人从时光中解脱出来的能力"，"剧作家的对话艺术使得永恒成为当下（eternal present）"，"我深信，这种对永恒（timelessness）的追求，对于当下即是永恒的追求，深藏于母亲与幼儿不受时间影响的关系之中（time-free relationship）"②。所以，福尔斯自认为，他写作的目的之一，就是要回到一岁之前，要回到那种无时间感的状态。窃以为，如此耸人听闻的观点不能照直理解，它只是一个暗喻，人不可能回到一岁以前，但可以体验一岁以前的那种感而遂通、物我两忘、自他两忘的心理状态，它的前提是需高度专注，身心完全在场，连通自我和他者，

---

① H. W. Fawkner, *The Timescapes of John Fowles*, London: Associated University Presses, 1984, p. 13.

② H. W. Fawkner, *The Timescapes of John Fowles*, London: Associated University Presses, 1984, p. 12.

使得自我和对象完全同一，消除自他对立感、隔离感，消泯时间感，即可从当下直达永恒。这非常类似《华严经》偈语："一念无量劫，无量劫一念。"

再次总结一下，借助记忆术再来看创作，就容易理解作家的创作机制了。同理，（1）创作是高度专注、深度卷入，深度体验，深入想象，积极构想、联想记忆，发现意义、发现自我、自他感通等积极正向的心理活动。（2）创作和写作天赋本身也许并无正相关关系。创作能力更在于个人的创作意愿强弱、影像的色声香味触的鲜活度的刺激强弱、创作带来的个人意义感的强弱、意义发现的深浅度等。作家魂牵梦萦的密结折射出作家是一个什么样的人。（3）创作就是深入地发现自己的意义体系。人们不会去记忆、创造、想象没有意义的事情，人们记忆、创造、想象、深度卷入和体验，都是因为它对自己有私人化的意义。福尔斯说，写作就是发现自我。越写作，越有自我发现的惊喜。在深层心理上，创作是深入体验和发现隐匿的自我。因此，作家不是疯癫和病态的典型，而是活得很深的人，是深入体察深层隐匿自我的人，是深入挖掘自己意义体系的人，是深入体验人类社会种种关系在个体心灵上造成的震荡和反响的人。创作是深度体验、深度卷入、深入加工，是意义的再发现和事物关系的重新调整，是自我对自己选择关注的事件进行回忆、审视、建构、再发现、调整和超越。（4）写作中最重要的事情是——意义。什么是当事人的当务之急，在当下最具有意义，最令人魂牵梦萦，这个事情不解决，心灵就会梗阻于此。发现作家在写那个作品时的当务之急，才能理解他那个特定时刻为什么非写不可，且一定要写那样的作品，因为那个作品在那个特定时空点上最能解决他的身心之急，不得不做，若做其他便是"不务正业"，他人的急需并不是他的急需。由此推知：首先，批评家不能过度地在作品中寻找永恒意义、普遍意义，而必须回到作家的身心状态的现场和作品人物的历史现场，去剖析他们的当务之急，方能理解作者与作品在彼时彼地的意义，而不能放之四海皆准。因为当下的时空条件已经变化，文学作品的意义不能做简单的重复和迁移。其次，我们无法得知是否存在所谓的永恒、普遍的意义,只有追求意义的心理是永恒的、普遍的,具体到特定情境和特定个体,人生意义就实实在在地、以他认为有意义的主观方式存在着。比如,对饥渴的人来说,饮食喝水便是意义,如果过不了这一关,以后天大的意义也无法展开。因此,意义是特定时空内的、特定个体的、主观的、实存的、相对的、暂时的、当下的、方便法的、生成的(becoming)、关系的(relational),在互动中产生,在丧失互动中消泯,在不同场域中体现出不同的意义形态,即再域化(recontextualized),去追寻普遍、永恒、不变、静止的意义反而会落不到实处,且处处落空,或处处出错。我们应回到现场去审视当时意义的生成体系,或以流变的心去谈论流变的意义,这样才能恰到好处。若这道个体之坎(认知之坎、情感之坎,等等)翻不过去,后续机缘就无法展现,因此,克服当下之急就是生命的意义,人生意义在于不断地克服当务之急、当下局限,进入下一阶段。当务之急使人集中心力,排除干扰、攻坚克难,在专注中完成挑战,根本没有时间、也无须过多去追问永恒与普遍意义。

　　再审视一下记忆术、创作对记忆利用的区别,首先,记忆术毕竟只是一种术,它利用了过往的记忆来提高"术"的效能。记忆术的特点是主动、人为、夸张、人工、非现实。但创作却不一样,创作饱含作者的个人情感、理解,它饱含生命层面的真实,只不过用隐喻、暗指的方式来表达。它有内在的逻辑关系,超现实、无逻辑的事件不能出现在作品中。其次,时间轴也是创作中重要的因素,而记忆术则淡化了时间的重要作用。作家的记忆,很可能是一个团体、一个民族的集体记忆的范本,具有人类学、社会学层面上的多重深意,有待不同学科的专家去揭示,这和记忆术利用记忆的方法有本质的区别。

## 二、福尔斯创作的认知特征

　　具体到英国作家约翰·福尔斯(John Fowles,1926—2005),他的创作具有高度专注、深度卷入的特征。福尔斯关注女性一个很重要的原因，就是要洞穿女性的身心之美。全神贯注地凝视想象中的女神（Houri），慢慢洞穿她的身心之谜、美之谜，对他来说是非常快乐的事情。这个洞穿任务可以解决他内心问题和注意力无处安放的问题。福尔斯面临的问题是什么？从十三岁起，他就开始感到寂寞、孤独、没有异性朋友，于是开始想象和女孩互动来满足内心的情感诉求，并达到了自足（self-sufficiency）。在这样的白日梦似的创作中，他体验到一种迷狂、专注，促进了多巴胺的分泌，获得了一种快乐。他通过洞穿女性身心奥秘，自己深度卷入，来洞穿自己的灵魂，在爱情中学习，爱情是最深入的学习。

深度卷入还有一个心理功能：双向洞穿（interpenetration）——洞穿他者也会被他者洞穿。任何艰巨的任务，在你攻克它的同时，它也攻克了你；在你洞穿它的一切时，它也洞穿了你的一切，甚至耗费了你的生命，这就是攻坚克难的双向洞穿的效果。只有困难让人坚韧，也只有坚韧才能克服困难。你很难知道是困难塑造了你，还是你克服了困难。烦恼和菩提就这么不知不觉地融为一体，挑战你，改变你，塑造你，成就你，让你垂头丧气又无怨无悔。

福尔斯不关心发表。写作本身就是乐趣，后期的工作更多是麻烦和分心。只有再从多巴胺分泌这个角度，才好解释为什么创作家并不关心发表、评论、荣誉，等等，那些反而让他感到深受其苦，倍感打扰。在写作过程中，心理诉求在大脑里已经完成，多巴胺分泌已经达到了顶峰，情绪颇感满足，再去担心出版、修改、合同、评价、电影改编、诟病带来的心理损伤等后续问题，不仅不会刺激多巴胺的分泌，反而让他受到困扰。因此，写作的快乐就是写作过程本身，其他都是多余的打扰。科学家汉斯发现，在创作家体内，发现"高于常态的多巴胺水平和低于常态的血清素水平（血清素水平低，抑制程度低，有利于作家跨学科思考问题）"。而且，科学研究发现：创作家表现出"离群索居、没有人性的温暖、内向、自闭……积极点看，表现出性格强健、百折不回、独立不群。……精神病念头与创新性念头还是有显著差别：特别是在智力、强烈动机、自我力量等方面。……内向而大胆"①。这些科学判定，和后文所述的福尔斯的个性研究高度吻合。福尔斯认为做作家是生理性的（biological），的确有其道理。因此，创作辛劳且经济效益较低，但的确也是"爱挑担子不嫌累（a labor of love）"。

与记忆术相比，创作也许更能促进多巴胺的分泌，提高快乐感。记忆术还有苦心孤诣生编硬造的成分，但创作却不同，前期累计的情结细节被触发时，如波涛汹涌，喷薄而出，让人不吐不快，让人如痴如醉。倾泻的快乐远远大于生编硬造的快乐，因此，福尔斯说，写作如同吃饭性爱，是自然的生理过程而非人工过程。② 福尔斯大约用了一个月就写完了《收藏家》，立刻感到这将是他的成功之作。此外，福尔斯的创作，带有和天女（Houri）初恋的特征③。它还带有不断深入（penetration），揭秘女性之谜、创作之谜、自我之谜的解密特征，极大地满足了自己的好奇心，也极大地刺激着多巴胺的分泌。单纯的概念思辨是艰苦卓绝的认知工作，耗费大量的脑力，达不到这样的快乐水平。

但是，福尔斯还是经常感到抑郁，乃至偶尔"savagely depressed（抑郁得惨烈）"，这说明他的多巴胺分泌水平很低，问题出在哪里呢？窃以为，他的策略出现了问题。他的前两个策略都很容易导致快乐：与天女恋爱，解剖神秘。但是，他设立的目标太宏大、太高远，试图通过文学直达永恒和不朽，这样的宏大目标抑制了每天小小成功带来的自我奖励，以至于每天的小成功都变成了微不足道的尘埃，不足以构成奖励和刺激，刺激多巴胺的产

---

① J. P. Rushton, "(Im) pure genius—Psychoticism, Intelligence, and Creativity", Helmuth Nyborg (ed), *The Scientific Study of Human Nature: Tribute to Hans J. Eysenck at Eighty*, New York: Elsevier Science Ltd, 1997, pp. 404–414.
② John Fowles, *Wormholes*, London: Vintage, 1999, XII.
③ 潘家云：《再论萨拉是谁？约翰·福尔斯的创造力剖析》，载《外国文学评论》，2014年第2期，第191页。

生。高远目标带来强劲的创作动力，但他忽略利用小目标来训练大脑自我奖励、自得其乐，这大约是他快乐策略中的重大失误。

另外，他无法长时间地专注。虽然隐逸避世，他每天感觉很多东西要读要写，很多半成品同时开头，写到一半的小说需要收尾，于是他陷入多任务执行（multi-tasking），执行多任务让他无法专注，自我打扰，从而产生极大的心理压力，这也许也是他快乐急剧减少的原因之一。

### 三、卷入深度记忆，追寻真实自我

福尔斯创作，带有深入体验自我的特征。"我的工作就是讲好我的故事，完完全全我的故事，利用我的记忆，写一本完完全全的诗意的自传，去创造一个世界，激发人们的记忆——使我成为我的那些最深层的记忆。"①因此，福尔斯的创作是非常个人化的写作，他深入追寻过往记忆，反思重构，并发现那些我之为我的东西。他说"一切言说，皆是隐匿的自传（All statements are concealed autobiography）"②，都是深层记忆的外现和变体。若欲从中找出一些普世经验，则略显牵强。

福尔斯最关注的事情是什么呢？深度体验自他（I-Thou）关系，即自己与理想女性、完美状态之间的关系。"人们根据早期的重要关系的内化模式来塑造各种关系，早期的客体关联模式成为我们的偏好与新客体建立关系的模式。正是这种旧模式的循环投射以及自我实现预言的反复内化，人际关系中的性格问题才如此难以改变。"③ 笔者理解是，在人的心灵生活中，人与人的关系，不全是生理自我与他者的关系，而是大脑中自我与他者的符号表征之间的关系，也即我和你之间的相处，并不是我和你的现实在互动，而是

---

① John Fowles, *America, I weep for Thee* (unpublished), HRC, Fowles: 1.3.
② HRC, Fowles: 1.3.
③ ［美］斯蒂芬·A. 米切尔、［美］玛格丽特·J. 布莱克：《弗洛伊德及其后继者：现代精神分析思想史》，陈祉妍、黄峥、沈东郁译，商务印书馆2015年版，第145页。

我的自我形象（my self-image）与你在我心中的形象（your image）在互动。我的自我形象和现实的自我可能差距甚大，对你的投射、预期可能也与现实的你差距甚大，最后在现实生活中就会出现很大的冲突。固执的人会坚持自我，避开他者，再次寻找符合自己预期的人。这个是一个心理循环。同一主客体关联模式不断在现实生活中投射、认同、循环。发现他认识世界的心理模式，也就可以预言他未来的现实行为，因为现实只是他心理模式的循环和轮回而已。唯一的方法就是让个体改善心理内部的主客体关联方式，方能改变他在现实生活中的关联模式。也就是说，他在心里与重要他人和谐相处，才能与现实和谐相处。自己把心灵内部的关系理顺了，外在的世界也就和谐了，也即"自净其心，自宰其意"，"内在成就方能外现为成功"。窃以为，福尔斯之所以被批评家们料定未来，"是一个不断展示的作家而不是成长的作家"，因为他的心理模式被揭示出来，而且还是一个没有理顺、整合好的心理模式（象征父亲的智慧老人消失，象征母亲、情人的理想女性消失，自我依旧是孤独寻觅的个体），未来类似的故事一定还会重演。后文将从意象对话角度剖析论述为什么他的内部整合并未成功。

福尔斯坚持认为，艺术的缘起是"对不可挽回事物的追求、一种象征性的修复"①，分离创伤是艺术的核心②，既如此，它就暗示着有修复前的完美状态与修复的手段和结果。的确，他认为。他追求的是一种原始的完美和快乐状态，"你永远不会再经历的状态，因为你不可以再回到一岁"③。据此推断，福尔斯所指的完美状态是婴儿期婴儿与母亲没有产生分离焦虑之前的状态，幸福、完美、无焦虑、无分裂，非常类似赤子之心。赤子之心被分离焦虑毁损，他只好通过写作来修复到与母性、母亲合一的完美无缺的无焦虑

---

① John Fowles, *Wormholes*, London: Vintage, 1999, p. 355.
② Raman Singh, "An Encounter with John Fowles," *Journal of Modern Literature*, No. 2, 1980-1981, p. 194.
③ Raman Singh, "An Encounter with John Fowles," *Journal of Modern Literature*, No. 2, 1980-1981, p. 200.

状态。

因此,福尔斯的心理结构和创作模式便基本陷入这样一个循环:完美的赤子之心本来状态——出现分离焦虑、创伤——追寻回到无分离状态——以写作来进行象征性的修复——试图回到完美状态——无法回到完美状态——下一次继续,但以变体(variation)的形式。自然而然地,他的创作会出现四个特征:其一,由于不知道主人公是否真能回到完美状态,结尾必须是开放的,不确定的。其二,作品中的全知全能的导师如魔法师中的康奇斯,《狂想》中的巴莎洛名等必须消失,否则全知全能便遭到当面质问。其三,据此亦可解释他的女性原则(female principle)。他作为男性作家,坚信女性是更好的状态,"男性是在向女性发展(Man develops toward woman)"①,他试图回归到母亲,则必然以向母亲活着、向母亲的象征发展。因此,他的所有的创作有一个统一的主题:年轻主人公对成熟、整合(cosmic integration)的追求,同时在原型、心理、存在三个意义上追求成熟和合一。② 其四,他的作品是一个环,完美的快乐到失落到追寻修补以回到完美状态的轨迹是一个环。这个环形模式也内化成了福尔斯作品的环形模式。小说开始的状态就是小说结束的状态,下一次追寻也只是一个改头换面的变体,因此,"福尔斯是一个不断展示的作家,而不是一个不断成长的作家"③。克里的判定几乎是一语成谶,因为他的思想和情感已经预置在一个从当下之心到赤子之心的圆环中,没有突破这个宏大的环形结构。

## 四、结语

创作是发生在大脑"黑匣子"里的神秘的过程,本节从记忆、记忆术、

---

① Simon Loveday, *The Romance of John Fowles*, New York: St. Martin's Press, 1985, Preface.
② Susana Onega, "Self, world, and art in the fiction of John Fowles," *Twentieth Century Literature*, Spring 1996, p. 39.
③ Kerry McSweeney, "Withering Into the Truth: John Fowles and Daniel Martin", *Critical Quarterly*, NO. 4, 1978, pp. 31 – 38.

认知角度去比较记忆术和创作过程中的异同后发现，作家不是疯癫和病态的典型，而是活得很深的人，是深入体察深层隐匿自我的人，是深入体验人类社会的疯癫和病态的人。创作是深度体验、深度卷入，深入加工，是意义的再发现和事物关系的重新调整，是自我对自己选择关注的事件进行回忆、审视、建构、再发现意义和超越。

## 第三节　福尔斯作品的意象对话

意象是审美和心理分析的重大内容，兹先归纳总结一下意象的多方面的含义，为破解福尔斯作品中的意象和心理做一个铺垫。

### 一、意象的含义

象有多义，下面分别详述。

第一，形象（image）。一个形象即能完全表达此形象暗藏的全部意义，所以"圣人立象以尽义"。福尔斯也深谙"一象尽意"的秘诀。"尽量不要抽象，要尽量一象包含世界，明眼人一看即知。"①

第二，表象（phenomenon）。通过表象能够见到本质，表象与本质，互为表里，表象是路标，只要深入挖掘，即可到达本质。但挖掘的深浅，全看读者的感受性与洞察力。

第三，相似性（similarity）。"象也者，像也。"像即相似性，像与象之间的相似性就是艺术，"是"与"似"的艺术。南宋巩丰云："是雨亦无奇，如雨乃可乐。"艺术所描写的相似性让人得到身临其境的快乐，真临其境，未必快乐。所以，"所比的事物有相同之处，否则无法合拢，它们又有不同

---

① HRC, Fowles: 1.216.

之处，否则彼此无法分辨"。①

第四，隐喻性（metaphoricalness）。象是隐伏之象，冰山一角，是更大时空的隐喻，具有无比的复杂性和多义性，无法一语尽其神韵。

第五，象具有象征性（symbolization），即具有象征、文化含义，即多年演变之后形成的约定俗成的文化心理。象征含义深远，以小见大，具有文化心理、历史沉淀的双重内涵。

第六，象，相互之相也，象之间的相互作用、互动生色（interaction and inter-animation）。象要互动才能构成意义，构成审美的对象。单个的象只是大语境中的部分，须与各部分互动方能生成意义，此即艺术的整体性。柯勒律兹说，"部分是无足轻重的"，"像活生生的有机体一样，艺术作品是整体，不是部分的集合物"②。各个部分是互相促生的（interacting and inter-animating），所以，单个的象是无法勾勒整体意义的。象与象之间的互动生色，就如"水中之盐，空中之音、相中之色"不可互相拆开分析。作者产生了一个主要意象（controlling image），然后从此主要意象发散开去，形成意象群与意象和意象之间的互动，才会成为一首诗歌，独立的意象很难成为诗歌。若从意象群的发展变动来说，诗歌是一个圆融无间内在和谐的意象群，而小说是意象群的连续变动，小说是扩大延展的诗歌。意象互动须有内在的一致性，方能使得境界圆融一体。境界宏伟开阔者，大抵须得所有意象宏大伟岸，若意象突然变小，境界突然缩小，会读之令人气塞，古人谓之鼠尾，以其意象迅速收缩之故。愁绪之意象多呈孤零空寂、清冷淡薄之相。若突然欢快，反添杂音了。

第七，象甚至是情结的外现。荣格认为，"在本体意义上，本能是生理上强烈的冲动，为感官所感知。本能以幻象的形态显现自己、通过象征性的意象来显现存在。这些显像即是原型。原型即是本能能量以象征、意象的方

---

① 钱钟书：《钱钟书论学文选》（第六卷），花城出版社2000年版，第71页。
② 转引自赵毅衡编选：《"新批评"文集》，中国社会科学出版社1988年版，第518页。

式的涌动"①。意象是精神系统中不受意志控制的情绪体验，能精准地反映内心体验和心理密结，意象触发正是潜意识里情结的触动与外化的征兆之一。② 观念、情结、臆想早在心内暗结珠胎，外界的形象才会引发匹配、触动、共鸣，产生惊鸿一瞥的效果，"人若无心于万物，何妨万物常围绕"，内心若无林林总总的情结，就不易受到外界的触动。

"意象是心的象形文字"③，意象是潜意识的工作语言，是吸附着心理能量的图像，可以引导我们接通意识。当人在运用意象时，实际是深入自己的原始层，与自己的情结对话，与无意识郁积的能量接通，打通那些受到意识、理性、现实、纠结等压抑而瘀滞的能量。文艺中意象的本质是通过意象接通潜意识情结，也可以是声音、气味、回忆等触发情结而引发情感爆发。意象蕴含着人隐秘未察的情绪能量，人在深度安静的瞬间观照意象时，意象就会引导出平时忽略了的生命力，这股饱含情感能量的涌动暗流就会抒泄出来，使得干瘪的心灵突然变得滋润，单调的精神生活充满了各种鲜活的意象，枯燥的生活马上会变得润泽，文学技巧就如引导这股暗流的沟渠，稍加点缀，即自然成趣。古人说"文章本天成，妙手偶得之"，所谓"天成"，并非有一篇文章藏在某处等诗人去找，而是这种情绪力量在心里慢慢积累，如同堰塞湖，不得抒泄，偶尔漏出些支离破碎的消息，都是以意象、幻象、梦境等方式呈现，触发当事人强烈的情绪反应，欲罢不能，"妙手"则因势利导，辅以文学技巧，将这股倾泻而出的能量点缀成华章彩段。成为掌握文学技巧的妙手需要长年累月、毫无收益地练习，如此才能在情绪被触动的瞬间，顺势而为，很快将情绪点缀成名篇。没有内在能量蕴藉，搜索枯肠，呕心沥血，无异于与天争命，自取其败也。

---

① ［瑞士］荣格等：《潜意识与心灵成长》，张月译，上海三联书店2009年版，第49页。
② 朱建军：《意象对话心理治疗》，北京大学医学出版社2006年版，第32—42页。
③ 朱建军：《认识意象》，http：//blog.sina.com.cn/s/blog_65affdf00102v9lj.html（访问日期：2019年9月12日）。

意象化暴露的是心理和情感的内容。朱建军教授的人格分层理论把人格分为三层。本初层，相当于遗传的各种本能和反射，没有记忆，任何刺激不留痕迹，本能无所谓快乐与不快乐，只有即时满足原则（instant satiation）；原始层，有记忆和图像，按照相似性规则运作，有了意识、意志和情绪，意象唤醒情绪，再调动相应的本能力量去采取必要行动；理性层，即运用语言、符号去运算。① 他认为，意象化就是心理经验符号化过程的表现，不同意象凝结着不同的心理能量，它们有层次，有结构地形成情结和原型，形成一个整体的人格结构。意象实际是构成人格的情结、原型的次级结构。② 在意象对话心理分析中，不管你看到的是什么形象，他们都只是你心理内容的形象化，是情绪、情结、欲望的形象化，而不是实体。③

意象即人格。朱建军教授认为，人格并不是一个物质现实中的实体，而只是一个心理现实，由相应的心理经验和心理经验的符号化构成。意象化就是心理经验符号化过程的表现，不同意象凝结着不同的心理能量，它们有层次，有结构地形成情结和原型，形成一个整体的人格结构。意象实际是构成人格的情结、原型的次级结构，可以分解成许多子人格，它们既相互关联又相互独立，所以，可以单独抽取出来进行分析。④ 何谓子人格？子人格可以说是一种小情结，"子人格指的是基于生存的需要而在生命中某一时刻留存的行为、感受或想法的整体（罗伯特·阿萨吉欧利）"⑤。在意象对话治疗中，不管你看到的是什么形象（或子人格），他们都只是你心理内容的形象化，是情绪、情结、欲望的形象化，而不是实体。⑥ 一个人的人格就是他全部子人格的集合，子人格虽然没有占据人格的主导地位，但也是人格的重要

---

① 朱建军：《人是什么》，北京航空航天大学出版社2009年版，第114页。
② 朱建军：《意象对话心理治疗》，北京大学医学出版社2006年版，第194页。
③ 朱建军：《意象对话心理治疗》，北京大学医学出版社2006年版，第244页。
④ 朱建军：《意象对话心理治疗》，北京大学医学出版社2006年版，第193—195页。
⑤ 佚名：《情结与子人格》，http：//www.yuexinli.com/qiannenkaifa/shengmingdejuecha/1858.html（访问时间：2015年1月22日）。
⑥ 朱建军：《意象对话心理治疗》，北京大学医学出版社2006年版，第244页。

侧面，也是他生命的一部分。内在冲突的子人格会让个体表现得变幻莫测，充满内在矛盾、冲突、张力、吊诡。当来访者自我意象间边界太坚实，则象征着来访者有过分僵死和过分严格的自我界限，这样的人容易对不尊重过敏，容易把亲密性的接近和侵犯混同。① 若子人格边界过于清晰，互不认识，很可能表明他在自我内部使用了隔离（isolation）这种心理防御机制，以求得矛盾的子人格之间的和平相处，避免内部冲突。固化也即病态。朱建军的人格意象分解技术也许不适合分析其他作品，用来分析福尔斯作品却恰如其分。

福尔斯自述道，"你就是你写的每一个人物，在《丹尼尔·马丁》，我周游美国，比任何其他地方对自我的描述都要多。丹尼尔就是一个成年的尼古拉斯·尔夫，他们都被女性所改变，我也是。萨拉之前已经有一连串的女性了"。福尔斯是在一连串的女性的伴随下成长变化的。没有女性，就没有他。② 福尔斯作品中一般有三类人物：叙事者、导师、理想女性，他们几乎都是福尔斯自己的分身，叙事者是自己的替身（alter ego），导师形象和理想女性形象反复出现，表明他们都是福尔斯心理生活中的重要组成部分，13岁到39岁的福尔斯一直靠幻想理想女性来达到情感自足，24岁后的福尔斯将存在主义视作至宝，这些形象所凝结的生命能量早已深入了他的灵魂。

意象修复、意象擦拭可以修复心理创伤。意象和谐互动可以重塑自我内部子人格之间的和谐，重获健康。意象擦拭技术是对弗洛伊德的自由联想技术和荣格的主动想象技术的发展。自由联想是听任无意识的自由流动。朱建军先生发现没有绝对的自由联想，自由聊天半小时后，话题自然而然地转移到受试者最关注的问题上，然后触发情结，之后人们就被情结的力量淹没，在情结中左冲右突，不能自拔。③ 荣格的主动想象技术比弗洛伊德的自由联想更进一步：让受试者主动去设想情景，分析师从受试者对主动唤起的意象

---

① 朱建军:《意象对话心理治疗》, 北京大学医学出版社2006年版, 第228页。
② HRC, Robert: 15.2.
③ 朱建军:《人是什么》, 北京航空航天大学出版社2009年版, 第55页。

的反应和互动中发现问题，对症下药。朱建军的意象擦拭技术比荣格的主动想象技术又更进一步，直接唤起受试者主动的勇气和重新打理生活的努力，在深度安静状态下，受试者出现负面意象的时候不是听之任之，而是采取勇敢的、积极的、主动的行为去面对它们，如直面阴暗的脸，为苍白的脸抹上亮色，主动去擦亮沾满灰尘的玻璃窗等，通过用意识不断重新修正深度入静时唤起的消极负面意象，但这并不是很容易的事情，朱建军先生提到一个患者把自己想象成飞龙，一会儿之后还是变回了一条胆小的小猪，有丑小鸭情结的人即使把自己想象成金凤凰，也会很快重新变成丑小鸭，擦干净的房间很快又变脏了。① 这是因为意象具有"情绪黏结性和动力性"，拥有强大的能量，很难骤变，意象擦拭需要巨大的心力注入、有意识的反复努力。多个疗程之后，作者潜意识的灰暗心境自然变得明亮阳光，神采奕奕。

　　朱建军先生认识到，有心理障碍的人，爱别人的能力是很微弱的。② 当一个人的心理健康程度不够的时候，他可能会本能地选择无知、死亡、不爱和不承当。无知可以避免某些痛苦、避免意识到自己的责任；精神的死亡可以带来平静，减少心理冲突。③

---

① 朱建军：《我是谁》，http：//blog.sina.com.cn/s/blog_65affdf00101bm7g.html（访问时间：2013年12月5日）。朱建军认为，意象连着情绪，意象不仅仅是反映人的心理能量的状态，意象本身就是心理能量的载体，本身就携带着心理能量。一个心理的冲突或者一个情结，以一个意象的形式出现时，这个情结的能量就附着在这个意象上。因此，我们要调节和改变意象，就可以调节这个意象上附着的能量。……抑郁的来访者所想象的环境，经常是有很多的灰尘。实际上，灰尘就象征着消沉的情绪。用意象对话技术做心理咨询和治疗时，我们可以让来访者想象擦洗掉这些灰尘。他们这样做的时候，会发现一件奇怪的事情。他们本以为想象是由自己控制的，在想象中应该是"想怎么样就怎么样"，但事实上你会发现在想象中也不是想怎么样就可以怎么样的，他们要想象擦干净一张桌子也不容易。往往是刚擦完了，想象中的桌子又脏了。于是，笔者就让他们反复想象擦桌子。在很多次重复的想象后，想象中的桌子才可以擦干净。一旦在想象中擦干净了，来访者会感到自己的情绪也愉快多了。在想象中擦掉了桌子上的灰尘，这灰尘所代表的抑郁情绪也就消失了。
② 朱建军：《意象对话心理治疗》，北京大学医学出版社2006年版，第223页。
③ 朱建军：《意象对话心理治疗》，北京大学医学出版社2006年版，第350页。

意象对话的最终目的是要求病态者学会爱人、勇敢、自知、担当，这正是《魔法师》里康奇斯变着法子想要宣说的主题。《魔法师》可以看作是一本心理分析和心理治疗的小说，它在分析叙事者尼克心理问题过程的最后也提出了和朱建军先生类似的解决办法，比如，爱、担当、勇气等，但是，导师康奇斯和美女剧团的最终消失，象征着作者内心最终的整合是未完成的。

笔者窃以为，根据佛道文化的理论体系，意象对话还可以更进一步。《庄子·应帝王》言"圣人用心如镜，不将不迎"，《金刚经》言，"见所相非相"，若在相上过于执着，就沦为着相。但意象对话的初级目的是恢复心理健康，后期更高的目的还得跳出意象化的生活。意象化既是心理过程，也是治疗过程。其中有一点需要注意，单从转化意象、符号的角度去修正改善心理生活其实是不彻底的，因为意象符号的象征意义会随着时代变化而变化，而且不同分析师对意象的象征意义理解也不一样，这就会导致治疗方法上的偏向性。分析师在言说的时候，实际已经进入了先在的权力、文化、意识形态等符号系统，越说离真理越远。所谓言语道断，实际上，我们心理应该跳出所有符号体系和意象系统，就像镜子一样观物如物，不产生人为的美化和丑化，无须任何人为意识形态和偏见的阐释，才能欣赏到事物真正的本真状态。只有心平如镜，才能反映事物的本相。因此，意象分析的最终目的是跳出意象分析，跳出意象化的心理生活。这是后话，略下不提。

### 二、福尔斯作品的意象对话特征

结合上述理论，我们就会自然而然地发现，福尔斯作品带有显著的人格分解、意象触发、意象擦拭、子人格互动等意象对话特征。

追本溯源，福尔斯创作的原点实际上起源于一个意象。他的处女作《收藏家》（1963）起源于惊鸿一瞥，像《收藏家》中的克莱格，先有理想女性的原型，看见米兰达后才会惊鸿一瞥，无聊的生活突然有了目标和意义之后，他开始跟踪、窥视米兰达。在苦思冥想接近米兰达的办法时，无心瞥见一则老旧偏僻房子的售卖广告，立刻有了绑架的主意。① 人若无犯罪的念头，偏僻房子的意象很难触发他的犯罪之念。著名的《法国中尉的女人》起源于一个视觉意象，"一个女人站在废弃的码头上，遥望大海……我故意忽略她，她却反复出现。不知不觉地，她不出现了。我开始主动地回忆她，试图分析她，假定她……这些人物需要不断抚摸、关爱、聆听、关注、爱慕……一切天生的作家，甚至在还没有想到要写作之前，都莫名其妙地对自己的想象着魔（self‑possessed）"②。"《魔法师》也起源于一个意象。在一次无足轻重的旅游中，我们访问了希腊小岛上的一栋别墅，本来什么也没有发生，但在潜意识中，我总是不断回到那栋别墅，什么事情总想在那里发生。"③《狂想》发轫于一个不断从作家无意识中涌现的原始意象：一群没有动机、没有目的地、没有面孔的骑马旅行家们在荒凉的天际下走着，如无人照管的放映机上的卷轴。④《尾数》开头也是一幅静态图像："它是一片有灵知的薄雾，微微发光，无边无际，如漂浮于海面的水蒸气，像神、阿尔法和奥米加。"⑤

福尔斯作品的高明之处在于不放过一个灵感甚至幻象闪过的机会，稍稍能激发自己的文学想象，他就主动用意识去再次唤起这个幻象，孜孜以求，这使得他的作品自然带有荣格的主动想象的特征。福尔斯的作品在叙事结构上一定程度地打破了传统叙事的"中间开头的叙事模式（media res）"，而创造了自己独特的创作模式：创作从一个意象开始，意象激活情结，情结力量驱动追寻人物追寻到意象背后连接的历史文化背景、权力结构、郁结、原型、无意识、生命体验。同时亦可看出福尔斯不是逻辑思维型作家，而是意象唤醒型与情绪型作家，更接近诗人，而非哲学家，因为"想象和人的情绪关系就更大。思考往往是不牵扯情绪的，思考得过多的人往往枯燥无味，而

---

① John Fowles, *The Collector*, Granada: Triad, 1981, p. 17.
② John Fowles, *Wormholes*, London: Vintage, 1999, p. 15.
③ John Fowles, *Wormholes*, London: Vintage, 1999, p. 16.
④ John Fowles, *A Maggo*, Boston: Little Brown & Company, 1985, p. 2.
⑤ John Fowles, *Mantissa*, New York: J. R. Fowles Ltd, 1982, p. 1.

想象则和情绪关系极为密切"①。他写作的是潜意识层面的意象与情绪活动，而不是思维层面逻辑运算和意识形态优劣之争。他要认识的是自己和情结，而不是人类，这也许在一定程度上推翻了他对存在主义等理念的痴迷和剖析。因此，我们更应该分析他的意象、情绪、情结，而不是他的思想。

接踵而至的是人格分解和子人格互动。在情结被偶发的意象唤醒后，创作家立刻进入了创作力迸发的状态，故事立即就要展开。但是，故事应该怎样展开呢？福尔斯最熟悉、最了解、最感兴趣的人还是他自己，他对自己的创作心理尤其感兴趣，经常问自己为何写作？特别是在这种收益低下、艰苦辛劳的条件下为什么还要不由自主地写作？自然而然地，他选择了回到自身，探索自己。他熟读荣格，很可能无意识地运用了荣格的主动想象技术，把自己分裂为多个子人格进行意象互动。异曲同工的是，朱建军教授利用子人格进行心理治疗的方法基本是：子人格之间的互相替代（让适合解决创伤的子人格出场应对）；让子人格互相认识；调节互有敌意的子人格之间的关系，避免它们向现实人物投射；子人格互相取长补短；等等。一般来说，男叙事者象征着现实中自己的替身（alter ego），智慧老人象征着理想自我，多才多艺，长袖善舞，备受女性喜爱，如同王者，婢女众多。女性则象征他欲望的对象，而出现两个女性（理想女性和现实女性）时，则象征他欲望的分裂，面临抉择与取舍。

如何看出小说中所有主角都是他自己的分身？《乌木塔》中老画家能把自己喜欢的青年女性，让给新来的访客，这是何等的"大度"！现实中太难了。这说明：这本小说根本就不是现实主义的作品，而是潜意识中的臆想转化而来的作品，这么多风姿绰约、个性坚定的女子爱上一个平淡无奇的男主人公，不是臆想又是什么？其次，那个访客就是他自己，对他好就是对自己好。同理，《魔法师》中不惜花上一年时间，赔上两个美女来调教他，是因为，在魔幻潜意识空间，他要认知他自己，他要对自己好。同理，《尾数》

---

① 朱建军：《心灵之眼，意象，意象对话与子人格》，http://blog.sina.com.cn/s/blog_65affdf00102v9ln.html（访问时间：2014年12月12日）。

里，两个献身"医学事业"的女医生竟然扮演病人麦尔的伊德（Id），以满足其潜意识中的渴望，麦尔则半推半就，想看看她们究竟想干什么。

但从结果看，子人格互动的疗效基本是失败的。首先，这种失败是种逻辑必然。其一，福尔斯写作的目的是试图获得那种原始状态的完美和完全的快乐，但这注定会失败，你永远不可能回到一岁以前。一岁以前是一个赤子之心、天人合一的状态，企图以写作回到婴幼儿心态，以理性、语言、符号回到前语言、前符号状态，这种回归策略完全是南辕北辙、缘木求鱼，失败势在必然。其二，从文本结果看，《收藏家》中米兰达对克莱格进行了一系列的心理分析，非常准确，但对改变克莱格的情绪和行为毫无效果。克莱格依然"像一块海绵一样"，要把米兰达的爱情、关怀、善意吸干，但就是拒绝改变。《魔法师》更是一本典型的心理分析之作，里面展现了福尔斯对催眠、神秘学、心理分析理论的深度把握，但最后尼克的恶劣情绪并无实质性的改变。虽然和叙事者尼克的互动的感受得到莫名的满足，但是，女性最终的拒绝和消失表明了她们无法与其长期共处，导师康奇斯的消失也象征着他最终必须自立、自主，男叙事者最终不得不重回现实。再如《乌木塔》中威廉没有出轨而回到现实生活，不仅仅象征着现实的严峻和遗憾，也象征着子人格交流、接纳、成长的失败，作者内心的问题并没有得到很好的解决，这也是叙事者南柯一梦之后并无成长的根源之一。

同理，《法国中尉的女人》中查尔斯最后没有改变，思想情感依旧，还是希望萨拉做"查尔斯夫人"，其男权主义的心态没有本质的变化。被奥妮咖点评为"根植于男权主义的人本主义"[①]。但从意象擦拭角度看，《法国中尉的女人》可以说是相对成功的作品。萨拉出场时，带着嗔怒情绪（accusation）、有颜色（黑色）、面朝大海、孤立无缘（象征被动与容易被伤害），但福尔斯无意识地运用了意象擦抹技术，为无意识中灰暗的萨拉慢慢添上了

---

① Susana Onega, "Self, world, and art in the fiction of John Fowles," *Twentieth Century Literature*, Spring 1996, pp. 29–56.

自由意志、存在主义思想，最后在艺术家罗赛蒂家里做了女模特儿，有了艺术家的欣赏和女儿陪伴。萨拉形象有了三个跨越：社会弃妇、出卖劳动力（另一个同名的萨拉出卖身体）、出卖美色（做模特儿），从灰暗、嗔怪、孤立到自由、独立、悠然，这已经是女性的发展过程中无可比拟的进步；从被抛弃、被流放、被凝视的那种俯仰不能由己的被动悲苦到掌握对婚姻说不的主动自立，这是生命状态一个极大的跨越！当萨拉的脸上有了"悠闲、红晕、平静"，可以说这正是作者一年精勤用功，对萨拉意象不断擦拭、不断注入现代思想的积极结果，也可以说是对自己那些青春期性幻想中的被绑架女性意象的相当成功的自我纠正、自我治愈。至少，脑海中不再有蓝胡子情结（绑架、杀害爱人以赢得财产和名利），萨拉幻象的追问可以说是作者进一步消解负面情结、擦亮无意识环境的积极结果。

福尔斯写作是意象擦拭式的，但对自己的情绪改良最终效果不佳的原因可能如下。其一，说理过多。意象激活式的创作不是为了说理，而是为了抒泄情结力量，提振内心意象的光洁度。理论毕竟是抽象灰色的，而意象则是饱含情感和心理能量的，单凭说理难以有效化解。但福尔斯小说中连篇累牍的说理，几乎到了"理过其辞，淡乎寡味"的地步。即使理性开通了，非理性的情绪还是无法舒缓。其二，窃以为，福尔斯的存在主义说理，其实本质上是一种自我开导、自我劝解，乃至对自己近乎自闭的生活的自我捍卫、自圆其说（rationalization），过分理智化（intellectualization）和对单调生活的自我调解。他虽然深入人非理性的潜意识，但依然采取了理性主义、科学主义的方式，并未自始至终地采用从意象和情感模式来治疗心结，修复情感。其三，封闭空间，必然陷入同质化和静态。63岁时，他反省道，我们做小说家，也许是因为我们无法忍受现实，我们需要逃避我们眼中的现实，创造出另外一个世界。世界太冷酷、太残酷，让人难以忍受。而且更重要的是，我们也是很冷酷和残酷的人。所以，我们创造一个扭曲的镜面来看自己，也让别人那样看我们。我们的真实本相和扭曲镜像相隔遥远，可宗教与伦理要求我们的那样。我们把自己从真我中流放了（exiled by ourselves from ourselves）。① 从此可以看出，福尔斯创造虚拟空间是逃避现实、逃避真我、弥补不足、自我美化、扭曲现实以欺骗大脑，逃避真实的同时也在补偿早年的不足。

也许，每个人实际上都生活在他的前半生中。我们的前半生已经塑造了我们基本的认识态度、价值取向和日常生活习惯，后半生只不过是对前半生的回忆而已。② "此语"不仅适合用于描述福尔斯，而且也适用于每个人。神经科学的研究表明：大脑"能够表现出高度的'可塑性'，即神经元之间的连接可以重组，来响应新刺激"。但周围环境会影响大脑的化学特性、长期记忆和内在结构、功能区使用状况。③ 因此，尽管大脑可塑性很强，但一旦连接和结构形成，大脑中的神经元在学习过程（这和可塑性密切相关）中并没那么强的建立新连接的能力。……至少在短时间内，它在学习过程中更多是依赖于从神经元库中低效地循环已有模式，而非从头开始重新建立连接。……大脑的神经元网络功能出乎意料地死板和低效。④ 借用神经科学研究可以推知，人类学习很大程度上是温故而知新，依照"已有模式"去学习新知识，很难骤然改变，接受完全不同类型的知识。因此，一旦结构形成，认知改变、转念一想、回光返照、开明开放都会是非常困难的事情，随着年龄老去，人会变得恋旧、怀旧、固执、顽固、僵化、开放性越来越弱、自我封闭倾向越来越强。福尔斯从 13 岁起，就通过做白日梦而达到了心理自足，对外界的依赖已不强烈，所以，"福尔斯是一个不断展示（unfolding）的作家，而不是一个不断成长的作家"⑤ 也是顺理成章、可以理解的。

---

① Charles Drazin, *John Fowles Journals*: Volume 1, London: Vintage, 2006, p. 410.
② 张德明：《西方文学与现代性的展开》，中国社会科学出版社 2009 年版，第 176 页。
③ Lara Boyd, "After watching this, your brain will not be the same", TEDx Vancouver, www.youtube.com/watch?v=LNHBMFCzznE.
④ 齐睿娟译：《为何学习新知识这么难？因为大脑可能比你想象中更死板》，https://mp.weixin.qq.com/s/goYjcvxOcb7qtPsdKLRGMA（访问时间：2018 年 4 月 14 日）。
⑤ Kerry McSweeney, "Withering Into the Truth: John Fowles and Daniel Martin", *Critical Quarterly*, No. 4, 1978, pp. 31–38.

# 第二章

# 作家论

## 第一节　约翰·福尔斯其人其文其心

约翰·福尔斯身上充满了矛盾与悖论。一方面，他敏感、冷漠、阴郁、抑郁、沉湎于幻想、郁闷、无趣、自恋、分裂、幻想、矛盾、专制、两面性，且按照儒家标准，他可谓：不孝（厌恶父母），不忠（二三其德，脚踏三只船；身为老师却不忠其事），不仁（自私自利，冷漠待人），不义（偷朋友妻），不诚信（心口不一）；另一方面，他忠于自己、立意高远、阳刚雄健、勇气可嘉、认真负责、坚忍不拔、耐心坚韧、善良奉献、较真求真。作家生命的多面性、复杂性如此难以评判，只能以过程化描述来剖析这些矛盾的内在根源。本节拟结合他的手稿、日记、作品、传记，综合分析作家生命的多面性和复杂性，以及背景与前景、身心与作品之间的关联性，下文详述之。

从文学史看，约翰·福尔斯的确是英国小说史上一座里程碑，在中国被研究最多的外国作家中，位列第12位。① 福尔斯身处五个现代性的交汇点。

---

① 王松林、王晓兰：《中国"十一五"期间英国小说研究》，载《外国文学研究》，2011年第1期，第6页。

叙事技巧上，"文学枯竭说"盛行，"影响的焦虑"压迫着创作家的灵感，但他以元小说形式突破了叙事的枯竭；哲学上，无神论渐成主流，自由成为时代精神，存在主义流行；心理学上，深层心理学、无意识研究、原型心理学繁荣，他借此理论不断探究反复涌现于意识的幻象（如《法国中尉的女人》中的萨拉，《狂想》中的一队人马）；语言论上，解构主义风行一时，符号、能指不能指示真相，言语道断，"说一物即不中"，他以解构主义精神创作了《可怜的扣扣》（1974）；他融多学科于一炉，技法新颖，思想前卫。他作品总发行量超600万册，他的小说《收藏家》（1963）、《魔法师》（1965）销量分别达50万册，《法国中尉的女人》（1969）销量突破百万册，有力地回答了"文学枯竭说"的质疑，使得自由精神、深层心理研究、叙事创新再次成为时代热点，其创新性、复杂性使得毁誉之声一直不绝于耳。如此享誉世界的作家，究竟是怎样的人？他的作品与生活、自身如何联系？虚构与现实、作品与身心之间的内在联系将是本文探究的重点。

关于约翰·福尔斯真实生活的记录与研究，主要有美国得克萨斯大学奥斯汀分校哈利蓝瑟姆人文研究中心保存的福尔斯的日记、手稿、通讯、采访、照片、评论等，向全世界免费开放。它保留了有关福尔斯的最早记录是他小学成绩单，表明他青春期发育甚早，大约于13岁，上课经常睡眼惺忪，而且语言成绩处于中流，从语言固化角度看，他并不是天赋卓异的语言神童。① 另外有查尔斯·最森从编辑角度整理出的两本日记选编，它从福尔斯上牛津大学时开始，到1998年结束，基本囊括福尔斯日记中潜含文学深意的内容，并配有脚注，解释当时的历史状况。相比之下，艾琳·沃波顿（Eileen Warburton）所写的传记建立在大量的学术研究、调查访问基础上。从艾琳做研究生论文开始（1974），一直到做教授之后，她都专注于福尔斯的作品研究和生平采集，至2004年出书，耗时30年，其间成了福尔斯家里的座

---

① HRC, Fowles: 2.9.8.

上客和福尔斯妻子伊丽莎白的朋友。她的传记最具宽广度,最为详尽、客观、精彩,把福尔斯貌似简单的人生过程中波澜壮阔的心灵挣扎写得跌宕起伏,悬念迭起。它具有五个优点:其一,时长宽广。传记的时间长度超越了福尔斯日记的时间长度,它记录了最森没有收录的一些东西。它记录到福尔斯的妻子伊丽莎白过世之后,62 岁时福尔斯已经中风,但还是和一个 22 岁的牛津大学女生坠入爱河,这段一年多的老少恋情凸显了福尔斯的情种特征。其二,覆盖面宽。艾琳从 26 岁做研究生时开始就一直跟踪研究福尔斯生平和作品,并多次住到福尔斯家里,和福尔斯一起旅游,采访福尔斯的家人、亲戚朋友,和福尔斯妻子伊丽莎白是好朋友,能够超越福尔斯的一面之词,更能全面地看待问题。其三,深度卓异。它建立在深入持久的学术研究之上。艾琳 30 年咬定青山不放松,投入一生最宝贵的时光来研究一个人,如此深入研究的科研韧性,其拼命三郎般的科研精神,其独立客观的细节研究,让急功近利、浅尝辄止的研究者自感汗颜。其间她三次提出为福尔斯作传,福尔斯没有答应,因为他是个敏感、害羞、退隐的人,害怕将自己的心灵暴露在公众的视野和火力之下。最后,在艾琳要驾车离开之前,福尔斯思前想后,才答应了艾琳,并交出了自己的全部资料,亲自送到艾琳车上。应该说,对于一个敏感的灵魂,把自己心灵最深处的秘密交到研究者的手里去任人评说,是非常勇敢的行为。而且,它牵涉很多当事人,会给他们造成一定的心灵伤害。但福尔斯只提了一个要求,要真实。"写出的'谎言'和活出的'谎言'不应分离……艺术来自一个人,而不是神秘的虚空。"① 真实中见灵魂。其四,笔力雄健,细致深入。它深刻地勾勒了福尔斯作家生涯的艰难困苦。读艾琳的传记,首先震惊于作家的一生很不容易。福尔斯是一个敏感、内向、多病、自我期望值很高、与家庭环境和社会环境难以协调的人(anachronism),他生活拮据,幸好他有文学上的野心,有坚持记日记和写作

---

① Eileen Warburton, *John Fowles: A Life in Two Worlds*, New York: Viking/Penguin, 2004, Viiii.

的恒心,幸好有文学创作这根救命稻草,帮助他走出了狭隘的现实生活,走进更宽广的虚拟世界,他随时随地都有可能在困境和抑郁中崩溃、彻底垮掉。艾琳的著述可以说抓住了福尔斯生活的主线,即他与伊丽莎白的爱情关系。福尔斯一路寻找,不断穿插于现实世界和虚拟世界中的人。在面对现实世界时,他躲到虚拟世界里,最后,到60岁时,无论是成功的福尔斯,还是一直很少外出工作的伊丽莎白,都在感叹人生虚空、短暂、怨憎会苦。其五,传记作者的才能卓越,同样令人惊异。艾琳花费巨大的精力来收集第一手材料,如此深入、细致、批判、真实地写出一个作家的心理生活,对才、学、识要求都相当高。立传如同写史。冯友兰谓良史必有三干才:"才、学、识。学者,史料精熟;识者,选材精当;才者,文笔精妙。"① 艾琳真是三才具备。

笔者于2012年联系到HRC查阅原始资料。在此之前,已经断断续续地研究福尔斯九年,基本读完了福尔斯的作品和大部分评论,发表过七篇文章,心里已经有一些预判。但是当真正读到一个作家的从生到死的全程、全部日记、大量未发表的手稿时还是感到非常震惊,从他简单的生命简历中看到他跌宕起伏、波澜壮阔的心灵世界,一个生命从生到死从人世间走一趟实在相当不容易,需要很多的挣扎、努力、妥协、忍受。真实比小说更离奇,真实比小说更震撼!这是笔者的最大感受。本书准备从中国读者的角度、心理分析的角度、我的读者接受角度来介绍福尔斯的复杂、矛盾、坚韧,分享我眼中的约翰·福尔斯。

**一、生命责任 VS 不负责任**

福尔斯是一个高度自相矛盾体,在某个素质上会走向极端的两极。福尔斯给我们最大的印象是对自己的生命负责。1950年(大约在24岁时),在一

---

① 冯友兰:《中国哲学简史》,商务印书馆2007年版,第1页。

次谈论未来中,"我感到我内心模糊的决心越来越坚定:用我的生活来做一场实验,努力最大化地真诚和诚实(ideally honest and sincere)。这是我唯一使用和体味生命的唯一机会。努力考试、最后获得一个安全、停滞的职业,没用。我确信我要选择我自己的生活方式——写作。我要尽量地自由,这样才能给我的艺术潜能以足够的回旋余地"①。他虽然才 24 岁,思考问题时已经从生命哲学的层面来审视自己的一生,目光瞄准的是真性情、潜能、真实地生活、选择风险。这些也是存在主义的基本信条,后来他读到存在主义时顿感信心倍增,因为他是通过独立探索达到存在主义的认识,自觉已具成为名家的资质。② 两年后,在希腊教书时,他独自去爬了象征诗人之山的帕纳斯山(Parnassus),"就是这次爬山,我开始了真正的作家之信念"③。他写作的最大动机,不是普通的名利,而是生命诉求,是对抗个体湮灭。"我最大的敌人是湮灭(oblivion)。"④ 写作于他,是以不朽之艺术克服个体之湮灭,是立言以求永恒的唯一方式,虽然在 26 岁之前他也没有中断过记日记和写作,但在此次爬山、确立作家作为自己终生事业之后,他立刻将自己生活、身心全部调整过来,一切都是为了做作家而去。他就像一个准备挑战珠峰的登山者,生命中唯一的挑战就是登山,并开始为此做全方位的准备,随后做出了很多负责任的心理取舍和职业抉择。人生需要攻克一个顶点,来告慰一生!随后,他只选那种有时间让自己写作的低薪工作,这使他陷入长期的贫困,而且贫困到了无法想象的地步。"我们多么缺钱啊!挣钱看起来越来越遥不可及。我甚至不敢想象自己每年挣 550 英镑。"⑤ 550 磅一年是 1958年左右作家的最低收入。在法国波瓦蒂埃(Pointiers)大学教书的时候,收入低到冬天没钱取暖、待在床上不敢出门,不敢外出旅游的地步。他有时候

---

① Charles Drazin, *John Fowles Journals*: Volume 1, London: Vintage, 2006, p. 34.
② Charles Drazin, *John Fowles Journals*: Volume 1, London: Vintage, 2006, p. 302.
③ Charles Drazin, *John Fowles Journals*: Volume 1, London: Vintage, 2006, p. 204.
④ Charles Drazin, *John Fowles Journals*: Volume 1, London: Vintage, 2006, p. 141.
⑤ Charles Drazin, *John Fowles Journals*: Volume 1, London: Vintage, 2006, p. 370.

也有一点动摇,"希望要个孩子,逼迫自己去找个收入稍高一点的工作"。

另外,他也在心里还做出一些负责任的却看不见的取舍。24岁时福尔斯去法国波瓦蒂埃大学教书的船上一个遇到心仪的女孩,不敢上去打招呼。他外在冷漠退缩,外表波澜不惊,自我克制,默默无言,内心却反应激烈得很。他知道忍耐对未成名的作家来说是非常重要的。① 他主动选择沉默、安静、内向、退缩的主因是他的精神追求远大于肉欲、物质的追求。他不仅主动选择了放弃邂逅,甚至可以放弃爱人,如果爱人一旦威胁到他的写作的话。在他看来,一旦选定了创作,其他事情都是次要的,都是作品的原料,乃至自己最珍视的爱情。

1955年左右,他卷入了多桩三角恋情,先是爱上了罗伊(Roy Christy)的妻子伊丽莎白,然后在灰脊学院同时爱上了两个女生,伊丽莎白身无分文,又无工作,却得不到他的承诺,前夫罗伊又追悔得紧,要求复婚,伊丽莎白此时便决定要离开福尔斯,福尔斯此时29岁,到了谈婚论嫁的年龄,但心理上正处于环肥燕瘦、患得患失的阶段,他在日记中写道:"写作才是我的第一情人,对 E 也一样。当她责怪我不体贴时,虽说也对,但我只能耸肩。我没法告诉她,这都是文学,总是文学的缘故。我分析、品味、储存,甚至她的离开也有离开的价值,值得欢迎。""把所有的情感简化为经验,喜欢实验、受苦,因为这能锤炼、形成刀锋。"② "牺牲女人可以献祭于文学"③,福尔斯有意识地在爱情中体验自己和他者的感情,通过将对方逼到底线以观察自己的身心反应,他把这种危险的感情火力侦察叫作"双向洞穿",如此把自己和爱人当成小白鼠,收集爱情的实验数据和细节,如此利用爱情的悲欢离合来熬炼、淬砺自己的文学锋芒。如此玩火,对写作可谓极其负责,对他者和爱情却可谓自私、冷酷、危险。动机理论认为人的动机大

---

① Charles Drazin, *John Fowles Journals*: *Volume 1*, London: Vintage, 2006, p. 58.
② Charles Drazin, *John Fowles Journals*: *Volume 1*, London: Vintage, 2006, p. 352.
③ Charles Drazin, *John Fowles Journals*: *Volume 1*, London: Vintage, 2006, p. 350.

致分为三类：权力动机，亲密动机，成就动机。① 很明显，福尔斯是个以成就动机为内驱力的人，其他无足轻重，他貌似对理想女性的痴迷也只是他立言留名的手段，其主心骨相当坚定，心定如山。

为了写作，他可以放弃工作、金钱、过早的成功、爱情，代价不可谓不大。但是，放弃的同时还有坚持——每天的记录和写作。写作是脚踏实地的每天努力，容不得自欺欺人。福尔斯手稿里的最早记录是他的小学成绩单，大约于13岁，上课经常睡眼惺忪，而且英语和法语成绩处于中流，从语言固化角度看，他并不是天赋卓异的语言神童。② 妻子伊丽莎白曾经严厉地批评过手稿是"女人一般的"阴柔文风："滥情、琐碎、陈腐、廉价的尖刻、语言老套、如同女性杂志上故事"③。伊丽莎白的全盘毁灭式评论让福尔斯觉得"写作时有她这样的女人在旁边是非常致命的"④。

他努力写作，偶尔也不乏抱怨。"人们崇拜的是天赋，凭努力的创作则受藐视……艺术是半宗教性质、艺术是神秘的象征，等等。……迪兰·汤玛斯看起来是天生的诗人，其实和马拉美一样努力的。写作越来越变成一种意志和努力（will and efforts），天赋所扮演的角色越来越少。批评家很少考虑到这些。我好像有无数的障碍要克服：懒惰、怀疑、缓慢、陈词滥调。如果我最终有所成就，那都是战胜自我（in spite of myself）的结果：自学、自成，从那个缪斯那里没有得到帮助。"⑤ 他痛恨别人神化天赋、灵感、宗教般的创作体验，但当他成名之后，却说出了同样的话："写作对我来说是一个宗教式的行当。我知道当我写得顺利的时候，那不仅仅是知识、技能、经验的总和，而是有些来自我外面的东西。灵感、缪斯体验是非常超感（telepath-

---

① ［美］兰迪·拉森、［美］戴维·巴斯：《潜意识与人格》，郭永玉、孙灯勇译，人民邮电出版社2012年版，第163页。
② HRC, Fowles：51.12.
③ Charles Drazin, *John Fowles Journals*：Volume 1, London：Vintage, 2006, p. 320.
④ Charles Drazin, *John Fowles Journals*：Volume 1, London：Vintage, 2006, p. 368.
⑤ Charles Drazin, *John Fowles Journals*：Volume 1, London：Vintage, 2006, p. 412.

ic）。"① 如此自相矛盾，显然是好了伤疤忘了疼，后期自觉下笔如有神，有缪斯相助，就忽略了当初读书破万卷的辛苦。这是后话，也是人之常情。尽管经济拮据，创作缓慢而艰难，经常性地自我怀疑，但他从来没有后悔过。"十年前，我选择了做作家……以存在主义者的意义上，即我不得不经常重新抉择、活在焦虑里、怀疑自己是否正确。我孤注一掷了。一部分是一种存在主义者的有意识的选择。另一部分是天生如此。现在回想起来，即使我一本书也没有被人接受，我还是对的。因为我周围到处是没有自主抉择的人，被金钱、地位象征、工作选择了的人。"② 从生命抉择层面上讲，创作无论成功或失败，福尔斯的生命都是成功的：他做了自己生命的主人。

对自己负责多一分，对别人负责就少一分，对自己太负责了，有时候就难免自私与冷漠。比如说，福尔斯当了13年的教师，开始不是太负责。从内心深处，他瞧不起教师、批评家。"当批评家毁灭了自己的创作冲动"，像太监，虽有冲动却并无能力。"我感到我的能力在更大更深的社会层面。我想影响成千上万的人，而不是几十个人。教书只是一个缓冲气垫，一个普通人的平庸理想。"③ 他初上讲坛，教学态度还非常随意，他敏感、忧郁、沉闷、外冷内热，并不适合从事教育，只是为了写作才把教书当成一个经济上的避风港，教书也不上心，可以说，这个牛津大学毕业生很快就自食恶果。在希腊斯佩德西岛（Spetsai）上，来听课的人越来越少，有一次他做一个存在主义的讲座，居然无一人出席④，稍微有点自尊心的人都会崩溃。但福尔斯似乎有一种反常的个性特质，非常冷淡（stolidity），沉得住气。一年后因卷入罗伊和伊丽莎白夫妻之间的三角恋爱，数罪并罚而被解聘，也可以说是咎由自取，他自觉也是咎由自取，只是面子上稍觉过不去。成名后，他的冷淡让

---

① John Fowles, *Wormholes*, London: Vintage, 1999, p. 8.
② John Fowles, *Wormholes*, London: Vintage, 1999, p. 6.
③ Charles Drazin, *John Fowles Journals: Volume 1*, London: Vintage, 2006, p. 78.
④ Eileen Warburton, *John Fowles: A Life in Two Worlds*, New York: Viking/Penguin, 2004, p. 82.

采访者颇坐立不安,他心里颇为自得,有一丝变态的快感。① 这种对外界和他者冷漠,从别人的手足无措中获得一些变态的快感。艺术家这种反常的冷淡也许是因为:艺术是要求全身心付出的行业,为了维持自己天才火花的不熄灭,他们选择了自私、自利、自保,暂时牺牲他者,过分外向抛洒会很快散掉自己的才气,伊丽莎白的前夫罗伊就是个很好的反例。

罗伊是福尔斯妻子伊丽莎白的前夫,罗伊本是建筑学院的高才生,出于对文学的浓厚兴趣,中年转行,半路出家写小说,几乎和福尔斯同时开始创作,他改行时已经身无分文,不能不说其激情巨大,勇气可嘉。1952 年,26 岁的福尔斯到希腊斯佩德西岛的拜伦中学教书,该中学与世隔绝,只有福尔斯和罗伊夫妇三个英国人,而且碍于条件,他们自然而然走到一起,而且,福尔斯最终和罗伊的妻子伊丽莎白因为"隔绝与亲近"② 而走到了一起。在他和罗伊夫妇交往的过程中,他很快发现罗伊经常酗酒、抽烟、随意借钱且忘记还钱,过一天算一天却美其名曰"活在当下",对自己的未来没有责任感,极度的自我中心主义,不懂察言观色,不善体察他人心理。26 岁的福尔斯如此评价他们夫妇俩的不负责任:"他们人不坏,就是极其欠缺考虑(thoughtlessness),不负责任、不可救药。他们不会一头扎进地狱,而是慢慢地滑进地狱,仰面朝天,眼睛还仰望着天堂。他们就是社会中的腐败者,我必须接触,也必须超越。"③ 福尔斯不仅预料了罗伊缓慢下坠,而且更加坚定了对自己的生命抉择倾尽全力。

此外,罗伊还存在两张皮问题。罗伊在寻找精神信仰的过程中,他不是像福尔斯获得存在主义信仰一样从内至外的思考获得,而是从外至内的学习得到,身外的信仰并未真正触及他的灵魂,外化为他的行动,比如说,他一方面说戒酒,马上又喝了第三杯,这使得他的精神信仰和实际行动再次沦为

---

① Charles Drazin, *John Fowles Journals*: Volume 1, London: Vintage, 2006, p. 567.
② Charles Drazin, *John Fowles Journals*: Volume 1, London: Vintage, 2006, p. 274.
③ Charles Drazin, *John Fowles Journals*: Volume 1, London: Vintage, 2006, p. 272.

互不融合的两张皮，他的"自我检查、自我批判非常严厉，同时有一种令人无法忍受的志得意满"①。他好像自我批判后就获得了一种道德上的优越感，其实是在自欺欺人。罗伊没有将精神信仰和现实自我整合起来，反而被崇高的精神信仰与低劣的内心恶习把现实自我拉成两半，陷入人格分裂的境地，最后进入医院监护病房，接受电击治疗。更致命的精神打击是情敌福尔斯的成功，福尔斯获得了世界性的声誉，而他一事无成，陷入贫病。他弃工从文、丢妻弃女的结局相当悲惨：抑郁、电击、痴呆、住院。

福尔斯也有性格分裂的倾向，但他的分裂中却有主动性和特异性：安静、隐忍、静观、坚韧。《菜根谭》云："耳目见闻为外贼，情欲意识为内贼，只是主人翁惺惺不昧，独坐中堂，贼便化为家人矣！"他无师自通地运用了类似禅定的止观之术，将自己一分为二：一个安静不动的观察者，一个躁动不安的体验者。观察者始终保持意志坚定，同时静静地向外观察森罗万象，向内观察情欲意念的生灭起伏、身心反应，外界诱惑越大，向内影响越深，反而向内观察越深。他既作为事件的亲历者、当事人，一方面深深卷入，一方面静心旁观、超然物外、不为世相所迷，反而能够化万物万事为其所用，利用那些负面的情绪和体验作为写作素材，这也许就是福尔斯所谓的"双向洞穿"道理。

从罗伊与福尔斯的对照中可以看出，大作家真是稀有品种，成长的身心环境和土壤要求相当苛刻。出类拔萃不是一种偶然的神来之笔，而是多种优秀品质整合之后展现出来的整体竞争力，是身体、心灵、品德、努力在某个高强度动机号召下调整、整合之后的综合外现。同时，艺术是一个苛刻的爱人，需要你日思夜想，念念不忘，身心一体，持久追求，三心二意、自欺欺人会遭到艺术和现实的双重惩罚！

---

① Charles Drazin, *John Fowles Journals*: *Volume* 1, London: Vintage, 2006, p.292.

## 二、分裂的人 VS 整合的人

福尔斯父母中年得子，他父亲是个"瘦弱、紧张的人，总是在焦虑生意和依靠他生活的人"①。福尔斯的敏感与紧张估计与父亲对未来的焦虑有比较深刻的联系，而内向和母亲的健谈、任性与母亲的宠爱又不无关系。母亲格拉孜（Gladys）是个典型的家庭主妇，小时候备受宠爱，从此便"一生都在渴望被注意、被溺爱"，"像 1925 年左右大多数家庭主妇一样，她在家务和相夫教子的角色中获得满足，她健谈、兴致高（cheerful）、溺爱孩子，十五年后，再育一女（Hazel）"。② 1939 年，福尔斯进入贝德福德中学（Bedford）——一所为大英帝国储备准军人的寄宿学校读书。英国的公立学校有欺负新来者、让新人跑腿服务（fagging）的传统，福尔斯在此遭到同学无情调侃欺负而兴趣低沉，精神崩溃，休学一年。在家里无伴、独享宠爱，在外面常受欺负的童年经历可能养成了他后期持续一生的心理习惯：自我中心主义、任性、孤单、在压力下戴上面具装乖、自我分裂、自给自足。因为没有兄弟姐妹，和同龄人接触太少，心灵交流的机会太少，无法从儿童互动中获取社会化的经验，笔者认为他是一个在心理上社会化不全的人，但他是个聪明儿童，知道不熟悉社会规范难以融入社会，于是他很快地、主动地融入社会。最森认为他融入社会的主要方法就是"体育技艺、学习成绩、尊重体制"③，但笔者认为，他的主要方法是装——假装尊重体制、装乖。"我从小就比较熟练使用面具。小时候，我对这种心理与外表不一致感到迷惑和羞愧。现在，我已经快乐地接受了做一个分裂症患者。我喜欢假装自己不是的那种人，特别在面对那些令人无聊的人时。我装得如此之好，我很快就在寄宿学校当上了学生领导（head boy）。……18 岁之前，我管辖着 500 个孩子，

---

① Eileen Warburton, *John Fowles: A Life in Two Worlds*, New York: Viking/Penguin, 2004, p. 10.
② Charles Drazin, *John Fowles Journals: Volume 1*, London: Vintage, 2006, X.
③ Charles Drazin, *John Fowles Journals: Volume 1*, London: Vintage, 2006, XI.

学会了关于权力、等级体系、操控法律。"① 这种装、戴面具带来了外在的成功，他装得相当成功，很快被提拔，每天要按照校规惩戒大约几十个孩子，在孩子们眼里，这是一个很"风光"的工作。但是，这种"成功"只是加重了他人格的分裂，让一个天性善良、敏感的孩子去惩罚别人，其反作用力拳拳打到自己心上，而且打坏了自己的性格结构。这种真我和假我大相径庭的精神分裂式的中学生活令福尔斯很久都不愿意原谅这个中学对自己所造成的伤害。"我还没有接受贝德福德中学，他们压制了我两年。直到我在牛津的最后一年我才开始成长……同学们还积极参加中学同学活动，我更希望断交，100%的隔离。对过去我始终没有释怀。"② 在中学受过集权主义的创伤，以至于终生不想再有任何瓜葛。过分背离自己的天性使得天性后期报复性反弹，让他从此不愿再做背离天性的事情。

福尔斯是个两面性特别强的个体。"我长期备受困扰，因为我言行不一，缺乏实际行动将自己的信念付诸实践。我从不给慈善机构任何东西，极少反对满口垃圾的人，从不游行、从不抗议、从不行动。我这样捍卫自己：作家是个升华了的行动者，最好的行动就是专注做作家。""因为这些，我感到与社会和社区生活格格不入。"③如此精神分裂是不适合待在社会生活中的，离群索居，少受刺激是上佳之选。他的"三不"信念："人应有三个政治和社会责任，即做一个不信上帝的无神论者以承担起做人的责任；不属于任何政治派别；不属于任何集团、组织、群体、派系、流派，这样才能确保个体的自由不受裹挟"④，与其说是出于思考，还不如说是出于自己的人生体验。"一切言说都是自传"⑤，写作是自我安慰、自我治疗、自我表达。

---

① John Fowles, Self‐introduction (1969 Manuscript), HRC, Fowles: 5.11.
② Charles Drazin, *John Fowles Journals*: *Volume* 2, London: Vintage, 2006, p. 180.
③ John Fowles, Self‐introduction (1969 Manuscript), HRC, Fowles: 5.11.
④ John Fowles, *Wormholes*, London: Vintage, 1999, p. 10.
⑤ HRC, Fowles: 1.3.

### 三、生理决定论 VS 一身是病

福尔斯有一种生理决定论（biological determinism），身体决定一切。做作家是身体决定的，是否优秀是身体决定的。① 这种论调是否是真理暂且不说，应该说，这不是一种正面教育的结果，而是负面体验的结果，即他从疾病中认识到了什么是健康，从病态中认识到什么是常态。福尔斯从小就饱受莫名其妙的病患折磨，"经常病得无法工作，甚至无法离开房间"，在牛津读书时，痛得匍匐在地，同时伴有强烈的腹痛、恶心、痢疾、高烧、冷汗。直到1950年1月（24岁），他才被确诊为慢性阿米巴痢疾（Amebic dysentery）。② 之后，胃病、结肠炎、咽炎、中风、抑郁、痛风、高血压、消化不良、性功能障碍、静脉曲张接踵而至，长期生病改变的不仅是身体状况，更是性格结构和生活态度。青年福尔斯其实已经决定，因为自己的身心缺陷，要过一种离群索居的生活。他在日记中写道："孤立感……无法融入人群、心理充满敌意、距离。太多的观察，太少的参与。跟别人不一样让我不舒服、退缩。无法从我的阳春白雪去俯就他人，恶心、敏感又回来了。"③ 长期的慢性病使他异常敏感，使他"暗地里感受了更多"④。

抑郁情绪几乎伴他一生。他对自我的期望值非常高，他只想凭借自己的独创性永恒，他的"敌人是湮灭（oblivion），一切都从此发源。不管多少现实的当代的名声都无法满足我，甚至管理全世界都不够"⑤。1988年（62岁）中风以后，经常感到"狂暴的抑郁（savagely depressed）"。成名成家、事业顺利对福尔斯的心理状态居然毫无改变，足见他的抑郁不是名利问题，

---

① John Fowles, *Wormholes*, London: Vintage, 1999, p. 63.
② Eileen Warburton, *John Fowles: A Life in Two Worlds*, New York: Viking/Penguin, 2004, p. 52.
③ Eileen Warburton, *John Fowles: A Life in Two Worlds*, New York: Viking/Penguin, 2004, p. 52.
④ Charles Drazin, *John Fowles Journals: Volume 1*, London: Vintage, 2006, p. 18.
⑤ Charles Drazin, *John Fowles Journals: Volume 1*, London: Vintage, 2006, p. 141.

而是性情、习惯、认知、自我预期方面的问题。但是，福尔斯并不是如他想象的那样退缩、退隐，他有一种深刻的竞争性。他的退隐可以说是一种以退为进的人生策略，退隐以保护自己的敏感性、创造性。他日记中多次提到自己在谈情说爱中有一种竞争的胜利感，那种雄性的自得透露出他的竞争性，他并非与世无争的人，退隐只是为了韬光养晦、抓大放小而已。

**四、爱情 VS 无情**

无论对福尔斯作品还是心理生活，影响最大的还是爱情。他渐次描写过三种女性：现实女性、幻想女性、原型女性。太虚幻境中幻想女性（Princesse lointaine in Domaine）让他找到了隔世知己。幻想中的理想女性可以反复勾勒，不断重写，以不断接近理想之状态①，在潜意识中反复挖掘对理想女性的勾勒，继续往下深挖，就会触及原型女性。原型女性无须出于现实，绝不受制于时空，可用想象力将其从虚空中、潜意识中捉来，如"年轻、性感的女性——缪斯、阿尼玛原型、原始的母亲、女巫"②。但是，现实女性，特别是妻子伊丽莎白在他一生中举足轻重。他认为自己"尽管还喜欢看漂亮女性，但绝对毫无兴趣去了解她们的身体。因为，我（他）可以在原型层面与她恋爱，其他所有的诱惑都包括在内"③。本书必须提及这些斩不断理还乱的家庭关系，真实的感情生活对臆想的虚构生活依然是个反拨和参照。

13 岁起，福尔斯就情窦初开，爱上一个女孩，从此以后，他的心理活动就没有离开过女孩子，一颗早熟的情种，落到贫瘠的土壤里，自然是妄念纷飞，以想象为食，并成为终身的习惯。大学毕业之后，他先后遇见了几位女性（Kaja, Monica, Ginette, Sally, Sanchia Humphries, Elizabeth Christy），

---

① John Fowles, Foreword to "Alain Fornier: the Wonderer or the End of Youth", HRC, Fowles: 1.1.
② Eileen Warburton, *John Fowles: A Life in Two Worlds*, New York: Viking/Penguin, 2004, p. 369.
③ Charles Drazin, *John Fowles Journals: Volume 1*, London: Vintage, 2006, p. 361.

但他没有承诺终身、安定下来的想法，一是因为没钱，无法安居乐业；二是因为创作不见起色，焦虑；三是因为女朋友缺乏那种神秘性，不足以拴住他的心。他在女朋友的选择上患得患失，但始终有一个标准不肯放弃：能够激发想象的神秘度。据此标准，不断衡量女友在自己心中的分量。"我寻找的女性特质是神秘度（mystery），吉内特（Ginette）一点神秘度也没有，这是我很快不再爱她的原因。伊丽莎白有一些神秘度，但没有幻想性（fantasy），三琪儿（Sanchia）看起来最有永不消逝的神秘性。"① "也许，我一直在寻找一个女性原型（woman archetype）。"当时，伊丽莎白（Elizabeth Christy）是英国人罗伊（Roy Christy）的妻子，他们同在希腊斯佩德西岛上教书，由于岛上环境单调、懂英语的人不多，三人自然而然成为形影不离的朋友，但罗伊有闹酒的恶习，福尔斯和伊丽莎白慢慢地走到一起。偷情、狂热、放肆、内疚、绝望，"有一次，算一次"②。但最终再次面临婚姻问题时，他再次患得患失，虽然他欣赏伊丽莎白的轻松、优雅、没有时间紧迫感、外向和交流得体。"我知道这不是真正的爱情，更多是身体需求、寂寞。"③ 碍于环境，"她是一个我能够找到的、近乎理想的女人……她没有多少教育、文化、清晰度，我认为我必须需要这些，但作为补偿，她有直觉力、真诚、相貌和种族。她意志力薄弱，或只有间歇性的意志力，缺乏耐久力"④。此时，伊丽莎白面临绝境：失业、贫困、前途未卜，前夫罗伊此时收入稳定，达到年薪一千多磅，不断地向伊丽莎白忏悔，要求她回心转意（福尔斯认为罗伊是出于控制欲和面子才如此催逼紧迫）；福尔斯又不太喜欢小孩，要求伊丽莎白在她女儿（Ann）和他之间做选择。他此时又喜欢上了灰脊学院的两个女孩，一方面暧昧绵绵，环肥燕瘦，乐不思蜀，另一方面对伊丽莎白心猿意马，又颇感内疚。后来两个女孩离校，福尔斯又一次面临抉择。几经波折，他们俩

---

① Charles Drazin, *John Fowles Journals：Volume 1*, London：Vintage, 2006, p. 324.
② Charles Drazin, *John Fowles Journals：Volume 1*, London：Vintage, 2006, p. 281.
③ Charles Drazin, *John Fowles Journals：Volume 1*, London：Vintage, 2006, p. 277.
④ Charles Drazin, *John Fowles Journals：Volume 1*, London：Vintage, 2006, p. 290.

终于订婚，终于从法律关系上稳定下来，但之后志趣差异和情绪困扰却一直没有离开过他俩。

伊丽莎白自从婚后就很少外出工作，她"痛恨宁静、宽阔、空空荡荡，而这些正是我喜欢的"①。她一直不喜欢莱姆镇的"商店少、资源少"②，不适应远离尘嚣、孤独隐居的生活。伊丽莎白常常抱怨，"自己得不到想要的生活、兴趣、事物"，一到冬天就消沉。而福尔斯喜欢冬天，痛恨夏天，因为"夏天意味着干草热、痢疾、不适、烦躁不安、与身体不停地抗争。冬天是我的季节，晚饭过后，天就暗下来，我喜欢"③。冬天一到，她的抑郁也立刻到来，唠叨"她的无聊、空虚，她的无用、缺乏身份"④。从1966年第二本日记开始，福尔斯就经常记录她的抱怨、生气、郁闷、抑郁，等等。"E有一种小孩般的任性（willfulness），想要什么就必须得到"⑤，"追求身份，或追求遥不可及的事物（After identity, or after the unattainable）"⑥。晚年的伊丽莎白可能因为健康恶化而情绪恶劣消沉，对与福尔斯有关的一切都非常抱怨，"任何关于我、关于莱姆镇、关于自然、关于写作、关于我的过去都让她恼怒"⑦。她经常旧事重提，揭老伤疤、对继女安的内疚，等等。她批评福尔斯是理论和非生命（non-life）。1983年，夫妻关系可能尤其恶化，福尔斯日记凡是提到伊丽莎白处，伊丽莎白皆以尾注方式处处反驳，福尔斯到了言出必错、动辄得咎的地步。两人话不投机，有时候，对方话未出口，福尔斯就先愤怒解释，先求自保。⑧ 1989年11月19日之后，伊丽莎白似乎连

---

① Charles Drazin, *John Fowles Journals*: Volume 2, London: Vintage, 2006, p. 10.
② Charles Drazin, *John Fowles Journals*: Volume 2, London: Vintage, 2006, p. 346.
③ Charles Drazin, *John Fowles Journals*: Volume 1, London: Vintage, 2006, p. 93.
④ Charles Drazin, *John Fowles Journals*: Volume 2, London: Vintage, 2006, p. 121.
⑤ Charles Drazin, *John Fowles Journals*: Volume 2, London: Vintage, 2006, p. 272.
⑥ Charles Drazin, *John Fowles Journals*: Volume 2, London: Vintage, 2006, p. 23.
⑦ Charles Drazin, *John Fowles Journals*: Volume 2, London: Vintage, 2006, p. 428.
⑧ Charles Drazin, *John Fowles Journals*: Volume 2, London: Vintage, 2006, pp. 429–430.

抱怨的精力都没有了，抽烟、喝酒、不打理、不锻炼、不睡，一心求死①，以自伤来伤害福尔斯。如此自我放弃，健康日渐恶化，终日疼痛，两年后即病逝。曾经绝配，今日怨偶，令人嗟叹，个中委曲，只能如人饮水冷暖自知了。

应该说，隐退是一个心灵敏感作家最好的自保方式，但对一个家庭主妇来说确是一个灾难。从禅宗的角度说，人的六识——眼、耳、鼻、舌、身、意都要吃东西，即意思食。福尔斯可以以想象为食，以希望为食，以美为食，以创作为食。而伊丽莎白却是一个普通女性，需要更多直觉感受，需要商场，更有趣的、当下的、家长里短的意思食。本来，在见面之前，"E 有一种小孩般的任性，想要什么就必须得到"②。现在没有了多样化的生活，她只能把注意力放在福尔斯身上，福尔斯成天生活在脑海里和幻想的理想女性玩恋爱游戏，这已经使得她不满，再夹杂着婚前的创伤记忆，这导致她对福尔斯的一切都不满意。

福尔斯认为同质性（homogeneity）单一性是死寂，可惜他居处两英亩，远离尘嚣，伊丽莎白在这种清静的环境中因精神情感的营养不足而枯萎了。同时，伊丽莎白抱怨福尔斯对她照顾不周、不料理家务，这对福尔斯不太公平。福尔斯是一个挑战自身潜能的人，必须全力以赴，心无旁骛，妻子的抱怨大大扰乱了福尔斯的心神，她没有看到，这么一大家人，全靠福尔斯一个人的收入独立撑持，要靠福尔斯的一支笔繁荣富强。她拒绝承认福尔斯是一个从经济到情感都是靠想象生活的人③，无视现实，反而去要求他、扰乱他，其实是很不明智的。福尔斯在日记里有颇多纠结抱怨，1965 年，福尔斯 39 岁时就开始抱怨，"如此活着就像背着一具死尸、一具抱怨的死尸爬山"，觉得自己如同一个"和无神论者结婚的牧师"，"如一个烂苹果，腐坏了周围了

---

① Charles Drazin, *John Fowles Journals*: *Volume 2*, London: Vintage, 2006, p. 429.
② Charles Drazin, *John Fowles Journals*: *Volume 1*, London: Vintage, 2006, p. 272.
③ Charles Drazin, *John Fowles Journals*: *Volume 1*, London: Vintage, 2006, p 169.

气氛"。① 这些意象,都是琴瑟失和的心底呼声。但是,福尔斯和伊丽莎白的爱情最为持久、专情(婚后二人再未移情别恋)、亲密、性情相投,其爱情生活比普通人成功,而如此天作之合也有很多隐痛。

上述引文,几乎都是福尔斯日记中的一面之词,伊丽莎白在过世前,烧掉了自己的日记。我们无法看到她视角下的婚姻生活,即使看到,也是清官难断家务事,更何况两人皆已作古,我们再次评头论足也不合人之常情。作为学术研究,我们需要的是福尔斯创造力之谜和婚姻之间的关系。为什么福尔斯夫妇在年轻时、磨合时、艰苦奋斗时没有吵架,反而是在老年时、富裕时、闲适时开始旧事重提、纠缠不清?难道婚姻也是生于忧患而死于安乐?福尔斯也怀疑过原因:"月经失调、安娜带来的创伤、作家的命运是必定要牺牲自己(martyrdom)。"② 他生怕自己重演哈代与艾玛的婚姻悲剧:互相以对方的过错为食,渐渐滑入尖锐刻薄与冷漠③,福尔斯也考虑过离开莱姆镇,但他认为"离开只不过是换个新装修而已,因为现在指责与反指责太过于频繁,看不到尽头,我开始觉得深受困扰、让人精疲力竭(profoundly debilitating)"④。

他们之间的婚姻是件神秘的天作之合,一对文艺青年,夫唱妇随,出双入对,但最终沦为一对怨偶,这令人难解。笔者揣测大致以下有几个原因。

第一,虽然伊丽莎白也是个极好的文艺青年,但和作家真实的目标和努力差别很大。福尔斯冲劲十足,要去挑战青史留名,而伊丽莎白只是一个生活型的女性,应付普通工作尚感吃力,更何况做原创性作家这种极具挑战性的工作。福尔斯整日以幻想女性之神秘美为食,她第一时间阅读,提出建议,对福尔斯整天在作品中幻想理想女性也没有醋意大发,依然以丈夫的事业为自己的事业,也算是夫妻同心,其利断金了。但是,伊丽莎白没有理解

---

① Charles Drazin, *John Fowles Journals*: Volume 2, London: Vintage, 2006, p 107.
② Charles Drazin, *John Fowles Journals*: Volume 2, London: Vintage, 2006, p 169.
③ Charles Drazin, *John Fowles Journals*: Volume 2, London: Vintage, 2006, p 169.
④ Charles Drazin, *John Fowles Journals*: Volume 1, London: Vintage, 2006, p 169.

福尔斯创作的艰巨性，而且固执地认为福尔斯没有多少文才，不断挑剔、批判、撕稿，古话说，"同想成爱，异见成憎"，如此攻击福尔斯的理想，应是他们关系恶化的开始。

第二，福尔斯成功之后，生活变得清闲，没有远大目标的伊丽莎白便开始目标丧失，反刍创伤。兵家道理"急则相救、缓则相攻"的道理似乎同样也适用于夫妻生活。1965 年，伊丽莎白就常常抱怨，自己得不到想要的生活、兴趣、东西等，这些恨意都是过分夸大了。福尔斯无法使她理解，她没有强烈的爱好、没有强烈的意愿。问题不在于没满足，而是根本不存在这个问题（意即找些无中生有的问题来吵吵），伊丽莎白不是一个主心骨特硬、意志力特别强的人，也缺乏应对工作所需的艰苦卓绝的努力，所以很难建构起自己的生活圈。天性的轻松随意变成了生活中随波逐流。伊丽莎白的心理能量、意志力与努力远没有福尔斯强大，偏要压人一等，夺取家庭的主导权，是不太明智的。应该说，伊丽莎白有自己主观上的问题。

第三，伊丽莎白批评过度。她对文字有自己天性的敏感，是福尔斯作品最好的第一读者和苛刻的批评家，其成名作都经过伊丽莎白仔细校对，1982 年有一次福尔斯受到伊丽莎白的严厉批评之后，非常心痛，大吵一架，从此，伊丽莎白几乎再也不看福尔斯的作品，福尔斯也不主动请她审校。怪异的是，没有伊丽莎白把关的作品，后来就再也没有火过。此"神秘"可能有两方面的原因，首先，伊丽莎白让他保持锐气，自我警觉，"朝乾夕惕"，自强不息，宽松则信马由缰，丧失警觉。祸福相依，此是一例。其次，福尔斯基本是"一个不断展示（unfolding）的作家，而不是一个成长（growing）的作家"①。这几乎一语成谶，他在展示基本性格结构中，成名作已经耗尽了他毕生积累，其后的变异之作（variations）便丧失了激情、细节、突破，自然难以卷土重来。

---

① Kerry McSweeney, "Withering Into the Truth: John Fowles and Daniel Martin", *Critical Quarterly*, No. 4, 1978, p. 31.

第四，孩子也是福尔斯夫妇争执的一个主因。福尔斯没有小孩。安是伊丽莎白与前夫罗伊的女儿，福尔斯当初与伊丽莎白结婚前，颇为犹豫，让伊丽莎白在他和孩子之间抉择：要么要他，要么要孩子。这给本来就陷入困境的伊丽莎白施加了创伤一般的心理压力。如此创伤最后反弹，似乎在情理之中。最后，福尔斯由于天性内敛、不善交流、不善幽默、人生态度消沉、不愿要小孩、对孩子感情投入少，在处理家庭关系上不算太成功。后来，他为伊丽莎白与前夫罗伊的女儿安（Ann）付房款、付生活费、付学习费、为孙女 Tess 付学费、为孙子威廉（William）买东西，但是他自感得到的回报是"轻蔑和不耐烦"①，孙子、孙女进进出出，"没有一句感谢的话、脾气很坏、没有修养（graceless impatience）"②，继女没有工作，他也无能为力，只好为她买房。但他天性退缩（inoffensive），心里生气、郁闷、默默承受。他沉闷无趣、传统老派、本色出演祖父角色在生活中没有成功。小孩需要游戏，和继女、孙子情感交流不够，在养儿育女方面是不太成功的。福尔斯和传统老派的中国父母一样，心理已经接受了下一代没有父辈的艰苦奋斗的精神，青年人都如海绵（sponge）等观念③，于是便无怨无悔为啃老的儿孙们出了很多钱，默默承受了做"冤大头"的命运。

### 五、结语

福尔斯性格中有很多弱点：郁闷、无趣、自恋、分裂、幻想、矛盾、两面性，但只要了解他为自己生命负责的勇气，他坚忍不拔的挣扎，以写作谋取永恒和当下生存的决心，15 年在贫困中熬磨的耐力和努力，约 15 本未发表作品的积累，面对这样一个艰苦卓绝的生命，我们只能肃然起敬。

福尔斯是个情感丰富、内热外冷的情种，其一生似乎可以这样总结：童

---

① Charles Drazin, *John Fowles Journals*: Volume 2, London: Vintage, 2006, p. 414.
② Charles Drazin, *John Fowles Journals*: Volume 2, London: Vintage, 2006, p. 428.
③ Charles Drazin, *John Fowles Journals*: Volume 2, London: Vintage, 2006, p. 288.

年孤独无伴，少年情感饥渴，中学挣扎分裂，大学敏感多舛，青年立志努力、情感波折；青年之后，15年努力后苦尽甘来、成就文名，发展平稳；老年健康恶化、夫妻失和、沉默纠结。一个貌似风平浪静的人生，底下也是波澜壮阔、跌宕起伏，最后都渐渐平静，归于空寂。

## 第二节　福尔斯的心理图式

### 一、男性都是追梦人

　　福尔斯对法国作家阿兰－福尼尔的《失去的国度》一见倾心，他在译后记《惊奇的终结》（*End of Wonder*）中记述了他的惊艳反应是：一见倾心，从此找到了自己的叙事模式，即在太虚幻境中演绎自我的故事。① 福尔斯从福尼尔的作品里发现了自己苦思不得、现在却可如法炮制的叙事结构，可以说，从此以后，福尔斯所有作品都带有《失去的国度》的痕迹：lost domaine, princess。而且作品也体现出类似的阴柔气质（feminine），因为他们在本质上具有雷同的心理结构，具有类似的心理诉求，一读之下，立刻同心相应，同气相求。从感性上，福尔斯认为福尼尔写小说"表达儿童那种天真的生活态度，抓住过去"②。写作对于他们来说，的确不是为了发表，而是为了释放一种怀旧情绪，留住童年的回忆，一种对可望而不可即的异性的渴求（princesses loitaine）。写作不是要发表什么观点，而仅仅是释放内心的一种情绪。

　　但是，黛安·花雯（Diane Haun）——一个刚强叛逆的摩门教女性、文

---

① John Fowles, Foreword to "Alain Fornier: the Wonderer or the End of Youth", HRC, Fowles: 1.1.
② John Fowles, *Wormhole*, London: Vintage, 1999, p.251.

学教师、作家在 1978 年 8 月 28 日给福尔斯的来信中说，她读 Lowell Bair 翻译的《失去的国度》的作品的反应却非常不一样：它是一场盛宴，但我的反应却非常怪异和压抑，和终将消失的盛宴、失衡的两难无关。我认为它非常阴柔（feminine）。①

为什么对同一作品，福尔斯和戴安的读者反应差距如此之大呢？或者说，男性读者和女性读者的读者反应差别如此之大！这是否暗示着男性和女性不同的思维模式和认知模式，同时也顺理成章地暗示着不同的创作模式，乃至人生模式呢？男性的认知模式究竟有何特点呢？

戴安在同一封长信中提到，很多男性面对理想女性时，其思维方式非常令人费解，其结果却无一例外，都是劳燕分飞。在某种程度上，这些不同的男性追求者似乎都有一个共同的认知模式，最后导致了共同的失败结局。

"Jim Huan（戴安的丈夫）曾经告诉我，男人都是追梦人（Men are dreamers），我当时还不太相信。毕竟，我也有梦想。后来在婚姻生活中，我才发现，他（戴安的丈夫）有某种框架，我必须嵌入其中。我的现实应该不错乃至某些方面更好……但我若不符合他头脑中建立的完美女性的概念，他就不会相信我是爱他的。我发现这点有点太晚了。"② 戴安认为丈夫有一个关于理想女性的预置观念，不管女性是更好还是更差，他都生活在头脑里关于女性的概念框架（frame of reference）中。男性似乎不看现实，而在一直追逐着头脑中的那个理想图式。为了向福尔斯证明自己的观点，她讲了自己曾经经历过的四段爱情。曾经有四个男性很爱她，却先后都主动放弃，和她分手了，然后去找了一段很不般配的婚姻，分别如下。

第一桩恋爱："在卡特里娜（Catalina），我曾和一个男人短暂约会，他追求比较猛烈。有一天，他来到我家里，泪流满面，'我处理不了这么好的事情'"，之后就走出院子，走出了我的生活。但是，这个小镇真是太小了。

---

① HRC, Fowles: 50.8.
② HRC, Fowles: 50.8.

大家都知道谁和谁约会，我走到那里都能看见他，我只能待在家里伤心。骄傲心推进着事态，两天内，他就和一个身材矮胖、嗓门很大的女性在一起了。我去找露丝，她知道整个事情，'为什么是她？'露丝回答说，'因为他永远不会爱她。'"

　　这个男性的选择具有典型性。男人一方面追逐理想，另一方面却无法承受理想爱情的实现，于是宁愿生活在悲剧情绪中，也不去和理想女性结婚。一方面，觉得自己不配，另一方面，也许是害怕理想破灭，精神生活便再无皈依之处。男性似乎对现实没有心态的开放性，而且有一种胆怯，不敢去破除自己的幻觉，于是便选择了一种妥协，执意地活在自己关于理想女性的臆想中，追梦而不追求现实的理想，一旦现实和理想快要弥合，便理性地选择了不靠近、不结婚、不承诺、远观守候乃至主动跳入另一桩悲剧。这和《法国中尉的女人》中的第二个结尾何其类似：查尔斯放弃了萨拉，知道自己不爱蒂娜，还是准备和她结婚。这个男性是二元对立的思维受害者，在他的心理地图中，女性不是天使就是非天使，这种思维注定会产生一个结果：接近天使，自己配不上，最终必定分手；如果她不是天使，自己看不上，最终也必定分手，没有用复杂思维和整体化思维来看待真实女性，始终活在一种臆想中。

　　第二桩恋爱："在离开小岛前，我碰见了一个非常令人振奋的男子。化学反应是瞬间、强大、淹没。他告诉我，'戴安，我喜欢和你聊天，走三十条路，你都一直和我在一起'。有一天晚上，我们外出跳舞，有个人对他说，'听说你恋爱了'，他的眼光掠过朋友的肩膀，非常冷。我正好回来，那眼光太陌生了。我很庆幸，我离开了。"

　　这个男人似乎害怕坠入现实中理想的爱情而失去自我。明明是在爱了，却非常冷酷地告诉自己，不，我没有，我没有，我不能。这样的自我否定也许表明他宁愿生活在脑海的爱情里，而不敢生活在现实的爱情里。

　　第三桩爱情："他是一个羞怯的人。他换了专业，改读戏剧，来和我一起上我会去的课。这个瘦高近视的男孩跟了我近一年。在一次戏剧系朋友在我家的聚会上,我想遂其所愿……我让他晚走一些,他说'他让我失望了'。我说他已经给了我我想要的了。但他就是不再和我说话,我也懒得再安慰他,如是一年,一言未发。"

这个男性似乎生活在对自己理想爱情的臆想中,把女性当成天使,不敢有丝毫触碰,生怕天使会失望,然后会对自己更失望。他好像在寻找一种存在意义的确认。这和福尔斯在《收藏家》中对克莱格刚刚见到米兰达时的描述何其类似:她就是一切,她使生命值得一活。如此把女性捧到云端,自己则低到尘埃里去,自卑无比,而且,他们都在用心眼在看头脑中的理想女性,把现实女性当成理想女性的投影。

第四桩爱情:"我二十年前郊游时认识的一个男性,他开了1000英里来对我说,'我希望把你想象成一个我永远得不到的女孩',二十年前,我是一个职业的处女,遥不可及,不可触碰。我不得不一笑了之,或一砖一瓦地拆毁他们的建构,或不得不一天打字十四小时(来说服他们)。"

这几段美好爱情,都在没有任何外在阻碍且基本两情相悦的情况下男性突然撒手,惨淡收场,令人叹息。应该说,阻碍来自男性内部,这几个男性,和福尼尔一样,都遭遇最理想的爱情,他们对戴安都是一见钟情、热烈追求、温柔陪伴,但这几个男性在同一个理想女性面前的表现几乎如出一辙,都是自暴自弃地放弃。究竟是为什么呢?戴安认为男性都是追梦人,他们都"生活在理想的阴影之中(living in the shadow of ideal)"。男人脑海中不仅早有一个理性女性的原型,而且有一个理想自我的原型、图式,然后在生活中按图索骥,按照预置的概念模式生活,不管生活是不是实质上已经更好或者改变。男人其实是不看现实的,而是在"看"脑海中的概念和图式——自我图式(schemata)、生活图式(pattern)、心理地图(mental map)以及路线图(road map),然后在生活中做比照、匹配(matching)的工作,所以,男人不生活在现实中,而是生活在脑海中的静态的心理图式里。当外在景象与内心图式突然发生耦合和匹配时，就很容易产生惊鸿一瞥、找到理想的感受。戴安认为女性比男人更现实（practical），更活在现实中，而不是像男性一样在"想"。女人期望值更低，也就是说没有远大的蓝图，目的性不强，女人认为任何体验都是礼物，所以存在感更强。

　　戴安的这几个爱情故事，和福尔斯有何关系？当然有。其一，戴安被追求者捧成理想爱人、天使，被他们罩上、套进一个理想的模子里，生怕打破他们脆弱的模子而深感拘束不安，动辄得咎。她知道理想女性是个幻影。其二，戴安还恭维福尔斯，"你比大多数男人更了解女人，特别是阿丽（Alison）（《魔法师》中的现实女性）要打交道的那种男人：他们活在理想的阴影里（Living in the shadow of ideal）"。窃以为，戴安对福尔斯过誉了，如果她读到福尔斯的手稿，就会知道，阿丽（Alison）其实就是福尔斯妻子伊丽莎白在小说中的替身，福尔斯多次明言"阿丽代表着伊丽莎白、正常的现实、道德承诺、爱情，等等"①，和阿丽打交道的人是尼克，和伊丽莎白打交道的人是谁呢？是福尔斯自己！也就是说，福尔斯和尼克（《魔法师》的男叙事者）以及戴安的四名追求者一样：活在自己的理想的阴影里！都在睁着眼睛追逐头脑中的幻影！戴安没有看出来，还以为福尔斯在写别人的故事，其实他在写他自己！这些男性的确是不与时俱进的、不生活在现实中，每天睁着眼睛，却并不活在真实的现实里，再多的现实都看不见，而是活在脑海里的各种概念图式里，如果现实刚好与他的心理地图匹配，他就会突然惊鸿一瞥，这也是福尔斯为什么会突然被某个别墅、女性背影的画面、某个幻觉触动的原因之一。

## 二、福尔斯的自我心理图式的形成与演变

　　这些男性不仅有一个关于理想女性的图式，而且还有一个关于理想自我

---

① HRC, Fowles, 52.2.162.

的图式。自我图示（self-schemata）是一个心理内假设的知识结构，是具有特定自我含义的以及具有高度确定性的特性的认知模式，它被用来指导信息加工，并且直接影响到人们对信息的选择、记忆和阐释。比如，专业运动员会主要关注自己的运动能力和竞争能力，而艺术家则会主要关注自己的自发性和创造性。① 正是因为这个自我图式会带来三个自然而然的效果：其一，一切从我出发，以我划界；其二，选择性认知；其三，理想化。一旦自我图式封闭，对现实不具备开放性，始终不惜代价地追求一个静态的理想化的自我（idealized self），而不是理想的自我（ideal self），会给自己和社会带来极大的损伤。

理想化自我形象（idealized self-image），是一种虚构的、幻象的、静态的自我形象，是虚像、假我，它通常一半是确有其事、一半是主观愿望，特别容易使人误入歧途，害大于益。从"idealized"一词的构词法中可以看出，"ed"表明这种被自己理想化、被夸大的自我描绘业已成型，后期一切行为都是为了去适应、维护、捍卫这个先入为主的虚像，把真正的自己（authentic self）置于相当被动的地位，使得真我被假我驱迫和奴役，而后造孽无数。② 理想化意象的第一大害处就是它用臆想取代现实、用虚像取代真相，为捍卫虚像他不惜自我膨胀、挤榨他人。这种虚构意象愈是没有现实基础支撑，"愈不真实，患者愈是贪求别人的肯定和承认，愈是敏感脆弱"。他迫切需要感到强势，但却"总感到被人蔑视，受到屈辱，因此特别需要一种报复性的胜利让自己感到处于优势"。他的由弱至强，不是一个渐进的过程，而很可能是戏剧性的、报复性的转变。③ 尼克就是这样，装腔作势，虚情假意，一切都是在表演给一个虚构的空中之眼看，等待它给自己打分。《收藏家》

---

① ［美］乔纳森·布朗：《自我》，陈浩莺等译，人民邮电出版社2004年版，第97页。
② ［美］卡伦·霍妮：《我们内心的冲突》，王作虹译，贵州人民出版社2004年版，第67页。
③ ［美］卡伦·霍妮：《我们内心的冲突》，王作虹译，贵州人民出版社2004年版，第59—62页。

中克莱格苦思冥想如何接近米兰达，于是做了一个英雄救美的梦，结果梦中剧情突转，原来那个绑匪就是自己。在拖死米兰达之前，也是假惺惺地做出各种努力，包括假装去找医生不遇，他表面难过，却从容不迫地去打扫了一下灰尘，喝了一杯咖啡，睡了一个好觉；米兰达死后，他冲出门外想殉情，却只是到外面换了换空气；谋杀之后，他自欺欺人，把自己想象成罗密欧，假想众多的看客对他的痴情感到惊叹不已。这种表演表明他们内心有一只监控之眼，在给他们打分。为了捍卫十全十美、僵化不变的自我描绘，病态者会颠倒黑白，对最明显的缺点视而不见，甚至缺点也会变成优点。

第二大害处就是强化人物的自恋，导致人物无视现实，心理永不成长。真正的理想是开放的、动态的、必须不断努力才能接近的，理想把人引向虚怀若谷。而理想化意象是根深蒂固的自恋的产物，是不顾现实的自我美化、自以为是，它把人引向高傲、孤立、隔绝，不可挑战，否则就会导致狂暴的报复。① 过度自恋可以说是福尔斯笔下所有男主人公的主要特征，福尔斯并不以自恋为坏事，反而竭力鼓吹"自恋或皮革马利翁情结是作家必须具有恶德"②。但过度自恋会带来许多后续问题。其一，自我意象过度美化，分不清哪些是现实，哪些是愿望，自我认知和社会认可有相当大的距离。他们完全无视现实，沉醉于幻想中，按照自己的臆想对女性任意重构，以至于尽管福尔斯作品中丽影幢幢，女性却从来没有按照自己的面目存在过，尽是男权的性幻想，是男性欲望的拟人化。③ 克莱格试图按照自己的臆想重构米兰达，喜欢听米兰达谈论他，不管谈什么，却常常被性格顽强的米兰达奚落得灰头土脸。其二，由于患者把自己描述得十全十美，理想化意象便"有一种静止

---

① ［美］卡伦·霍妮：《我们内心的冲突》，王作虹译，贵州人民出版社2004年版，第58—67页。
② John Fowles, *Wormholes*, London: Vintage, 1999, p. 14.
③ 潘家云：《"窥""破"愚妄：福尔斯作品中的妄想狂特征》，载《国外文学》，2009年第1期，第29—32页。

的性质"和"僵死不变的特征"①,会导致人格静态,经年累月,不能成长。勃兰特发现一个更加有趣的人格静态的例子:1977年出版的《丹尼尔·马丁》中的丹尼尔,实际就是《魔法师》中尼克的老年版,丹尼尔就是47岁的尼克。②《魔法师》写于1965,十二年过去了,福尔斯的主人公永远是那些老问题,即精神锁闭、精神分裂、异化、抑郁、强烈的渺小感和虚无感③,其实,百病源于一病,即过度自恋,自恋使其自我意象虚幻不实、静态不变,现实中的一切行为都是为了符合这个虚像的需要,完全被自己先入为主的自我设置牵着走。于是,这些人物性格封闭、静态,无论经历多少事件都会回到起点,原地踏步,毫无突破。

为什么会出现这种失落、追寻、心理封闭呢?最主要的原因在于男叙事者尼克的错误假定上,即以为以前有一个完美的真我,在进入成年之后被文化思潮、欲望、偏见等玷污失落了。这个理想化的自我意象让尼克觉得一切皆不如人意,反而他的理想化的自我意象、虚假的假定,倒是非常真真切切地控制着他的人格发展,左右着他的情绪。正是由于这种认假作真,让尼克分不清现实与虚构的差别。而且,更有害的是,由于患者把自己描述得十全十美,理想化意象便"有一种静止的性质"和"僵死不变的特征"④,会导致人格静态,经年累月,不能成长。尼克从始至终,并未真正地成长,还是在追寻,试图找出背后的偷窥之眼。同理,再看《收藏家》中的克莱格,他沉醉在自己的自恋、自卑和自我意象里,从开头的痴迷与米兰达,到结尾的绑架、拖死米兰达,从市民走向罪人,始终没有觉得自己有任何问题,从未

---

① [美]卡伦·霍妮:《我们内心的冲突》,王作虹译,贵州人民出版社2004年版,第60—63页。
② Peter Brandt, "Somewhere Else in the Forest", *Twentieth Century Literature*, Spring 1996, p. 147.
③ 张和龙:《后现代语境中的自我:约翰·福尔斯小说研究》,上海外语教育出版社2007年版,第10页。
④ [美]卡伦·霍妮:《我们内心的冲突》,王作虹译,贵州人民出版社2004年版,第60—63页。

反思过自己的世界观和人格问题，而是将此归咎于一个细节问题：自己"定位太高"，下次要找一个容易驯服的目标。

正是因为这个静态的自我图式，使得人们看待一切事情都很难真正做到开放、全局、悦纳现实，而是首先从我出发，二元对立（我与他者）地去看待世界，用自己心理结构中的敏感点来选择性地阐释世界（比如没钱的人一提到钱便敏感，好弄权的人对权力的等级关系特别敏感，自卑的人很容易过敏），真实与阐释之间隔着一层像透镜一般的"我"，他看到的世界都是被自己扭曲的世界。正如《呻吟语》中的格言："目中有花，则视万物皆妄见也；耳中有声，则听万物皆妄闻也；心中有物，则处万物皆妄意也。是故此心贵虚。"① 小孩成长时，赤子之心是一种无分别之心，无我之心，对世界没有那种选择性地接受，无往而非趣也。② 但是，小孩受到成年人世界的功利、强弱、自他的二元对立体系的侵扰，很快感知到自我与他者的区别，便开始"以我划界"，从"我的敏感点"的角度去观察评判一切事物，这本是人间的正常现象。但是，自我感若丧失了限度，自我感越强，他者感也越强，对立感越强，假想敌也越多，分离焦虑越强，生存焦虑也越强，也越容易采取极端、残忍的手段来捍卫自己的心理安全和生存安全。

在福尔斯的心理结构上，强烈的自我意识导致的不是假想敌，而是假想友，即一个臆想的导师来引领他，理想化的女性来安抚他。福尔斯之所以没有那种好斗和假想敌，恐怕主要因为他的生存环境中没有多少虎视眈眈的"敌人"、加害者、恶意的人，他的生活空间宽大，人际摩擦很少，长期和父母聚少离多，童年在孤寂中长大，一个人常在荒野中漫游，需要假想友远胜

---

① 但是，诗人、创作家似乎有为美而扭曲世界的特权，我们不妨模仿诗歌的破格（poetic license）来创造一个术语：creative license，创作家特权。
② 关于自然之趣与后天之趣，袁宏道在《叙陈正甫会心集》有集中论述："世人所难得者唯趣。……夫趣得之自然者深，得之学问者浅。当其为童子也，不知有趣，然无往而非趣也。面无端容，目无定睛；口喃喃而欲语，足跳跃而不定；人生之至乐，真无逾于此时者。……迨夫年渐长，官渐高，品渐大，有身如梏，有心如棘，毛孔骨节，俱为闻见知识所缚，入理愈深，然其去趣愈远矣。"

过需要假想敌,他以此来维持自己与世界的亲切联系感。福尔斯对假想友的文学想象可以说起源于他青春期的性幻想,性幻想使得少年的他在一定程度上摆脱了孤独,获得了自足性。成年之后,继续乐此不疲,"我以前经常做关于把女性囚禁于地下室的清醒幻想或夜梦。即使以后多次恋爱和幸福婚姻中也没有终止过这种梦"①。成人如此,无异于心理停滞,但他愿意如此,将想象作为一种变相的满足,作为对不完美的生活的补足,他的无师自通的幻想实践暗合弗洛伊德在《创作家与白日梦》中的判断。也正因为如此,"人根据早期的重要关系的内化模式来塑造各种关系。早期的客体关联模式成为我们的偏好与新课题建立关系的模式。正是这种旧模式的循环投射以及自我实现预言的反复内化,人际关系中的性格问题才如此难以改变"②。

窃以为,在人的心灵生活中,人与人的关系,不全是生理自我与他者的关系,而是大脑中自我与他者的符号表征之间的关系,也即我和你之间的相处,并不是我和你的现实在互动,而是我的自我形象与你在我心中的形象在互动。我的自我形象和现实的自我可能差距甚大,对你的投射、预期可能也与现实的你差距甚大,最后在现实生活中就会出现很大的冲突。固执的人会坚持自我,避开他者,再次寻找符合自己预期的人。简言之,这是一个心理循环,同一主客体关联模式不断在现实生活中投射、认同、循环。如果我们发现他认识世界的心理模式,也就可以预言他未来的现实行为,因为现实其实是心理模式的循环和轮回而已。唯一的方法就是让个体改善心理内部的主客体关联方式,这样,方能改变他在现实生活中的关联模式。也就是说,他心灵内部必须变得开放、独立、强大、容忍,具有很多美德,与他人和谐相处,才能与现实和谐相处。借用佛教心学的话说,"自净其心,自宰其意",自己把心灵内部的各种关系理顺了,把自己把控好了,外在的世界也就和

---

① HRC, Fowles: 19.6.3.
② [美]斯蒂芬·A. 米切尔、[美]玛格丽特·J. 布莱克:《弗洛伊德及其后继者:现代精神分析思想史》,陈祉妍、黄峥、沈东郁译,商务印书馆 2015 年版,第 145 页。

谐了。

福尔斯之所以被批评家们料定未来，是因为他的心理模式被揭示出来，而且，还是一个没有理顺、整合好的心理模式（象征父亲的智慧老人消失，象征母亲、情人的理想女性消失，自我依旧是孤独寻觅的个体），未来类似的故事一定会重演。

### 三、小结

某类男性不仅有关于理想女性的静态图式①，对自己也有同样的静态图式。福尔斯说男性象征着停滞（stasis），女性象征着运动（dynamics），这确实是某些类型的男性的真实！因为有以下三点。

第一，男性的心理图式一旦形成，便迅速固化且封闭，于是心理便出现停滞、静态的趋势，经年累月，都按照同一心理模式对现实做出反应。因此，这种类型的人并不会一往无前地向前进，而是同一心理模式会展现出不同的变体。

第二，这种男性似乎都是目的论者，只活在自己和目的之间，对鲜活的生活似乎视而不见，习惯性失明。但这类男性目标清晰，坚定不移，为了实现目标，手段会灵活多变，更容易取得现实成就。而一般女性没有明确的心理地图，对现实更容易敞开和接纳，女性更有存在感，更能随遇而安，接受当下和变化。

第三，也许他们在童年期间就已经形成了关于人生大格局、整体的自我

---

① 某个男性朋友告诉笔者，他会周而复始地不断地陷入暗恋，但从不会在现实中有所动作。这种反复出现的情感模式本身就象征着一种心理模式，人爱上爱情，把自己的爱欲投射到某些人身上，用自己的静态的理想模式去套某个活生生的人，同时又深深地恐惧，如果真的使这种暗恋成为现实，一则要历尽千辛万苦，当下的生活会经历巨大改变，同时又深深恐惧这种投射、匹配会不成功，反差太大，反而会带来巨大的失落感，反而不如沉浸在幻想中安全省力，继续投射、幻想，更让人心理满足。如果情境改变，他继续换一个对象暗恋着。这也许是很多男性的共有的情感反应模式，福尔斯的情感模式也非常类似。

图式、理想自我图式、理想女性图式、心理地图,目的性已经确定(更可怕的是封闭),其后的生活只是去实现那个目的而已。这就好像我们认准了未来要去桂林(比如有一首歌叫《我想去桂林》),一生都在为去桂林做准备,坚定不移,显得很有理想、信念坚定,至于什么时候去,坐什么交通工具,则不过多考虑,完全可以随机地坐大巴、动车、火车或搭车等。男人的心理静态是一种目的性的静态,手段其实可以灵活多变,甚至是隐秘难测,语言可以灵活多变,乃至活色生香,但都无法改变其心理的静态,就如历史上的有些"忍辱负重"的例子就是目的性极其明确,而手段难测的。如果他成功了,这种静态心理就可以叫意志坚定、目标远大、改革家、创造生活;当然,如果他失败了,他就叫一根筋、梦想家、梦游者、固执己见、无视现实、偏执狂、心理静态、心理停滞,等等。这二者,其实是"同出而异名",男人该叫什么完全由他个人的运气和努力、成就状况而定。实际上,男性,无论成功与失败,在深层心理上都过着同样的生活,就是生活在心理图式中的追梦人,不断地重复同样的故事模式,并陷入这种模式的轮回,欠缺对活生生的生活的开放性。

综上所述,一个人的所思所想所为所写都是一种心理模式的产物。窃以为,人的一生,慢慢会演化为一个凝聚全部身心能量的关键字,成为心灵中的关键字,他其后一生的语言、行为、思虑都围绕着这个关键字有规则、有序列地排列着。生命没有这样的关键字,个体的一生就是一团乱麻、随波逐流、无可无不可。而有这样生命核心的人,则无论如何东飘西荡,始终在朝着自己生命高点走去,向生命纵深挖去。从外在看,他的世俗生命形态会不断走高、名利慢慢集聚。从内在看,其实是他走向更加幽微的心灵深处。这就像一个大树,当他的树冠高高地伸入云端时,他的根系也深深地扎入了土地的黑暗深处。

福尔斯作品的关键字是什么呢?追梦!他也是一个追梦人!用福尔斯自己的语言说,即他的所有作品都是某个主题的变体。这个论断几乎是作家和批评家们的共识。但是，笔者试图再推进一步，追梦给人生带来清晰的目标感、方向感、成就感，以写作追梦成了他的一种生活方式。追梦本身并不可怕，可怕的是这个梦想是封闭、静态、理想化和臆想化（idealized）的图式，没有开放性，容不得改变和修正，当追梦人具有绝对的操控力时（如克莱格掌控着米兰达的生死存亡的时候），他会拿自己的理想来宰制现实、扭曲现实、无视现实，捆绑经验，让活生生的人必须受制于死寂的理式，他的坚定就会就变得异常可怕了。就如克莱格，一旦米兰达不像他臆想的那样，他首先懊悔绑架了米兰达，想把她送走，然后是试图改变她，当他发现米兰达拒绝爱他时，他就顿起杀心。当追梦人一旦发现无法把控活人，感到理想女性不愿拘囿于他的臆想，且内在能力超越了自己时，便会颓唐放弃，否则今后自己将不断走入无能和失望的困境，像克莱格一样无法将现实女性强行塞入自己的理想图式里。那四位追梦人突然放弃，实在是戴安的幸运，她逃过了一劫。

  对福尔斯而言，因为在太虚幻境中以幻我追求幻女的模式会带来一种深度的心理满足，最终这种探索就变成了一种原型（archetype）互动：模糊的自我原型和模糊的理想女性（anima）原型在智慧老人原型的指导下互动，这几乎构成了福尔斯作品的基本框架。另外，福尔斯也是一个追梦人，其心理图式已经基本封闭，所以，其小说中的开放性结尾其实是一种虚假的开放性、一种文学策略、一种写作诡计而已。比如《法国中慰的女人》中的开放式结尾，其实没有开放，而是这个与理想少女的恋爱故事已经结束，寻找下一个理想少女的故事模式正待开启。这个开放性只是一个过渡期内的真空而已，我们几乎敢断言：下一个故事的开头，又是惊鸿一瞥，然后故事模式或叙事程式大约是起心动念、跟踪攀缘、深入调查、倍觉迷惑、慢慢迷醉、深度互动、身心卷入、相互洞穿身体和灵魂、磨合不遂、失意而归、迷茫等待、开放结局。

## 第三节　福尔斯的勇气

从手稿看，福尔斯并非天赋卓异的少年天才，牛津大学法语系毕业后，他突然认识到人生的当务之急是避免湮灭，于是毅然从文，在低薪、贫困、啃老、自我怀疑、劳而无功的折磨中默默地努力15年。在经济大势、社会大势、文学内部危机重重、个人从未有片言只语发表的不利情况下，试图逆流而上，横空出世，这需要极大的心理勇气。他的勇气从何而来？笔者从日记和手稿中发现：勇气并非空穴来风，并非情绪化冲动的产物，它来自天性召唤、生命意识、极端自我、版权制度等多种因素的合力。作家是心灵意义上勇敢的极限运动员，下文详述。

### 一、大势不妙

英国1970年前后的文学创作环境，可以用"重重围困"来形容。单从艺术角度看，第一，电视、视觉艺术作品风头强劲，以至于约翰·福尔斯本人都花很多本该写作的时间看电视，视觉艺术成了其他艺术价值的评判标准，"其他艺术门类的价值要依照其视觉艺术的价值来评判和打分"。第二，"现实主义产品制作最廉价、最容易，且政治正确、易受欢迎"。此类产品"害怕幻想、想象、诗歌、暗喻、歧义、修辞，一言概之，害怕文字（the word）"①。按照荣格的分类，作家可以分为现实型作家和想象型作家，福尔斯显然属于想象型，在这个现实型作品占领主流的时代，他显然再次落入下风。第三，非虚构类作品（流行历史、传记、咖啡时间读书）以一种原始的纪实（documentary）形式触及现实，越接近现实越安全。"诗歌因其简洁，

---

① John Fowles, "What Next for Writers?", *The Author*, 1973, pp. 99 – 102. HRC, Fowles: 35.11.

还可以全文朗诵，尚有一席存身之地。"小说则是最不合作的文类。它唯一的好处就是降级版（debased）的剧本。即便如此，书架上有那么多无须支付版权费的经典小说，电视简直可以无视当代小说。可以说，小说被电视重重围困，困境将有增无减。

最严峻的挑战来自文学、艺术内部。当时作家们正在向政府（或267个政治家）请求立法，发起了一个PLR（Private Label Rights 私有标记版权，即公司可购买他人原创进行二次加工）运动，福尔斯虽然赞同，但同时也认为于事无补。他认为，真正的挑战来自文学内部，最重要的是思考"小说的独特性、不可替代性在哪里，小说必须以其表达的独特性（form of expression）存活……先锋主义、故弄玄虚（hermetic）不是办法。小说必须因小说的特点而存活，也必须变革（adapt）"①。

其次，看文学作品的收入。1970年左右，据福尔斯手稿中的剪报记载，普通作家一年的收入是500英镑。②就是这500磅，对当时的文学青年福尔斯来说，也是个望尘莫及的大数目。刚刚大学毕业的福尔斯，经常徘徊在贫困的边缘，以至于假期不敢出去玩，冬天付不起取暖费，和情人伊丽莎白只能躲在床上读书。

再看个人风险。福尔斯13岁以前的成绩单也表明他语言能力一般，"英语第25名，写作：语法重复，在语言的各方面都很弱。法语：非常粗心"③。他的前期习作也诚如其妻伊丽莎白所言："女人一般的阴柔文风，滥情、琐碎、陈腐、廉价的尖刻、语言老套、如同女性杂志上故事。"④ 更有风险，事后思之颇觉胆寒。1952年，他独自一人攀登希腊的帕纳斯山，在希腊神话

---

① John Fowles, "What Next for Writers?", *The Author*, 1973, pp. 99 – 102. HRC, Fowles: 35.11.
② Charles Drazin, *John Fowles Journals*: Volume 1, London: Vintage, 2006, p. 352.
③ HRC, Fowles: 54.10.
④ Charles Drazin, *John Fowles Journals*: Volume 1, London: Vintage, 2006, pp. 320 – 353.

中，那是阿波罗与缪斯的圣山，在象征意义上，它是一座诗人之山。这次登山，让他确立了自己想当作家的信念。① 但是，福尔斯从读书以来，没有发表过一个铅字，他默默地写了 15 年的日记，写了 15 部无法发表的作品，无论是小说、诗歌、散文、论文，无片言只语的战绩来告诉自己确有文学天分。而且，他一上来就开始写长篇，小文尚且不济，鸿篇巨制如何成功？怎么能够横空出世在帕纳斯山顶（ascend straight to the top of Parnassus）？事实上，从 24 岁到 39 岁，他"感到自己在滑落、滑落、滑落，只有作家梦可以抓住，它每月都在减少。我害怕去碰运气"②。"时时刻刻被自我怀疑所击败。我是个非常平庸的人，我知道的，但我自己都不敢承认。几天来，我很确信这一点。我丧失了意志（will），没有想要写作那着火一般的内在需要。"③ 技小意大、好高骛远在创作策略上也是一种冒险与僭越。

这种内外夹攻的态势，对文学青年来说，可以说是风声鹤唳，草木皆兵，胜算是小概率事件。福尔斯妻子伊丽莎白的前夫罗伊，一直喜爱创作，从收入丰厚的建筑师转行做作家，但三心二意，未得要领，最后进了精神病病房，接受电击，可以说是追求文学梦道路上的一个殉难品。如此逆境，他为什么选择逆流而上去做作家？这是一个值得深研的谜。

### 二、天命召唤

做作家有极大的经济风险和人生风险。是什么动机驱使福尔斯如此义无反顾走上这条"较少人走的路"呢？首先，福尔斯觉得那是天命所归。没有天命感、使命感，正常人都不会以写作为生。"在你还没有做出有意识的选择之前，选择就已经定好了。命运或基因钦定了你必须写作。客气一点说，写作是天命召唤（vocation），不是职业，诚实地说，写作需要痴迷、狂

---

① Charles Drazin, *John Fowles Journals*: *Volume* 1, London: Vintage, 2006, p. 204.
② Charles Drazin, *John Fowles Journals*: *Volume* 1, London: Vintage, 2006, p. 61.
③ Charles Drazin, *John Fowles Journals*: *Volume* 1, London: Vintage, 2006, p. 96.

热——无可克制的冲动。……因为长篇需要太多的精力和时间了。未来没有任何保证。""想做作家根本不够，要到那种喷薄欲出，不得不写拿笔就写的地步，你根本就不在乎自己是不是作家。"①"做作家，就像吃喝拉撒做爱一样自然而然。"② 因此，大多数文学青年，如未达到喷薄欲出的地步，都选择了教师、编辑等和文字沾边的工作以求自保。

天命所召乃是神秘玄妙之事，是否是成功人士的自我神化或神秘化，也许有一点点，但更多出自自己对理想女性的痴迷。③ 同时，日记研究表明，创作是他有意识的生命抉择。大约在23岁（1949年），福尔斯开始思考上帝存在问题和死亡问题。死亡令他惊怖，"对自己变成空无，（他）感到非常恐惧。……他意识到自己只是无垠洪荒中的微尘，什么痕迹也不会留下"。"在我当下的哲学下，无论多少当代的、实际的名声都不能让我满意，就是管控全世界也不能。我的敌人的湮灭（oblivion），我一切的一切都发源于此——我对世人的缺乏兴趣、对名人的兴趣、对当代艺术家的蔑视、对朽烂迟钝的恐惧、在职业上的牺牲、痛苦的啃老、离群索居等等。"④ 同伴成功也让他不舒服。此外，他也接触到加缪的存在主义理论，感到"反叛突显人的尊严，（人必须）不断地直面自身的虚无"，而且，"艺术成就是一种补偿""永垂不朽是人的最高雄心"，尽管当时文笔稚嫩，但在动机上，他已经有了以不朽之艺术克服个体之湮灭的雄心，并视"立言"为获得永恒的唯一方式。⑤

同时，只有做作家，才能召唤出他的个人才能。"我模模糊糊的内心越来越坚定，我要把自己的生命做成一场实验，试图完全诚实和恳切，利用生

---

① John Fowles, "When Bugs Bite", *The Times*, Saturday October 12, 1985. HRC, Fowles：35.12.
② John Fowles, *Wormholes*, London：Vintage, 1999, p.16.
③ 潘家云：《再论萨拉是谁？约翰·福尔斯的创造力剖析》，载《外国文学评论》，2014年第2期，第192页。
④ Charles Drazin, *John Fowles Journals*：*Volume 1*, London：Vintage, 2006, p.141.
⑤ Eileen Warburton, *John Fowles*：*A Life in Two Worlds*, New York：Viking/Penguin, 2004, p.71.

命和品味生命，我只有一次，为考试而学习没有意义，尽管考试引领人走向安全的职业和滞胀。我要选择自己生命的方式：写作。我要尽量地自由，为了艺术家部分的我争取更大的余地。"① 从牛津大学法国文学专业毕业后几乎整整15年，他一直坚持只找低薪、空闲时间较多的工作，以便有足够的时间来写作。他坚持练笔，手稿中有大约15本作品无法发表，直到15年后（1963年）处女作《收藏家》一炮打响时才摆脱贫困的命运，摆脱自己并不擅长的教书生涯。福尔斯真正值得钦佩之处，不仅仅是他的叙事技巧和文学才能，更是他的勇气（courage）——那种在困境中保持斗志、真我、奋进的勇气以及对贫困、挫败、失意的忍耐。

何谓勇气？从何而来？勇气不是占据优势时的好勇斗狠，勇气是逆境中的一种意志品质和个性力量，是很多内在素质与生命哲学整合相融之后的外在表现。勇气甚至是知识、技能不能匹敌的一种个性特质，使人得到关注、尊重、机会。古希腊推崇"智慧、正义、勇敢、节制"，中国的"三达德"推崇"智、仁、勇"，勇气独占一席，足见其领袖地位。高德胜认为，勇敢的结构包括三个环节：一个是否定（牺牲某些欲望、本能、要求、利益，战胜恐惧，忍受由此产生的痛苦）；一个是审慎的思考和判断（仅指深度上的，不是指时间长度上的）；一个是肯定（对善的、美好的价值和事物）。串联起来看，勇敢是为了"肯定"善的、美好的价值和事物，经由审慎的思考和判断而"否定"自身的恐惧，甘愿经受由此带来的痛苦，即为了美好的事物和价值而否定危险和恐惧，甘愿忍受痛苦，才是真正的勇敢。② 这个定义中有一定的问题，因为它牵涉到对事物本质定性、真善美的认知深度、阐释深度、正误判断、个人的价值取向，何谓美？何谓真？很可能会误判，因此，勇气与正见并非严格地正相关，误解误判也会产生勇气。如海明威的短篇

---

① Charles Drazin, *John Fowles Journals*: Volume 1, London: Vintage, 2006, p. 34.
② 高德胜：《"文明的勇敢"与教育的勇气》，载《全球教育展望》，2012年第1期，第37页。

《一天的等待》中的小孩,他误以为高烧烧到华氏102度时可能马上就要死亡,反而借此将自己锤炼成临危不惧的勇士一样。因此,社会心理学家认为个性力量的排头兵是智慧与知识(wisdom and knowledge),其后依次是勇气、人道(humanity)、公正(justice)、节制(temperance)、超越(transcendence)。且继续将勇气细分为真诚(integrity)、勇敢(bravery)、坚持(perseverance)、生命活力(vitality)。[1] 另一些专家则将勇气继续细分为三类:身体勇气(physical courage)、道德勇气(moral courage)和生命勇气(vital courage)。身体勇气指"行动者不顾身体危险时采取的行动",比如在火灾现场挺身救人;道德勇气可以用来指代那些"为了维护善的存在而冒着风险采取的行动",比如在街上阻止了暴徒对一个陌生人的侵犯;生命勇气则指"一个人面对和自身有关的负面信息,试图克服和生存的行为",比如一个人积极面对自己的焦虑症。生命勇气在克服自身的缺陷与不足中体现出来。[2] 抛开其重叠部分,我们可以根据第一种归类法,来逐条逐项地剖析福尔斯的勇气是如何产生的。

福尔斯的真诚(integrity)在自我剖析中极其显著。"真诚"还可细分为"真"(authenticity)和忠实于这种本真的"诚"(honesty)。真就是不自欺(no bad faith),福尔斯认为的"真"是什么呢?尽管他一生都在追求认识自我(self-knowledge),其实他并不真的知道什么是真实的自我,"我是谁?"是一个存在哲学的最高问题。这个问题可以分解成三类若干个复杂的小问题:其一,什么是自己,什么是当下的自己(realistic self),在何种参照系下定位这个当下的自己?其二,什么是最终的真实的自己(authentic self),何谓真实?是自我身心情绪的适应性和最优化?还是上帝对真实的规定性?还是契入佛家所证悟的不生不灭的真如佛性?其三,手段与道路的问题,如

---

[1] Christopher Peterson & Martin E. P. Seligman, *Character, Strengths, and Virtues*, Oxford University Press, 2004, P. 29

[2] Anonymous, "Courage", http://en.wikipedia.org/wiki/Courage.

何从当下的自己达到最终真实的自己?是波希米亚式的自我放纵?是存在主义式的离群索居、自我流放、张扬性情、生命写作?福尔斯既不信仰上帝,也不信仰佛教、道教(尽管我们从日记中看到,他接触过中国禅宗,在《菁英》中也大量引用《道德经》),最后他会如何选择成为自己呢?通过性情!本体上的本真渺不可得,只能退而求其次,追问什么是身体心理情绪上的真我,世俗的思考者最后似乎都选择了这个立足点,即把独特性情和感情联系当成了"真实的自己"。福尔斯认为自己的性情就适合做一个隐居的存在主义者,其主要目的便是用文学手段克服湮灭,这种害怕消失的心理恐惧驱使他认为"当国王也毫无意义"。其实,这个"本真""留名"是禁不起推敲的。究竟留名多久算是留名呢?留名一千年还是一万年呢?今天,当文学成为小众学问的时候,还不到一百年的时间,福尔斯的名字就在很大层面已经消失了!但是,24岁的性情中人福尔斯来不及细细思考这些哲理,他所体验到的心理真实就是一种湮灭恐惧和名声野心驱迫下的奇怪的混合物,对永垂不朽的追求可以说是一种非理性的坚执妄念。所以,福尔斯的"真实"也只能说是性情、心理层面的真实。随后,他非常坚决地忠实于内心,选择了写作作为克服湮灭、安抚身心的工具。他说:"十年前,我选择了做作家……以存在主义者的意义上,即我不得不经常重新抉择、活在焦虑里、怀疑自己是否正确。我孤注一掷了。一部分是一种存在主义者的有意识的选择。另一部分是天生如此。现在回想起来,即使我一本书也没有被人接受,我还是对的。因为我周围到处是没有自主抉择的人,被金钱、地位象征、工作选择了的人。"① 从生命哲学层面看,24岁的福尔斯是非常忠诚于内心真实的人。

63岁时他才意识到,当时的"真我"并非那么"真"!他反省道:"我们做小说家,也许是因为我们无法忍受现实,我们需要逃避我们眼中的现实,创造出另外一个世界。世界太冷酷、太残酷,让人难以忍受。而且更重

---

① John Fowles, *Wormholes*, London: Vintage, 1999, p. 6.

要的是,我们也是很冷酷和残酷的人。所以,我们创造一个扭曲的镜面来看自己,也让别人那样看我们。我们的真实本相和扭曲镜像相隔遥远,可宗教与伦理要求我们那样。我们把自己从真我中流放了(exiled by ourselves from ourselves)。"①

再看坚持。从牛津大学毕业后,他默默无闻地坚持写作了 15 年,写作度日已经内化成一种生活习惯和生理习惯,如此,坚持也够长和常态化了。福尔斯的体能上的勇气,可以简单归结为他在自然中的独行,一个人在野外爬山和打猎,这需要一定身体的蛮勇。福尔斯的道德勇气,可从一例看到:1976 年,就奈保尔的颇具争议的小说《自由国度》(*In A Free State*)是否具有布克奖(Booker Prize)的入选资格一事,福尔斯与其他评委起了争执。评委会主席约翰格罗斯(John Gross)在评奖前餐会上说与奈保尔私交甚好,且其小说完全合格,福尔斯认为他有暗示其他评委的嫌疑,且这样有失客观,非常不满,于是他就十个细节反复磋商,长信达到五页,"我迫切希望对所有人公平",此事得罪了很多评委。② 他为从未谋面的参选者争取公平,还要得罪自己位高权重的多年老友,从关系学角度看,他真的很傻很天真,但是,他不懂关系学的"傻"劲、认真、较真、公心让人不由自主地敬重。

最后,看生命活力(vitality)。Vitality 一般被解释为兴致、热情、精力(zest, enthusiasm, vigor, energy),笔者认为应该翻译成生命活力,一种自主创造生活、自得其乐的活泼的能力,不受规则拘束的活泼,不是死气沉沉的等待。没有这种能力,战胜不了寂寞孤独。活力在社会心理学分类中被认为是勇气的最弱的一项指标,但对福尔斯来说,确是最强的一个指标。仅凭活力而从事文学是远远不够的。福尔斯对文学的兴致,已经接近激情、准宗教的虔诚、痴迷、情结的地步,写作是他克服湮灭、永垂青史的生命策略,已经不是简单的打发日子的兴趣爱好。在福尔斯看来,写作为业是疯狂的行

---

① Charles Drazin, *John Fowles Journals*: Volume 2, London: Vintage, 2006, p.410.
② HRC, Fowles: 2.10.

为。"一旦这个阴险疾病在脑海中生根,现实中可怕的后果就随处可见:臭气熏天的虚荣心和病态的妄想狂,大多数一生都得不到回报,对时间和心力的可怕的要求,在永恒面前这些消耗显得如此毫无用处。""你说'我决定当一个作家'完全不够。……在这个决定之前,是命运或基因决定了你。写作是一个天职、呼唤、不是一个职业。它要求一种痴迷(obsession),一种狂热(mania),一种难以控制的冲动。它需要你是某种痴迷的天生奴隶,因为长篇小说太考验时间和精力了。"①

前文我们剖析并盛赞了福尔斯的勇气,但从理论上说,天命之说是令人存疑的。他说自己从生理上看就适合写作,也是值得质疑的。为何24岁的福尔斯会产生如此高远的动机,以至于想到要通过文学而获永恒?为什么其他人没有想过永恒?临床心理医生许又新认为,"自恋和怕死是一对双胞胎"②。越渴望永恒,越说明他自恋,爱自己达到难以复加的程度,便是渴望自己永恒不变。被危脆自我所苦的人自然而然会去寻找克服自我之苦的方法,"自我忘却、自我否定、自我神化、自我圣化、艺术创造、多层次多取向的生活"。许又新这个归纳总结也许未必全面,也许这阐释不适合每个人,但却特别适合福尔斯。事实上,福尔斯多次公开承认自己是高度自恋的,"自恋是做作家必需的恶德"③。极端自恋使他极端恐惧湮灭。根据大脑的迫切性原则(immediacy principle),大脑要首先解决最为迫切的问题,他的心灵的当务之急便是如何对抗湮灭、对抗死亡,其他都无足轻重,自然而然,他必须抛开一切,专心致志地寻找如何对抗湮灭,确保"长生不老""永垂不朽"。摸索一段时间之后,他找到了文学。他的日记中也记录了这段时间的心灵摸索,最后在希腊攀登"诗人之山"之后确定为自己一定要做作家。也就是说,文学只是他解决自己重大心灵问题的切近有效的手段而已,文学

---

① HRC, Fowles: 35. 12.
② 许又新:《暂态与心理卫生》,载《中国心理卫生杂志》,2016年第1期,第5页。
③ John Fowles, *Wormholes*, London: Vintage, 1999, p. 15.

只是他确保自己永恒、自恋永恒的手段而已。因此，福尔斯那貌似无坚不摧的勇气，貌似不顾一切的决心（ruthless determination）①，虽常常以"勇气""天命""情结""痴迷""热爱文学"的形式出现，其实，他的"勇气"乃是自恋与恐惧的变体，是绝望之后的孤注一掷，是置之死地而后生，是面对死亡与湮灭的应激反应，是自然而然的人性而已，普通人没有他那么自恋，就不会有他那么怕死、怕湮灭，也不会有他那么孤注一掷、不管不顾，也没有他那么不计成本地埋头写作。他也并不是淡泊名利，藐视同侪，而是他的注意力重心不同而已。面对困难时，人的应激反应也本应该如此。

如此解析，反而解构了他的"生命勇气"，挖出了他的深层恐惧。但同时也挖出了他更深层的勇气——他依然是特别勇敢的。第一，不是每一个人面对死亡、湮灭、绝望、逆境时，都能如他一样，不逃避、不迂回、不否认，不启用心理防御机制，而是清醒地直面问题，直面现实，直面死亡，直面湮灭，在心灵层面，无异于赤手空拳对抗大兵压境，鲜有不战栗者。第二，不是每一个人都敢选择失败率极高的文学创作。选择立言以不朽，失败几乎是大概率事件。每 20 年为一个周期，99% 的文学作品将被人遗忘。② 这几乎是大浪淘沙，几乎是自杀式的勇气。他多年之后写道："在一个真正理性的世界里，我怀疑，患有文学雄心症的患者应该立刻送到最近的精神病医院去进行密集的过量疗法以及脱敏治疗（aversion）。一旦这种阴险的疾病在脑子里生根，其可怕的后果在现实中俯拾皆是，大部分作家一生无甚回报，对时间和心力的令人恐惧的消耗，在永恒之境中完全是徒劳和浪费。一个心智正常的人怎么会想到以文学为业呢？"过来人方知后怕，也知道了面对永恒，渴望不朽简直是精卫填海般的徒劳。《楞严经》描述了此等对自己的身体和成就的执着如同微尘浮沤，"反观父母所生之身，犹彼十方虚空之中，吹一微尘，若存若亡，如湛巨海流一浮沤，起灭无从"。这是过来人的经验

---

① Charles Drazin, *John Fowles Journals*: Volume 1, London: Vintage, 2006, p. 110.
② 周宪：《超越文学——文学的文化哲学思考》，上海三联书店 1997 年版，第 18 页。

之谈，没经历过就不知道后怕。第三，不是每一个人，都能如他一样坚定不移、十五年如一日地去坚持写作，其间的贫困、绝望、动摇也不是每一个人都能熬过的。笔者在读他的传记时，常常担心他会崩溃。他敏感、贫困，有一次做存在主义讲座，没有一人出席。倘无文学梦支撑，普通人真的要崩溃。而另一个文学爱好者——他妻子伊丽莎白的前夫罗伊——就的确精神崩溃了。第四，退一步说，即使他没有功成名就，但他忠于自我，坚守理想，为自己活，从生命哲学的层面，他依然是胜利者、强者。第五，他放弃工作，也不全是为了写作，而是为了体验存在。① 究竟什么是他认为的存在主义的存在呢？"苦闷（anguish）、隔绝（isolation），当然，二者可以合二为一，它舒服又无聊。它给我一个圣殿，任何人和事都不能深入如此孤独的腹地。我单纯地存在着，不可污染！"② 他的行为和梭罗在《瓦尔登湖》中所言神似："我愿意深深地扎入生活，吮尽生活的骨髓，过得扎实，简单，把一切不属于生活的内容剔除得干净利落，把生活逼到绝处，简单最基本的形式，简单，简单，再简单。如果生活是干瘪（mean）的，就体验它全部真实的干瘪（meanness），然后公诸于世。"从存在、生命意义上说，这些事业有成的作家，都试图把人生体验到极致，他们是心灵意义上的极限运动员。

### 三、版权保障

勇气产生，除了跟个性品质、个体定位、心理能量、生命抉择相关，也许还与产生勇气的制度隐隐约约地有关联。细看大势，做作家并非绝对绝望之举，因为当时英美严格的版权制度，使得作家觉得卖文为生并不是毫无希望的，而是有立法保证的，对制度的信心和大局判断是促使他决心从文的重要隐形原因。如果没有严格的版权保护制度，如果社会现实告诉他：无论他如何刻苦，如何文笔精彩，迎接他的将是永无出头之日的贫困，估计他会陷

---

① John Fowles, *Wormholes*, London：Vintage, 1999, p. 7.
② Charles Drazin, *John Fowles Journals：Volume 1*, London：Vintage, 2006, p. 539.

入习得性无助,而不是15年卧薪尝胆,引而不发。福尔斯在采访、日记等中从未提及版税制度对他创作信心的影响,但笔者认为,版权制度的无意识影响是存在的,只不过他专注立言留名,对抗湮灭,创作、成家立业、致富只不过是他无心插柳柳成荫的副产品而已。他在手稿中明确记录了每本书的国内外发行、翻译、改编、带来多少收入,说明他还是有一本经济账的。1963年,《收藏家》一炮打响,给他带来两万磅的收入,相当于普通作家40年不用工作,这时他才辞去并不喜欢的教职,专心创作,随后立刻进入了创作的高潮期,将以往积累陆续整理、整合,连续发表了《菁英》《魔法师》《法国中尉的女人》最为等几部作品,其中尤以1969年《法国中尉的女人》最为著名,印数达到一百万册,他从此步入了当红作家的行业,收入奇高,为了合理避税,他还创建了"福尔斯公司",让妻子打理。

福尔斯之所以能摆脱作家贫困的定律,窃以为跟欧美国家严厉的版权制度密不可分。没有严厉的版权法和版税制度的保护,原创者的贫困将长时间持续,最后也会极大地打击原创作品的产生。此处只能从反面例证来证明。

保存在得克萨斯大学奥斯汀分校的福尔斯手稿显示:他的处女作还卷入过一场诽谤罪的纠纷。他在处女作《收藏家》中通过反英雄克莱格的口随口说了一句,什么"'救救孩子基金会(Save the Child)',都是些骗子,这些慈善机构都是由骗子来打理的"。小布朗公司在出版之前,还专门请了16个审稿员来预读,来检查里面是否可能出现诽谤性词语,其中还包括他的妻子伊丽莎白。很可能审稿员们被情节吸引,根本没有注意到这个短语。结果,出版之后不久,果然招来一个"救救孩子基金会",控告他诽谤,赔偿金额高得吓人,吓得福尔斯躲到法国去了。最后由中间人调停,出版公司出面,当庭道歉、销毁全部存货,赔偿500磅,个人自负四分之一。① 作家难做!连想象也得要谨慎。没成名时,草稿堆积如山,一文不值,等到自己被控告

---

① HRC,Fowles:53.7.

时才发现自己身价不菲,"一字千金"。不过,这件事情可以看到英美对知识产权、商标权、名誉权的保护,不然,福尔斯也不可能因为这本小说而挣两万磅,40年不用工作了。

一个成功人士背后有多少故事?只有成功人士自己知道。《收藏家》成功之后,有个住在加利福尼亚州圣马特奥(San Mateo)区的作家约翰逊·C.蒙哥马利(Johnson C. Montgomery)于1965年2月16日向加利福尼亚州南区法院提出十条控诉,声称1962年5月15日前后,就独立创作出了标题为《收藏家》的作品,蒙哥马利怀疑自己联系的出版商向福尔斯及其出版商走漏了消息,他控告福尔斯以及出版商抄袭自己的稿件,将其运用于出版和电影制作,要求40万美元的损害赔偿,连带40万美元的惩罚性赔偿(exemplary and punitive damages),以及其他赔偿80万美元,总额为160万美元。他随控诉状还附上了自己的一部分文本和一篇给好莱坞哥伦比亚电影工作室的电影改编概要,简直和福尔斯的文笔、内容、结构、主人公姓名、性格惊人地相似,其男主人公也是一个银行小职员,也是用氯气和氰化物(chloroform and cyanide)来麻醉蝴蝶和女性的,的确令人怀疑出版商走漏了消息。福尔斯不得不在向法庭写下了宣誓书,详细说明自己创作《收藏家》的起因、内在联系、修改、发表等的具体时间以及附上各种证明材料,小布朗公司费了好大劲才平息了这个事件。①

这两桩巧合都非常怪异,虚构作品居然在现实生活中找到了一模一样的名字相同的对应版本。这至少说明:其一,虚构在很大程度上没有完全跳出现实的边界,很多大小细节乃至重大情节依然是现实的翻版。其二,某种想象力并非为某个个体所特有,其精彩之处一定会被这个行业中的某个人发掘出来。其三,从这两个反面例证中可以看出英美对严格的版权制度的原创大力保护。其四,原创者的信心和勇气很可能来自这种原创成功之后的超额

---

① HRC, Fowles:53.7.

回报。

**四、结语**

生命勇气并非空穴来风，不仅来自个人的身心活力、求真、诚实、坚守、激情等个性品质，也来自他对版税制度的隐秘的信心，健全严格的制度保障对原创和创新乃是极大的促进。但是，当我们说从事文学需要勇气时，其实，我们心底里的评价体系是把文学当成了一桩投资、生意、职业、事业来考量，就必须考虑性价比、投入产出关系、市场需求、成功率等经济学指标。这样剖析，其实没有把文学当成生命的一部分、生活方式的一部分来考量。如此看待文学是看低了文学，没有从存在、审美、生命需求来看待文学。为什么要从事文学？厨川白村认为，"文艺是纯然生命的表现，是能够全然离了外界的压抑和强制，站在绝对自由的心境上，表现出个性来的唯一世界。忘却名利，除去奴隶的劣根性，从一切羁绊束缚解放下来，这才能成为文艺上的创作"①。只有把文艺创作提高到生命、自由、喜悦的层面，才能理解作家们舍生忘死的创作。因此，比世俗计较更深一步的研究，应该是作家的创作心理、生命哲学、审美愉悦、信念诉求。它发源于清醒的自我认识，真诚的人生信念，知行合一的行为，自然而然，自然流露，无所谓勇气不勇气，因为其他人做不到，便觉得它是勇气！

## 第四节 存在的困境与突破

约翰·福尔斯的小说与哲学具有极强的互文性，流露出非常独特的存在思想：上帝隐退无为；此在卡在物理的、情绪的、精神的、认知的各种误区

---

① 转引自老舍：《文学概论讲义》，复旦大学出版社2004年版，第7页。

和悖论中；渺小虚无的个体必须在二元对立的极端环境中主动抉择以确定自我的本质、创造未来、实现成长。于是，他的小说常常描述上帝缺场、追问缺场、智者出场、极端环境、渺小人物的困境与突破。个体对此在压力的应答则是自我放逐、反叛、责任、仁爱。当上述哲学观点转换为文学叙事时，却常常偏激过火，欠缺圆融辩证，引人诟病，下面详细论述之。

福尔斯的四本最重要的小说《收藏家》（1963）、《魔法师》（1965）、《法国中尉的女人》（1969）、《乌木塔》（1974）都表现出浓重而独特的存在主义倾向，可以与他的杂文集《菁英》（1964）和结集出版的杂文集《虫洞》（1998）的思想互相参照。福尔斯的存在观来源芜杂，深受萨特、加缪、尼采、老子、弗洛伊德、荣格等人的影响，熔裁之后便表现出许多个人特色。他将自己的哲学小说化，小说则哲理化，不时化身成小说人物，介入文本，大量说教，以窥视、侦探小说、神戏（godgame）的形式向读者转弯抹角地宣讲他对存在的领悟和正确人生的可能道路。他的哲学观点精辟深透，但具体的小说刻画却时常似是而非、自相矛盾、做得过火。一般的浅阅读读者较易茫然不解，或反受其害。鉴于此，本书旨在厘清是非，并提出自己的管窥之见。

### 一、存在的困境与刻画

首先，福尔斯小说的存在大背景是上帝隐退。他的存在主义既非有神论，亦非无神论，而是创新地走了第三条道路：上帝隐退无为论——上帝以不介入的方式介入，以无为的方式作为，以缺场的方式在场，正如我们看着两个人打架而绝不干预。从他对老子《道德经》的大量翻译和引用中可以看出，这种上帝无为无作的观念显然受到老子的"道"的深刻影响。[①] 上帝隐退在其小说中大约有三个文本体现。

---

[①] John Fowles, *The Aristos*, New York: Plume Books, 1975, p. 22.

第一，造物主不可扭转人物的命运。即使小说家如上帝一样能够虚拟苍生、介入文本，却不能改变、扭转人物的意志，必须任其施展自由意志。因为"一个创造出来的世界必须独立于其创造者。一个计划好的世界是死寂的世界。人物反叛时，便活了起来。……上帝的定义是：让其他自由存在的自由"①。如果上帝真的爱人类，就必须袖手旁观，因"意志的自由是最高的善"②。所以，作者进入《法国中尉的女人》的文本中，坐在查尔斯对面，却没有说话；他命令查尔斯径直走向莱姆镇，可是查尔斯没有服从作者的命令，而是无缘无故地转身向牛奶场走去。

第二，人物必须肩负作为人的责任，自力更生。于是，他笔下的人物基本都是深信"命由己作"的无神论者，人物永远无法等到上帝破壁而出来伸张正义，要自由，只能自己去创造。《收藏家》中被囚禁的米兰达最终认识到并不存在从天而降的外在干预力量，她在绝境中挣扎、自胜、超越，她在病死前像耶稣一样仁慈地说"我原谅你"③，象征着她对上帝介入和终极审判的超越。

第三，上帝缺场同样蕴含深意。缺场也是在场，缺场即谜，解谜的过程使得在场的事物显现。短篇小说集《乌木塔》中的《谜》通过排除法，把菲尔丁斯失踪的所有可能性都一一否定之后，还是找不到菲尔丁斯人间蒸发的原因和证据，但追查却使他以前生活的许多现实、心理状况、婚姻家庭的细节一一呈现在眼前，让读者看到一个被文明压抑的成功人士机械、无聊、异化的生活。④通过"非"认识"是"，通过缺场认识在场，是《谜》的谜。菲尔丁斯从来没有出场，却在小说中永恒地在场，并成为永恒之谜，缺场（loss）诱发了人类追求的动能，借此昭示在场。

---

① John Folwes, *The French Lieutenant's Woman*, New York: Little Brown & Company, 1969, p. 82.
② John Fowles, *The Aristos*, New York: Plume Books, 1975, p. 26.
③ John Fowles, *The Collector*, Granada: Triad, 1981, p. 271.
④ John Fowles, *Ebony Tower*, London: Honathan Cape, 1974, pp. 187-238.

上帝和小说家从文本中永恒隐退又时时在场，实为小说的精彩之笔，但遗憾的是，另一类全知全能的上帝式的人物——超人——却精魂不散，常常化身为目光如炬、思想深邃的智慧老人，自我流放的隐士和人类精神的守望者，引导着人物的心理成长。他们是《收藏家》中的画家 G. P.、《法国中尉的女人》中的医生格洛甘、《魔法师》中的百万富翁隐士康奇斯、《乌木塔》中的现实主义画家布莱斯勒。他们隐身于文本之中，趁机对后生畅谈弗洛伊德、荣格、萨特、群氓、菁英，论调与《菁英》雷同。讲故事似乎不是作者的本意，智者出场讲经说法才是作者的本意，福尔斯写作的雄心是"改良社会、影响他人"，一切皆因"教育的缺乏是最大的罪恶"①。他急于要教育后生学会自助自立，急于要打破他们的上帝幻想——"关于某种并不存在的绝对知识和绝对力量的幻觉"②，所以他借超人、导师、医生、前辈艺术家的身份潜入文本，宣讲自己的存在观和人生论。

但是，借壳小说来讲经说法，弊病有五。其一，仁慈智者救世论表明福尔斯的思想并未超出尼采的范畴，难怪有人讥笑它为"尼采锯木房中的锯木屑"③。其二，他认为强是一种责任。他在《魔法师》中借德·赛塔丝之口说，他们如此不惜工本的教化乃是为后生"绘制航程地图"。（1977：604）隐隐约约中，这是对权势和强势的一种奢望和幻想，是弱者的一厢情愿。强权何曾如此不惜工本帮助弱者？强权只想强强联合，弱者却时时希望扶弱。如此奢望虽是人之常情，却和他的自助哲学自相矛盾，所以超人们超凡而不脱俗。他明明是个善良的人本主义者，却满嘴生理优越论（biological elitism），深信大多数人都不是艺术的、道德的、聪明的菁英。④ 菁英一方面热

---

① John Fowles, *Wormholes*, London: Vintage, 1999, p. 5.
② John Fowles, *Magus*, London: Jonathan Cape Ltd, 1977, p. 10.
③ Peter Wolfe, *John Fowles: Magus and Moralist*, Lewisburg: Bucknell University Press, 1979, p. 20.
④ James Campbell, "An Interview with John Fowles", *Contemporary Literature*, No. 17, 1976, pp. 455–469.

心助人，一方面却又看不起自己将要帮助的人，欠缺一种互利互惠的平等观、平衡互补的整体观，若此观点稍有差池，就会滑向法西斯主义。其三，他把小说家等同于上帝，还自创一词"小说家上帝（novelist-god）"。其实，小说家虽似上帝可虚造苍生，却不是上帝，上帝如"道"，无为无作无偏私，但是小说家却是有心、有为、有情、有欲、有偏私的。小说家企图虚构苍生，与天争巧，以苦口婆心代替天道的无言说法，后果自然是吃力不讨好、硬伤处处、诟病连连。其四，智者出场说教也是小说艺术上的一处败笔。"理过其辞，淡乎寡味"，长篇累牍的说教大大破坏了小说的戏剧性和艺术性。其五，成长有自身的阶段性，《魔法师》中的康奇斯在心理世界的神戏里对尼克的调教显得很不契机契理。尼克是个典型的生活在自欺（bad faith）里的非本真人物，自恋抑郁，把玩世不恭当个性，把噱头当创新，性欲高涨而情感枯竭，真实的自我躲在诗人的假面背后并无半点成长。康奇斯似乎要用美色把他从假面和硬壳里引诱出来，使他的理智昏聩，折腾他的感情，激发他的爱心，一通不惜工本的神戏教育，搭上半年时间、无数金钱、两个美女，难怪令人诟病不已。应该说，存在、现实、挫折本身就是一种教育，执迷不悟，自会挫折不断，反观自省，自会豁然开朗。尼克又没有提要求，康奇斯却过于主动，大有好为人师的嫌疑。总之，刻意雕琢、拔苗助长是智者教化的一处硬伤。

福尔斯对存在的第二点独特体悟是：此在是卡住。没有上帝的指引，自由让人不知所措，反而成了惩罚（即萨特所谓的人类"被判自由"），但这种无神的自由仅仅是一种理论上的、形而上的自由，而人类实实在在的、此时此地的存在的现状却是卡住。首先，物理上，身体自由受到限制，如《收藏家》中的米兰达卡在地下室里，见不到阳光，呼吸不到清新的空气；又如《法国中尉的女人》中的萨拉卡在一个敌意浓重的小岛上，主要活动被限制在伯特莱太太的家庭琐事中；《魔法师》中的活动场地是一个与世隔绝的小岛；而《乌木塔》的场景则是一幢远离尘嚣的别墅。福尔斯总是对一些孤立无援的极端情景下的心理状态着迷，如禁锢、飞机轮船失事、荒岛、丛林、孤岛、浓雾中的汽车、孤零零的房间或房屋，等等。这些极端情景看似极端，实则是人类的普遍处境。上帝隐退后，人类的宇宙环境也无异于孤岛，没有同伴，没有救星，在宇宙中被流放，人类的竹筏"漂流在无穷无尽的时间之海上"①。而且雪上加霜的是，个体精神环境同样卡在极端观念的禁锢之中。精神上的极端环境是那些非此即彼的观念。"职位、地位、头衔、金钱，上层的出口是如此之有限。……不成为首相、大律师、百万富翁，你就是失败的。"② 这些非此即彼的观念让人无法逃避精神上的压抑和挣扎。再者，个体的情绪也被卡在某种非理性的心结之中。如《收藏家》中的克莱格，他收集珍品蝴蝶和绝世美女，无非是要证明自己是个值得美女青睐的人物，是个可爱的罗密欧，无非是要在被爱的温馨中克服自我的渺小感、分离焦虑、童年创伤和深层自卑。说到底，还是一种非理性的身份诉求。

在极端环境中，人还和自己的对立面绑在一起，"命与仇谋"。福尔斯的善恶互助共存论（counter-supporting）认为美丑、善恶如阴阳之相生相克，对立两极的张力保证了整体的活力。人类总是生活在二元对立中，对立面从反面支撑着相互的存在。③ 于是，人总是生活在某种两难之中，不论怎样选择，都会陷入某种无法逃避的矛盾中。克莱格在伟大的爱情的借口掩盖下暴力绑架了米兰达，于是陷入了一连串的连环悖论：他非常人道地对待自己的囚犯，但囚禁本身又极不人道；他禁锢米兰达，但自发的爱情不可能在控制状态下产生；禁锢她，他自己也被反向禁锢了，因为他不得不为她洗衣做饭，直到她香消玉殒；如果她死于禁锢，他虽免除了家务活的烦扰，却背上了谋杀的罪名，处于万劫不复的境地。暴虐者"被自己的暴虐暴虐着"，一次暴力囚禁，终身必须为她送饭，未必不是一种暴力衍生出来的反向暴力。

---

① John Fowles, *The Aristos*, New York: Plume Books, 1975, p. 11.
② John Fowles, *Ebony Tower*, London: Honathan Cape, 1971, p. 233.
③ John Fowles, *The Aristos*, New York: Plume Books, 1975, p. 73.

如果他让爱自由，在自由的状态下追逐爱情，他更加一丝机会都没有，还要承受失败失恋的痛苦。① 而且，释放米兰达，他的精神虽获解放，但身体又陷入囹圄之灾。米兰达同样面临悖论：爱克莱格，她丧失了爱情的自发性，成为绑架者的战利品；不爱他，她唯一的结局只能是禁锢到死，永失肉身之自由。"命与仇谋"于是变成了人类永恒的命运。

生命不仅"被抛入"上述困境，猛回头，还发现自己渺小得近乎虚无。福尔斯为自我的渺小感创造出一个独特的术语"逆某"（Nemo）情结，即人最深层的焦虑感、个人渺小得等于零的渺小感。它迫使人行动，自相矛盾，特立独行，反叛大众，放荡不羁，变成花花公子、嬉皮士、局外人来抵抗渺小感，对抗人生本质上的无意义。② "逆某"类似"存在的真空"——一种绝对的无意义感和无价值感，它压迫得人疯狂。由于人生意义的缺失，人于是产生了一种迫切地想要证明自己存在意义的渴望。《魔法师》中的尼克用写诗、旅游来抵抗渺小感，当他突然认识到诗人身份只是他的面具、架子、乖僻的借口和挡箭牌时，他的优越感、价值感立时粉碎，在虚无感、渺小感的压迫下陷入抑郁，几乎自杀。③ 克莱格则以为人生虚无、杀戮无罪。他自喻道，"我们都是昆虫，活着只是一瞬，然后死去。那就是命运。对事物没有仁慈可言。没有来生，啥都没有"④。在巨大的整体面前，个体渺小得毫无意义，"几只标本对一个物种有何损失？"⑤ 于是他把人当成一只昆虫，随意囚禁猎杀，试图用活物收藏来填充内在的空虚以获取身份感。他们实质上也是渺小感逼人疯狂的例子。

---

① Simon Loveday, *The Romance of John Fowles*, New York: St. Martin's Press, 1985, p. 25.
② John Fowles, *The Aristos*, New York: Plume Books, 1975, p. 50.
③ John Fowles, *Magus*, London: Jonathan Cape Ltd, 1977, p. 35.
④ John Fowles, *The Collector*, Granada: Triad, 1981, p. 284.
⑤ John Fowles, *The Collector*, Granada: Triad, 1981, p. 58.

总之，因为人是"文化的存在、社会的存在、历史的存在、传统的存在"①，这些也构成了他自由的边界。个体的性别、体质、家庭背景、生存环境、文化氛围、社会角色、宗教信仰已经基本决定了他的宿命，实质上已经构成了他的特殊情景，如果矛盾激烈且无法逃避，这些就沦为了实质意义上的极端情景。人都生活在无数的二元对立中，别无选择又必须抉择。因此，一生追求自由的福尔斯也不无矛盾地说，人并无所谓的无限自由，"只有非常少量的自由"②，而唯一的出路是"忍受、利用这种不可调和的二元对立"③。这本是不偏不倚的中庸思想，但其小说人物的表现却不时偏离了这中庸之道。

**二、困境中的应答与刻画**

由于上述存在的压力，福尔斯作品中男主人公都出现了许多反英雄的症状：自闭、精神分裂、异化、强烈的渺小感和虚无感④；还有自恋、抑郁、沉湎于"把女性幻象从虚无中捏造出来，让她们说和做真实女性绝不可能做的事情"⑤。但和法国的存在主义者相比，他们依然算是积极的存在主义者，依然在等待、寻找、选择中有一种西西弗斯滚石上山的精神。⑥ 具体讲，他们至少有认识自我的追求，有提升自我的意愿，有上下求索的行为，有破壳而出、担当责任的勇敢，而且最终都"学会了把个人责任和社会责任看成是

---

① [德]兰德曼：《哲学人类学》，阎嘉译，贵州人民出版社 2006 年版，第 206—220 页。
② Katherine Tarbox, *The Art of John Fowles*, Athens: University of Georgia Press, 1988, p. 182.
③ John Fowles, *The Aristos*, New York: Plume Books, 1975, p. 213.
④ 张和龙：《后现代语境中的自我：约翰·福尔斯小说研究》，上海外语教育出版社 2007 年版，第 10 页。
⑤ John Fowles, *Mantissa*, New York: J. R. Fowles Ltd, 1982, p. 85.
⑥ 张和龙：《后现代语境中的自我：约翰·福尔斯小说研究》，上海外语教育出版社 2007 年版，第 141 页。

自由的共存条件"①。

福尔斯说过,"意志的自由是最高的善",本书以为,在福尔斯的作品中,自由大约有四种表现形式:自我放逐、反叛、责任、仁爱。

自我放逐即主动和主流保持距离,不仅不怕被边缘化,而且主动自我边缘化。福尔斯隐居海边的莱姆镇,距伦敦不到 200 英里,却和伦敦文坛几乎绝缘。他认为他至少有三个基本责任:做一个无神论者以承担起做人的责任,不参加任何政治派别,也不参加任何集团、组织、流派。② 只有这样才能保护自己的个体自由、人格独立性、思考独立性,免受流俗扰乱,充分体味存在。自我放逐能抵挡媒体的洗脑,避免陷入违逆自身真性情的非本真状态,不被世俗蒙蔽就是自知,自知就是自由。③ 人物们也如他,追求内在感受的自发性,渴望真实的生活,憎恶社会机制钳制自己的思想感情和情绪反应。所以,作者让小说中的人物都表现出这种自我放逐的倾向。《谜》中的中上产阶级的菲尔丁斯拥有相当高的社会地位,却从来没有乱说、乱动和任何一点点出轨的行为,说话正确、衣服正统、形象正确、社会角色正确,兢兢业业地扮演着自己国会议员、股东、乡绅、慈父、老实丈夫的角色,"好像被别人写好的一个小说中的人物"④。于是,他选择了逃避社会,逃避文明,以自我流放来消除文明对精神的束缚,做一回真正的自己,找回一点点可怜的与众不同的精神自由。《乌木塔》中老画家布莱斯勒终身隐居且不惧桃色新闻和流言蜚语;《魔法师》中玩世不恭的尼克流浪国外,体味精神的隔绝感,似乎只有通过自我放逐的痛苦才能深切地体味存在,在孤独敏感的存在焦虑(angst)中才能认识真我,才能寻找到一条适合自己真性情的人生道路。

---

① John Fowles, *Wormholes*, London: Vintage, 1999, p. 438.
② John Fowles, *Wormholes*, London: Vintage, 1999, p. 10.
③ Katherine Tarbox, *The Art of John Fowles*, Athens: University of Georgia Press, 1988, p. 184.
④ John Fowles, *Ebony Tower*, London: Honathan Cape, 1971, p. 232.

存在主义即反叛：反叛各种试图剥夺个性的思想、理论、社会压力；反叛所有剥夺个体选择权的组织；反叛自以为是的传统和权威。① 在本质上，福尔斯式的极端存在主义者崇尚个性张扬、单打独斗，至于反叛的代价，似乎不在他们的考虑范围之内。于是在他的作品中，自然而然出现了许多不顾一切的叛逆者。《法国中尉的女人》中萨拉通过不断地自我抹黑、变换身份，不断反击着人生意义的虚无，最后在画家的生活氛围中找到一个心怡适意的小环境。萨拉的貌似自由的结局，其实是备受批评家质疑的。林奇发现萨拉的发展只不过是社会化不完全（under-socialized）的边缘人融入社会、成为享受舒适的社会人的过程而已，那是一种非常平庸的社会化进程。② 有论者通过对但丁·罗塞蒂这个艺术家形象进行考证后进一步捣毁了萨拉的貌似自由的结局，揭示了艺术家但丁·罗塞蒂身上和萨拉的身上隐匿的父权的枷锁。③ 窃以为，自由是有条件的。人既然作为"文化的存在、社会的存在、历史的存在、传统的存在"，自由则寄寓于人类良好的文化、社会、历史、现实的具体条件中，如身体强健、社会关系融洽、社会结构公平合理、文化宽容等。另外，追求自由很大程度上是追求条件，追求最合乎人类生存的内在和外在条件。没有良好的政治、经济、社会、身心条件，就没有自由。自由是具体可感、实实在在的条件，无条件的自由是苍白无力的。

福尔斯笔下的存在自由的一大缺陷是：反叛过于刻意，不顾社会历史文化的现实。尽管他自称是个现实主义者，但其实浪漫得不切实际。首先，反叛过度很可能是爱而不得的逆反心理，是从反面强化自己在红尘中的失落。《魔法师》中的尼克的远遁希腊逃避现实；《收藏家》中的克莱格的反叛走向绑架和连环谋杀，他们的反叛几乎都落入了不成功的、病态的、边缘化的范

---

① John Fowles, *The Aristos*, New York: Plume Books, 1975, p. 122.
② Richard P. Lynch, "Freedom in The French Lieutenant's Woman", *Twentieth Century Literature*, Spring 2002, pp. 50–76.
③ 陈榕：《莎拉是自由的吗？——解读〈法国中尉的女人〉的最后一个结尾》，载《外国文学评论》，2006 年第 3 期，第 77—83 页。

畴。虽获"自由",实际如同被边缘化、被流放、被排斥。如此刻意要走到社会的对立面去,欠缺圆融与可操作性。窃以为反叛本身就是不自由的表现,越挣扎越缠缚得紧,极端的反叛在反叛中耗尽了自身,以何基础奢谈自由?而稍微圆融一点的自由,乃是要待在红尘中,在不自由中求自由,在烦恼中除烦恼,即"利用不可调和的二元对立"——《收藏家》中的米兰达最后领悟到:"存在只是为了存在着。"① 存在本身是自足的、开放的,因为"生命只有一种意义:生存活动本身"②。于是她不再去寻找生活,而是"听任生活发生",回到自身,活好当下,将心向一切生活开放,在厄运中体悟存在,做一个平心静气的观察者,做一个和而不同的君子,这似乎要比刻意反叛来得健康圆融得多。

自由即责任,责任也能带来自由,正如"爱挑担子不嫌累","责任是种必须"。③ 要获得一个这样的存在状态,人必须采取积极行动,使极端情景成为锤炼自由意志的战场。因此,米兰达做出主动的选择,使禁锢成为她的游戏,使地窖成为她施展自由意志的战场。她开始利用极端恶劣的环境,尽量把克莱格塑造成一个私人厨师,让他买水果,买牛排、鱼子酱等山珍海味。她不再选择逃走和暴力,反而选择去陪伴克莱格,教育他,改造他,心平气和地"命与仇谋"。她说,"我必须用我的武器战斗,而不是他的武器,不用自私、野蛮、羞耻和怨恨"④。她因选择了责任而成了存在主义的英雄。

福尔斯还在作品中暗示了一个人本主义心理学对存在焦虑早已开出的药方:爱。"所有时代的基石除了是爱,不可能是别的。"爱是对存在困境(孤独、分离焦虑)的回答。⑤ 爱不是可爱,而是爱他人。⑥ 因为爱即自由,在

---

① John Fowles, *The Collector*, Granada:Triad, 1981, p. 21.
② [美]埃里希·弗洛姆:《逃避自由》,刘林海译,国际文化出版公司2002年版,第188页。
③ John Fowles, *Magus*, London:Jonathan Cape Ltd, 1977, p. 604.
④ John Fowles, *The Collector*, Granada:Triad, 1981, p. 238.
⑤ [美]弗洛姆:《爱的艺术》,刘福堂译,广西师范大学出版社2002年版,第6页。
⑥ John Fowles, *Magus*, London:Jonathan Cape Ltd, 1977, p. 601.

爱中，感官最活跃，情感最充沛，心灵最敞开。爱最能打破自我与他者的分离焦虑，消除异化感，培养同一感。在爱中，人类最大限度地忘却自己，最充分地向存在的经验（包括伤害）敞开。爱既是最高境界的忘我，又是最大限度的自我实现。在病态的男主人公认识自我的进程中，他们（除《收藏家》中的克莱格外）都对他者产生了一种比男女之爱更宽容的仁爱之心，干瘪的情感也都露出一丝滋润的迹象。《魔法师》中，寻花问柳的尼克，对脏兮兮的游游虽不能爱，却还是尽心尽力地呵护；《收藏家》中，爱使内心势利的米兰达选择了责任，去教育一个病态的人；《法国中尉的女人》中，爱使逃避真我的查尔斯选择了真性情。

总之，福尔斯是一个诲人不倦的创作家，他力图通过巧妙的叙事把自己的存在观和人生论传达给世人。从他的哲学角度看，人的存在几乎是永恒的逆境，生从虚无中来，死往虚无里去，没有上帝造人和救人；而且，在这电光火闪般的渺小存在中，人卡在传统、文化、社会、历史的局限性里，也卡在自己的极端观念和非理性心结里，命与仇谋，进退两难。人无法指望那无为无作的上帝的拯救，唯一转逆为顺的手段就是施展自由意志，通过开放心态，克己爱人，或自我放逐、反叛，把自己从流俗洗脑中解放出来，获取一个自由自主自发的、适合自己真性情的存在状态。福尔斯在多个文本中设计出许多心理游戏、导师与美女，自有其万变不离其宗的目的：上帝隐退时，人必须认识自我，自立自强，积极行动，为自己的命运做主。

## 第五节　可疑的自由：福尔斯小说中的极端自由观批判

福尔斯一生痴迷于自由，在《菁英》中，他完全认识到自由稀薄，只有不偏执两端，才能妥协并利用二元对立，才能逃避自由与条件的两难。但其六本小说中却表现出迥异的自由观：自由存在于上帝隐退和静态设计被打破之后，而且，其自由呈现出场景极端化、选择极端化、两难化、乌托邦、幻觉化、镜像化、魔幻化的特征，若正若邪，晦涩难懂，令人迷惑。本节首先辨识福尔斯作品中呈现出来的似是而非、正邪难辨的自由观，剥离出它的合理成分，然后从佛教哲学的缘起观和中观角度提出一种圆融的自由观，供读者参考，下面详细论证之。

## 一、引言

约翰·福尔斯非常关注心理自由，其心理分析的目的是要把个体从"多数（the many）"的群氓心态（herd mentality）中解放出来，成为特立独行的"少数（the few）"和真正存在主义者，"培养个人主义和保障个体的自由，不要屈从于群体压力"。① 无论是《收藏家》中对他人的分析，还是《魔法师》《尾数》中作家假借他人之口对自我的分析，其目的都是深入认识自己，争取心灵自由，所以自由实际是他的作品中最重要的主题。而且，福尔斯是极有资格讲授选择与自由的，因为他为了写作，主动选择低薪而空闲较多的工作，选择了离群索居，做适合自己真性情的、最想做的职业：当作家、写诗歌、谈哲学、写小说。他为这个真性情的选择，"我周围充满了自己没有选择的人们，或者说，充满了被金钱、地位、工作选择的人们，我感到与他们很隔膜，但也很满足"②。

何谓自由？从理论上讲，人是绝对自由的。从本体层次看，宇宙无主体，人是"一种进行选择的自由，而不是被选择的自由。我们被判罚自由（be condemned to freedom）"③，此论含义丰富深远。第一，人即自由。人是宇宙间唯一能够认识到有自由问题的认识主体。成为人即成了自由的主体，并无上帝规定人先验的本质。第二，"存在先于本质"，存在即自由，人在实

---

① John Fowles, *The Aristos*, New York: Plume Books, 1975, p.7.
② John Fowles, *Wormholes*, London: Vintage, 1999, p.6.
③ [法]让-保尔·萨特.《存在与虚无》，陈宣良等译，生活·读书·新知三联书店1987年版，第565页。

践选择中铸就自己的本质。人因自己的选择而成为懦夫或英雄。选择成了人的责任、重负或刑罚，所以，萨特才说人"被判罚"。第三，选择即自由，能选择表明他是自由的，不自由的时候连选择死亡的机会都没有，活着就是选择了妥协的结果，否则，他随时都可以选择死亡来结束这种合作。① 所以，人不管处于何种状态都是自由的。这种带有唯意志论色彩的绝对自由观深深地影响了福尔斯的创作。

他在作品里将这些观念演绎到晦涩难解的地步。一个高中生读完《魔法师》之后，感到"缠扰、迷惑、困扰、惊恐（haunted, obsessed, confused, and horrified）"②。福尔斯拨冗解答道，理解《魔法师》的一条途径是理解自由。"现实、存在是令人疑惑的……自由意味着拒绝一切神灵、政治信条及其他，人必须根据自己的理性选择，即人道地对待所有人。"③ 他认为上帝是隐退无为，如同一个对街头打架袖手旁观的人，以一种不干预的方式干预着，无为而无不为，干预则有违公平。④ 在存在捉摸不定、上帝又隐退无为的情况下，人唯一可以抓住的是当下的人道责任。所以，福尔斯式的存在主义的本质是人道主义。

为了传授他这套人本主义的存在主义哲学，他常常假借一个博学多闻、手眼通天的导师之手，介入文本，在封闭隔绝的太虚幻境（domaine）和极端情境（extreme situation），设计出种种自相矛盾、自我否定的神戏，让美女去演绎那些自相矛盾的角色，借此教导男主角要学会独立思考，自主自为，帮助那些未经世事的男主人公（也是读者的代理人）摆脱流俗的禁锢和媒体

---

① Jean-Paul Sartre, "Existentialism is a Humanism" in Walter Kaufman (ed), Philip Mairet (Trans), *Existentialism from Dostoyevsky to Sartre*, New York: Meridian Publishing Company, 1989, p. 376.
② John Fowles, "1966 Fowle Letter to High School Sheds Light on The Magus", http://www.fowlesbooks.com/Letter.htm.
③ John Fowles, "1966 Fowle Letter to High School Sheds Light on The Magus", http://www.fowlesbooks.com/Letter.htm.
④ John Fowles, *The Aristos*, New York: Plume Books, 1975, p. 23.

的洗脑，获得心的自由，实现新的精神成长，从而实现小说的教化功能。因为他写小说就是要"改良社会，影响其他生命"①。他的小说《收藏家》《法国中尉的女人》《魔法师》《狂想》《尾数》《谜》的外壳是当时流行心理分析小说、侦探小说和魔幻现实主义的技法，内里却是存在主义哲学的绝对自由观，似乎只要意识自由了，便一切都自由了，人便成了绝对自由的存在，其小说几乎完全忽略了心与境的相辅相成、互相制约的关系，这使得他宣扬的"自由"若正若邪、若神若妖，并未给读者带来顿悟的曙光，反而是更多的"迷惑、困扰、惊恐"，阻碍了读者对自由、自知、自救的正确理解。

以往的评论都是赞扬福尔斯作品中的人物如何良好地体现了存在主义自由观，很少质疑以下问题。第一，存在主义自由观本身有何偏颇？比如，整体的人的本体自由并不等于个体在整体中不受约束！抽象本体的自由的运作环境是具体的社会、具体时空、有形的身体，受到具体因缘条件的无限制约！第二，哲学中的自由观，改头换面隐藏在小说中，是否会扭曲变形？毕竟小说和哲学，是两种不同的文类！第三，心灵自由与环境约束之间的关系何在？本书认为，从本体上，人是绝对自由的，但在实践上，人的自由是具体的、有条件的，因而是不自由的。福尔斯把存在主义的缺陷在作品中变形和放大，魔幻化，再经过文本的虚构性、多义性和开放性的曲折反射后，便变得晦涩难懂，若邪若正了。近年质疑的声音依然渐起渐高。在林奇、陈榕的质疑之后，笔者再次试图以佛学的缘起观和中观为参照系，辨析、点评存在主义的绝对自由观的缺陷是怎样体现在福尔斯小说中，使其作品晦涩难懂，是非混淆，之后再提出自己对自由的理解。

## 二、存在主义自由观在福尔斯小说中的变形

第一，福尔斯总试图让学徒们认识到，世上没有上帝，凡上帝式的人物

---

① John Fowles, *Wormholes*, London: Vintage, 1999, p. 5.

都是人们的投射和幻像，最终一定会隐退无为；人们必须自助，不要把自己应担的责任推给上帝。但是，自相矛盾的是，在作品中，他频频让上帝式的操控者出场来教导后生。最具这种自我取消特征的人物是《魔法师》中的康奇斯。他博学多才，精通心理分析，富可敌国，可以买通海关、学校、政府，动用飞机、军舰等，兼具"骗子、造假者、操纵幻觉和腐败他人心灵的人、没有小说的小说家、编游戏者、说谎者、魔法师等等角色"①，操纵着一群美女，把尼克心底的欲望演绎给他看。作者"让康奇斯呈现出许多人格面具，象征着人类意义上的上帝，从超自然的人物到满口术语的科学家，即人类关于某种并不存在的绝对知识和绝对力量的幻觉"②。福尔斯试图通过康奇斯的多种身份告诉人们，上帝是人类的幻象、渴望和妄想，他之所以现各种相，完全是我们对他期望的缘故，上帝是我们内心欲望的投射，不可视作真实。福尔斯自称写作《魔法师》的目的之一，就是要通过许多人造的磨难和两难，让人物自助，他希望把这种善意的折磨转移到现实生活中，告诉信仰上帝的以色列人和巴勒斯坦人，上帝是隐退的，不要依赖他，人类必须学会自助③，自己解决生存中遇到的问题。可惜，《魔法师》并不成功，销量、评论和电影改编都不尽如人意，以至于著名演员伍狄观看《魔法师》的首演之后戏谑道，"生活中什么都可以重来，但千万不要重来看《魔法师》"④。饱受战乱之苦的巴以人民也没有闲情逸致来读他的晦涩难懂的《魔法师》，读后也未必会作如他所愿的阐释，未必会接受上帝隐退无为的大前提，未必会接受美女来传达的道德教化，这些都会使实验剧变成失败剧。

第二，由于上帝隐退，人必须自主地选择自己的本质，而且选择总是在

---

① Malcolm Bradbury, *The Modern British Novel* 1878—2001, New York: Penguin Books, 2001, p.385.
② John Fowles, *Magus*, London: Jonathan Cape Ltd, 1977, p.10.
③ John Fowles, *Magus*, London: Jonathan Cape Ltd, 1977, p.10.
④ Peter Guttridge, "John Fowles: Virtuoso author of 'The Collector', 'The Magus' and 'The French Lieutenant's Woman'", https://www.independent.co.uk/news/obituaries/john-fowles-325435.html.

极端环境中进行。在此实践层次上，人的自由意志是把无限、绝对、本体的自由在有限现实中具体化的关键。而且，宽松的环境不足以体现人的自由选择，只有极端恶劣的环境才能体现出人的自由选择如何造就自己的本质。于是，福尔斯喜欢设置一种极端场景，来模仿人类孤独无依的总体生存环境，检验人自由意志的自主选择。他总是对一些孤立无援的极端情景下的心理状态着迷，如"禁锢、飞机轮船失事、荒岛、丛林、孤岛、浓雾中的汽车、孤零零的房间等等"①。另外，极端情景还表现为思想上的非此即彼的极端观念。"职位、地位、头衔、金钱，上层的出口是如此之有限。……不成为首相、大律师、百万富翁，你就是失败的。"② 这些非此即彼的观念让人无法逃避精神上的压抑和挣扎。于是，人在宇宙环境、物质环境、精神环境上都处于某种形式的极端环境中，别无选择又必须抉择。"命与仇谋"变成了人类必然的命运，这种"互相纽结的命运"③，正是福尔斯对立共生思想（counter-supporting）的体现，人必须在极端二元对立中去斗争、妥协而获取适度自由。

第三，选择即自由，即使带来死亡也是一种心灵获得自由的体现，结果导致三种自由（自杀自由、想象自由、反叛自由），极其尴尬。三种自由具体如下。

其一，福尔斯小说中的自杀自由体现在《魔法师》中康奇斯讲述的一个非常冗长的发生在第二次世界大战（以下简称二战）期间的故事里。纳粹最后出了一个两难问题让康奇斯选择：如要拯救全村 80 多名村民的性命，他必须打死三个游击队员，如果选择拯救三个游击队员，他们就会枪杀 80 多个本村村民。当康奇斯最终选择搭救三个游击队员的时候，纳粹恼羞成怒地向所有的人都开了枪。他的选择带来所有人的毁灭，但高傲不屈的意志却得到自由和再

---

① John Fowles, *Wormholes*, London: Vintage, 1999, p. 8.
② John Fowles, *Ebony Tower*, London: Honathan Cape, 1971, p. 233.
③ John Fowles, *The Collector*, Granada: Triad, 1981, p. 109.

生。福尔斯似乎想用这个生死悖论来昭示一个理念：选择，就是自由，即使是选择死亡，但精神不再受极权和两难的压迫。选择死亡的人在精神上是自由的，超越了自由和生命孰轻孰重的悖论。这暗合萨特的理论。因为萨特说过，"生活中没有偶然。……你总是可以选择自杀或者放弃来摆脱战争，如果你没有摆脱它，是因为你选择了它。战争中打死的都没有冤枉的"①。正是这一点点选择死亡的自由体现了人性最后的尊严。我们的质疑是，首先，这种选择，其实根本不叫选择，左右为难意味着自己被不同的势力控制和支配，个人主体性已支离破碎，正是不自由的表现。其次，细想一下，即使康奇斯选择保留三个叛逆者，纳粹也不可能让这些叛逆者活着。他的自由感和尊严感其实是纳粹的恶作剧和自己的幻觉。再次，在压迫下选择死亡，只能象征性地显示不屈的自尊，但本身不是自由，理论上的心灵自由在面对肉身被残害的结局时是苍白无力的。这种不顾后果的选择叫"自杀"而非"选择"，以死亡为代价的选择叫"尊严"而不是"自由"。

其二，想象自由，也是受萨特的影响，"一个俘虏如果没有摆脱监狱的自由，但他永远有设想逃逸办法的自由"②。是选择纠缠于恶劣的现实，还是选择进入审美和艺术想象中，在美好的心念中获得暂时的解脱，正是这种想象自由在极端环境中的体现。除了拥有自杀自由，米兰达还拥有尴尬的想象自由。牢房的铁栏杆不能挡住她爱美的灵魂，她热爱绘画、音乐、小说，进入艺术想象的空间获得短暂的心灵的自由。这也许就是王卫新努力捍卫的观点，即福尔斯所理解的自由是艺术自由，不是现实中殷实的物质自由。③但天马行空的艺术自由对人的意志力、定力、智力都要求过高，当肉身被禁

---

① William F. Lawhead, *The philosophical Journey: An Interactive Approach*, New York: McGraw-hill Higher Education, 2000, p. 376.
② Jean-Paul Sartre, "Existentialism is a Humanism" in Walter Kaufman (ed), Philip Mairet (Trans), *Existentialism from Dostoyevsky to Sartre*, New York: Meridian Publishing Company, 1989, p. 363.
③ 王卫新：《福尔斯小说的艺术自由主题》，复旦大学出版社2009年版，第22页。

锢、被残害时再次显得苍白无力。

其三，自由即反叛，反叛即自由。福尔斯认为，人就像个桌球（pin-table ball），卡在生死之间，被偶然性和自由改变着进程。自由源于我们反叛铁律（象征静态）的本能和我们对决定论（象征静态）的永恒怀疑。它可以叫自由、进步、反叛、革命等。① 显然，福尔斯的"自由"不是目的论的，不是向着真善美这个终极目的走去，而只是自由与宿命、动态与静态之间此消彼长的相对关系。而且，"上帝和自由是对立的两个概念（antipathetic concept）"②，上帝象征着静态、设计，既然一切都设计好了，人自然没有自由。人如果要自由，上帝就必须消失。由此，福尔斯作品中的人物带有一种对抗性的特征：控制者和反叛者之间的对抗。一方是无所不能、完全控制对方命运上帝式人物，另一方是反叛着的存在主义者。《法国中尉的女人》中萨拉要反叛的是上帝式的小说家（novelist-god）安排的结局，《收藏家》中米兰达要反叛的是绝对操控着自己生死的法西斯崇拜者克莱格，尽管他监控着她的一举一动，甚至通过洗澡、食物、散步等小事影响她的心灵感受，但她通过不屈不挠的斗争，最大限度地利用不利环境，把牢房变成自己的战场。再者，福尔斯还有一个正误难辨且身体力行的观点，即要保证个体的自由和切实履行人道责任必须做个无神论者，且不属于任何政治团体、不参与任何集团、组织、集团、派系、学派。③ 窃以为，少数人如此独立不羁可以，但若人人如此，世界到处将是一个个形只影单、踽踽独行的个体，何来通过社会合作创造物质财富来解放人类的匮乏，通过共同的科学研究来认识人类自身？个体又怎么可能在群体中体现自身的价值？将一滴水剥离于江湖，它获得的"自由"无异于自杀。自由是具体的、社会的、有条件的，不能从具体存在环境中剥离出来。单打独斗式的反叛带来自由，顺应、妥协也带来自

---

① John Fowles, *Wormholes*, London: Vintage, 1999, pp. 413 - 414.
② John Fowles, *Magus*, London: Jonathan Cape Ltd, 1977, p. 10.
③ John Fowles, *Wormholes*, London: Vintage, 1999, p. 10.

由，不然，反叛在反叛中耗尽了自身，以何基础奢谈自由？但福尔斯设计的极端场景只有二元对立，只有反叛而没有顺应，只有坚强的个人主义，而没有从群体、社会中获得保护、安全、认同，难于在实践层次大规模普及。人，没有必要时时刻刻站在一切制度的对立面。

第四，从社会学角度看，福尔斯的"自由"是乌托邦。和萨特一样，福尔斯割裂了实践层面和精神层面自由的统一性，只看到本体层次的绝对自由，没有看到自由的运作土壤是现实、社会、历史、宗教意识形态和生理的制约，他只强调人"天生自由"，而没有看到"锁链无处不在"（卢梭），但他没有强调人生的锁链，于是他的自由沦落为脱离现实的魔法（如《魔法师》中的神戏，即一种绝对控制状态下的、真人参与的、心理实验剧）、幻觉（如《尾数》中病人麦尔头脑中的幻觉女性艾拉多的三次变化）。林奇发现萨拉只不过是社会化不完全的边缘人融入社会、成为享受安逸的社会人的过程而已，萨拉的自由其实不是一种存在主义的自由，而是一种"非常庸常（conventional）"的社会化过程而已，只不过是在著名艺术家的庇护和宽容温情的注视下找到了舒适感、美感、崇高感、价值感，从而远离了风刀霜剑严相逼"弃妇"的生涯。① 陈榕通过对但丁·罗塞蒂这个艺术家形象进行考证进一步捣毁了萨拉的貌似自由的结局，揭示了艺术家但丁·罗塞蒂隐含的男权、父权和萨拉身上隐匿的父权的枷锁。② 总之，她若无独特的美色受到艺术家的青睐，她不仅难以融入主流，自由亦成空中楼阁。因此，所谓的自由依然受制于社会形态、文化、父权和自身条件。于是，小说中鼓吹的不顾条件的自由最终沦落为现实中虚幻的尊严和空洞的乌托邦。

第五，从人物塑造角度看，福尔斯作品中人物的"自由"走到了后现代，变成了一种流动的意识、正在演绎的欲望、不断言说的故事。其一，人

---

① Richard P. Lynch, "Freedom in The French Lieutenant's Woman", *Twentieth Century Literature*, Spring 2002, pp. 50–73.
② 陈榕：《萨拉是自由的吗？——解读〈法国中尉的女人〉的最后一个结尾》，载《外国文学评论》，2006年第3期，第77—83页。

物自由的幻象化。《法国中尉的女人》《魔法师》《狂想》《尾数》中大约有两种人物：现实主义人物，一般是叙事者，如尼克、查尔斯、麦尔，他们具有稳定的自我和性格结构；另一类人物则是后现代主义人物，人物缺乏实体的自我，没有稳定统一自我，缺乏人格应该具有的四大特征，即整体性、稳定性、独特性和社会性①，性格结构变化无常，通常会在作品中呈现三种以上的人格结构，如《法国中尉的女人》中萨拉的三种身份：弃妇、处女、艺术模特，再如《魔法师》中朱丽先后说自己是精神分裂症患者兼养女、雇佣演员、心理学家，《狂想》中的瑞贝卡也有三种身份（妓女、演员、宗教信徒），在《尾数》中，艾拉多在心理医生、缪斯、淫女等身份间随意切换。其二，自由镜像化。人物只是一种意识，流转在虚构的文本和虚拟的世界中，通过魔法、幻觉等手法来象征或指示叙述者的心理困境，把现实人物欲望通过这些演员演绎出来，这些他者从表面上看好像是主人公要认识的对象，其实是自己欲望的镜像，是他"欲望的拟人化"②，把他的欲望演给他看，帮助他认识自己、反思自己。叙事者所有的心理分析都会通过分析他人而最终指向自身，达到"理解你自己"的目的。其三，自由叙事化。这类后现代人物几乎没有行为，所有的行为就是她们自己编造的故事，让观察者和读者一起进入她编织的语言的牢笼里，小说不再以稳定的自我为中心，而是以"语言为中心"，语言、谎言、"故事中的故事"构成了文本本身，康奇斯、巴萨洛名等变成了一连串故事的讲述者，自相矛盾的谎言的制造者，他们构成文本本身，小说结尾时，又从文本中消失，留下一大堆已经讲述过了的文本。虚构与言说成了人物存在的基本方式。其四，自由的魔幻化。福尔斯小说中的叙事自由，很大程度上是借助魔法、幻觉、富可敌国的财势、倾国倾城的美色来实现的。借助财势与天生丽质本身就是不自由的表现，毕竟财势与美色都是世间的稀罕之物，以难得之物为前提又怎能带来自由？再

---

① 黄希庭：《人格心理学》，浙江教育出版社2004年版，第8页。
② John Fowles, *Magus*, London: Jonathan Cape Ltd, 1977, p. 601.

者，他的魔幻主义，有些地方已经匪夷所思、偏离正道，颇带邪教倾向。如在《魔法师》中让黑人乔的恋人朱丽与尼克调情、勾引尼克，并在尼克面前交媾。如果是以色情故事来进行道德教化，则有以色情取悦普通读者的媚俗嫌疑。若试图一石二鸟，让读者在追求深奥的同时又满足窥淫的色欲，则有贬低读者追求真理的纯净心。如此"自由地"邪淫，实为福尔斯作品中的一处硬伤。

上述这些"自由"已经虚无缥缈得脱离现实了，纯粹只是一种叙事上的技法"自由"，一种反叛传统小说技法的创新，是功成名就的小说家的特权，有名声、实力保障着，否则还得老老实实按传统要求写作，故不可视作现实中的自由。福尔斯片面地强调心、意识、意志，故意忽视现实、物质、社会条件，导致其小说人物若正若邪，致使读者不解而诟病甚多。

### 三、福尔斯自由观中合理的成分

当然，福尔斯并非真的如此脱离现实。在接受塔伯克斯采访时，福尔斯承认，人并无所谓的无限自由，只有非常少量的自由。① 既然现实的自由如此之稀薄，为何还浓墨重彩地渲染它呢？好像人有很多自由一样？这显然构成了福尔斯哲学思考和小说实践之间的悖论。首先，也许最重要的原因是他必须为自己的小说塑造卖点和卖相。其次，正因为自由稀缺，才值得浓墨重彩地弘扬"心能造境"的能力，劝告世人互相尊重对方的意志自由，因为"意志的自由是最高的善"②，再者，在自由的度的把握上，福尔斯远远没有小说中极端。在《菁英》中，他选择了一种类似中庸或者中道的自由观。"真正的自由在上帝和自由之间，永远不在其中的一个极端。因此，永远没有绝对的自由。"③ 人类卡在无数的不可协调二元对立中，这种互不妥协性

---

① Katherine Tabox, *Art of John Fowles*, Georgia: University of Georgia Press, 1988, p. 182.
② John Fowles, *The Aristos*, New York: Plume Books, 1975, p. 26.
③ John Fowles, *Magus*, London: Jonathan Cape Ltd, 1977, p. 10.

（irreconcilability）构成我们的牢笼，认识到人生的二元对立，利用这种互不妥协性就是我们唯一的出路①，远离两端、把握中道才是真正的出路，认识到并做到这一点才能获得人生中有限的自由。此外，在实践层次上，福尔斯认为，明晰的自我知识、准确地知晓自己的真性情就是自由，只有了解自我、看穿自己社会角色的限制后，才能培养整体视角（whole sight），才能发现，不管做什么，其实都是为了活着，如此则可获得免于角色定型的约束而获相对自由。② 正如禁锢中的米兰达，终于学会了不再"四下寻找生活"，而是"听任生活发生"③，回到自身、向存在敞开，活好当下，放弃那个自我中心的自我，从全面高远的视角来看待自己，如此，即获得了消除阶级、角色、小我、偏见后的自由。

尽管福尔斯一生痴迷于自由，但他始终没有超越赫拉克利特的二元对立理论和萨特的心灵绝对自由论，在实践层次上并没有建立起一套圆融可行的自由观。过度执着于自由的"条件"，就会走入物质决定论，过分关注自由，就会走入抽象的唯意志论。而福尔斯倾向于后者。窃以为，自由寄寓于良好的内在和外在条件中（如身强体健、物质富足、社会关系融洽、社会结构公平合理、文化宽容和正见），另外，追求自由很大程度上是追求条件，追求最合乎人类生存的内在和外在条件。因此，条件与自由是一元的、一体的。但福尔斯的自由观基本是二元论的、分裂对立的，他偏执于心灵，执着于意志力能够无条件地改善心灵体验，把人物的自由和上帝、社会、伦理道德、文明、存在、他人对立起来，导致人物们的自由时时刻刻处于内在环境的压力之下，然后他把人物的自由从环境中剥离提取出来，大加渲染，致使作品如作梦呓、难以理喻。

---

① John Fowles, *The Aristos*, New York: Plume Books, 1975, p. 213.
② Katherine Tabox, *Art of John Fowles*, Georgia: University of Georgia Press, 1988, pp. 183 – 184.
③ John Fowles, *The Collector*, Granada: Triad, 1981, p. 250.

## 四、结语

总体来看,福尔斯关于自由的教育瑕瑜互见,误导大于引导。其实,他早已清醒地认识到自由和条件的一体两面性,而且"认识和利用人生(自由与条件)互不妥协性是我们的唯一出路",也就是说,只有圆融、辩证,不偏执一端,才能获得现世的自由。但在小说中,他却为了叙事创新而故意走了极端,为兜售小说不惜极端化、镜像化、魔幻化,所以才会出现前文中提及的读者极度迷惑的结局。

# 第三章

# 作品论

## 第一节 福尔斯作品中的妄想狂特征及评析

### 一、引言

有一个典型情节几乎贯穿了英国作家约翰·福尔斯的所有作品：男叙述者对女主角的窥视，如《收藏家》中克莱格把米兰达打昏后对她的胴体贪婪地拍照直到电池用光，折磨她以窥视女性心灵的奥秘；又如《法国中尉的女人》中查尔斯对熟睡中的萨拉尽情地打量；再如《狂想》中，琼斯尾随在丽贝卡后面，窥视她脱光衣服祭天。为何总是出现这样的场面？这里面是否有些玄机？再者，伴随着窥视欲的迭现，窥视者总是出现一种莫名其妙的被窥视感，总是觉得有一只神秘的空中之眼在窥视他。这只空中之眼究竟是上帝的眼睛还是自己超我的眼睛？还是自己的眼睛？笔者认为这种被窥视感来自自己的眼睛，是自恋者对自我的极度关注，由于外化作用（externalization），窥视者将自己的欲望投射到外界，总觉得别人在窥视他。外化与投射相类似，是妄想狂的主要特征之一。由此入手，本节将深入研究福尔斯作品中的妄想狂特征。

妄想狂的基本特征是自恋、幻觉、投射（projection，把自己内心中隐秘的欲望投射到他人身上）①、轻度精神分裂与自居（identification，把自己当作他人进行审视并认同他人）② 等。妄想有其逻辑和系统（如福尔斯作品中的上帝游戏godgame），极类似佛经中的攀缘心，即自己的妄念攀缘外境，按照荒谬的逻辑结构，构成自成体系的复杂系统，既环环相扣，又能自圆其说，但它的起因却是发轫于一些生理心理活动所产生的联想、幻想、幻觉、错觉、妄心，幻象犹如钩锁连环，互相连带，由此及彼，心缘着一事一物或一理攀缘不舍，③ 如萨拉源自幻象，却按照逻辑和系统化原则生出更多的幻象，演绎出一套维多利亚时期的故事，那其实是妄心攀缘的结果。

约翰·福尔斯1950年毕业于牛津大学新学院法国语言文学系，性格内向抑郁，喜爱收藏蝴蝶、植物和海贝，具有自己常常在作品中谴责的那种将人和物分门别类的"收藏家意识（collector consciousness）"，隐居避世，耽于幻想，经常幻想自己和一群美女游戏④，作者似乎把自己投射到作品中的男叙述者身上，以至他们基本都带有上述特征。福尔斯的作品，自始至终，表现出心理幻象的自我玩弄、自我分析、自我调教的特征，叙述者通过和幻象在幻境里做游戏来认识自我，获得自我知识和心理成长。首先，在人物塑造上，女性人物表现为幻象（静态、被动、无家世渊源，都是阿尼玛原型的无限变形出美丽的人格面具），其人格结构随心变化，在不同性格之间随意切换，情节随之突兀转向。女性完全是男性的欲望的投射和镜像，积极主动却并无独立的人格特征。其次，男性人物表现出被窥视妄想、探究欲、投射性。再次，整个作品都表现出微妙的精神分裂特征。导师原型和学徒原型都是作者自我分裂而成，女性则是作者的欲望投射而成的妄想，作者并不了解

---

① Sigmund Freud, *On Psychopathology*, Middlesex：Penguin Books, 1983, pp. 199–205.
② ［美］杰丽·弗莉格：《精神分析和妄想狂：空中的眼》，徐燕红译，载《国外文学》，1996年第2期，第12页。
③ 南怀瑾：《南怀瑾选集》（第八卷），复旦大学出版社2003年版，第382页。
④ Barry N. Olshen, *John Fowles*, New York：Frederick Ungar Publishing Co. 1978, p. 8.

女性，作品中的女性都是男性妄想投射幻化而成的镜像。于是，作者在虚拟的幻境里，让自己的自我意象和理想女性原型幻化出来幻象玩了一个个的游戏，写成了多本小说。它们基本都带有心理幻象的自我玩弄、自我游戏的妄心攀缘特征，这使福尔斯的小说创作很快从《收藏家》的现实主义滑向为小说而小说的文字游戏，也使评论家们认为福尔斯主要是个编造小说和玩弄悬念的叙述家，并无多少象征意义可言。①

**二、妄想狂特征分析**

第一，福尔斯作品最明显的妄想狂特征就是幻象，其女性人物既发轫于幻象，又是同一个幻象，都是同一个理想女性原型阿尼玛的变体。② 比如，《法国中尉的女人》中萨拉起源于作者半梦半醒之间的一个幻觉③，随后演绎出维多利亚时期的女性生活状态和三种可能的结局。《狂想》小说发轫于一个不断从作家无意识中出现的原始意象：一群没有动机、没有目的地、没有面目的骑马旅行家们在荒凉的天际下走着，如无人照管的放映机上的卷轴。《狂想》的写作是源于对某个主题（其实是以侦探之名的窥视）的沉迷。④《收藏家》中克莱格追求的是一个理想女性的影子，并把它投射且固着（fixed）到米兰达身上，使本来血肉丰满缺点多多的米兰达成为一个等待克莱格暴力重构的女性幻觉。所以，他把米兰达当成珍稀蝴蝶收藏意味着他的理想必将慢慢幻灭，求爱失败则意味囚禁与谋杀。这就是他追求妄想的悖论和代价。《魔法师》的第二部分完全是尼克的妄想和欲望的投射，是对现实的逃避和随心所欲的重构。当尼克突然意识自己"不是一个诗人"时，幻

---

① Susana Onega, "Self, world, and art in the fiction of John Fowles", *Twentieth Century Literature*, Spring 1996, p. 39.
② John Fowles, *Wormholes*, London: Vintage, 1999, p. 452. 福尔斯说自己所有作品中的女性其实都是一个女人。这个女人应该是作者头脑中的女性原型。
③ John Folwes, *The French Lieutenant's Woman*, New York: Little Brown & Company, 1969, p. 80.
④ John Fowles, *A Maggot*, Boston: Little Brown & Company, 1985, p. 1.

觉破灭，体悟到"自身充满了虚无感，一种形而上的搁浅"①。随后，康奇斯等只是利用了朱丽和朱诺的美色来帮助他实现自己的妄想，然后又立刻帮助他驱除妄想而已。一场幻觉游戏之后，整个剧组隐退，无从寻觅。而且，康奇斯也象征着人类对上帝的妄想。作者"让康奇斯呈现出许多人格面具，象征着人类意义上的上帝，从超自然的人物到满口术语的科学家，即人类关于某种并不存在的绝对知识和绝对力量的幻觉"②。

另外，女性人物出场时都带有幻象初期的静态特征③：沉默、娴雅、微笑（福尔斯最喜欢描述女性笑容的两个字是：small 淡然一笑，thin 浅笑）、被动、独来独往似无家庭渊源、似从虚空中来、遗世独立如空谷幽兰却没有典型的面部特征（因为她们象征着任何女性）、没有动机、没有目的、没有过去，也没有未来，除了在此时此地的游戏之外，生命没有目的。在作者的不断聚焦和追问下，这些女性幻象才慢慢有了生气、活跃起来，但始终维持着被动、寡言、沉静等镜像特征，只有在男性"不断的爱抚、关照、倾听、注视、欣赏"④ 和迷醉下，她们才慢慢丰满起来。

为什么福尔斯会反复出现的女性幻象呢？福尔斯认为他的写作是一种灵感体验，类似遥感，而且他自认为是"性别上的变色龙，自己一部分是女人"⑤，很可能，人类的确为雌雄同体的生物（androgyny）⑥，在男性无意识中的确有个遗传的理想女性的影像阿尼玛⑦，也可能是由于福尔斯曾经收集过18世纪的色情文学和美女照片⑧，在心理上留下了一种综合的心理痕迹，

---

① John Fowles, *Magus*, London: Jonathan Cape Ltd, 1977, p. 58.
② John Fowles, *Magus*, London: Jonathan Cape Ltd, 1977, p. 10.
③ ［奥］西格蒙德·弗洛伊德：《詹森的〈格拉迪瓦〉中的幻觉与梦》，见《论文学与艺术》，常宏等译，国际文化出版公司2003年版，第13页。
④ John Fowles, *Wormholes*, London: Vintage, 1999, p. 15.
⑤ John Fowles, *Wormholes*, London: Vintage, 1999, p. 435.
⑥ 朱立元：《当代西方文艺理论》，华东师范大学出版社2002年版，第344页。
⑦ C. G. Jung, "The Relations Between the Ego and the Unconscious", *The Basic Writing of C. G. Jung*, New York: Random House, 1959, p. 160.
⑧ John Fowles, *Wormholes*, London: Vintage, 1999, p. 442.

美女照片的物像构成了他的心理幻象和文学意象①的心理基础,于是在"无意识活动的强迫性重复原则"的控制下,她们不断反复出现于意识中,给思想的某些方面注入了魔幻特征②。由于作者的专念存想,使幻象从无到有地现于意识。

第二,福尔斯作品的另一显著特征就是叙述者总表现出一种被人窥视的妄想。《魔法师》中的尼克总觉得有人在窥视他,以至于他的行为变得装腔作势,暗暗希望满足妄想中的"空中之眼"的窥视欲。尼克装模作样的自杀也只是"一种作势"③,在小说末尾,尼克冲动地扇了阿丽一个耳光,也是满足遥远房间内的窥视之眼。④《收藏家》中克莱格拖死米兰达之后,也曾作势自杀,自欺欺人地准备殉情,且同时为后来人准备好了日记。他总以痴情的罗密欧自诩,字字句句都好像在把痴情做给人看,且时时刻刻都准备着以罗密欧的身份被绳之以法,他显然陷入了情痴妄想。他似乎觉得上帝有只窥视的眼睛在注视着虚情假意的自己,所以,很有必要做一个欺骗上帝的假动作。《尾数》中的失忆作家格林·麦尔,稍微清醒一点的时候的第一感觉是"一排排的观望的眼睛""一种有观众的感觉"。⑤《狂想》中的窥视之眼变成了在一里地外盘旋的乌鸦⑥,乌鸦既象征着对那群旅行家的窥视,又象征着它好像感应到了即将到来的血腥和尸体的气息,所以一直盘旋不去。

为什么叙述者老是出现被窥视妄想呢?首先,这些人物都可以定性为后现代人物,杰丽·弗莉格发现后现代人物的一个典型特征就是妄想狂,总是

---

① 罗俊诚认为文学创作是物象—心象—意象的象的运动,笔者反溯其源,幻象应该有其物质基础。参见罗俊诚:《浅谈文艺创作幻想思维运作机制》,载《广西教育学院学报》,2005年第1期,第109—111页。
② [奥]西格蒙德·弗洛伊德:《论神秘和恐怖的东西》,见《论文学艺术》,常宏等译,国际文化出版公司2003年版,第286页。
③ John Fowles, *Magus*, London: Jonathan Cape Ltd, 1977, p. 61.
④ John Fowles, *Magus*, London: Jonathan Cape Ltd, 1977, p. 654.
⑤ John Fowles, Mantissa, New York: J. R. Fowles, Ltd, 1982, pp. 32–33.
⑥ John Fowles, *A Maggot*, Boston: Little Brown & Company, 1985, p. 2.

感觉有只"空中之眼"在窥视自己。① 这种窥视源于过度自恋。那只偷窥的邪恶之眼,是由专注于自我、视角扭曲的神经症造成的,是痴迷于自我的主角把自己的私心与妄想强加于他者造成的。② 其次,投射机制和反射机制也在作怪。因为尼克等把自己隐匿的欲望投射到幻想出来的美女身上,这些美女又把殷切的关注返投向叙事者,美女对叙事者的关注实际上还是自己对自己的关注,就像一个人照镜子,镜中人的眼睛反过来盯着自己,实际上还是自己在盯着自己。这个他者的他者是自己,这只空中之眼其实就是自己的眼睛。于是,这种被窥视感实质是自己的窥视欲的逆转。

第三,由于叙述者有被窥视的妄想,于是他又顺理成章地产生了下一个妄想:强迫症一样的侦探欲。由于有了被窥视感,他于是有了一定要找出背后的窥视之眼的借口,叙述者又发展出一种带有强迫症性质的侦探欲,一定要把某种背后的力量或者原因找出来,他的不断追查就构成了福尔斯小说的侦探小说特征。这种侦探欲其实是窥视他人的借口。最典型的侦探欲表现在短篇《谜》中。菲尔丁斯无故失踪,警官杰宁把他的私生活的方方面面都查遍,还不能找到他失踪的原因,但是杰宁找到了和简的爱情,这也是侦探欲造成的结果之一。③ 对作者来说,写作就是和读者一起偷窥,只不过借侦探小说之名而已。

福尔斯小说的侦探性的又一特征是,人物无端从文本中消失,探究永无结论。这是因为主人公探究的对象是幻象,自然没有结果,唯一的结果就是在探究中窥视、与人结缘、认识自己和成长。在这个探究过程中,作者借各种各样的导师形象,引导、教育这个追查者,于是各种说教内容自然嵌入其

---

① [美]杰丽·弗莉格:《精神分析和妄想狂:空中的眼》,徐燕红译,载《国外文学》,1996年第2期,第8页。
② Richard C. Kane, *Iris Murdoch, Muriel Spark, and John Fowles: Didactic Demons in Modern Fiction*, Rutherford: Fairleigh Dickinson University Press, 1988, p. 152.
③ Maria Jesus Martinez, "Astarte's game: variations in John Fowles's The Enigma", *Twentieth Century Literature*, Spring 1996, http://www.findarticles.com/p/articles/mi_m0403/is_n1_v42/ai_18412893.

中，达到教育读者的目的。所以，福尔斯小说都带有浓重的侦探小说、成长小说和说教小说的痕迹。

第四，由于叙述者的被窥视妄想实际是自己想要窥视他人的妄想，我们还可以顺理成章地发现福尔斯小说的投射性，即叙述者把自己隐匿的欲望投射到虚幻的美女身上，让美女和自己玩游戏。我们可以说，主人公们已经患上了轻度的钟情妄想，总觉得有两个女性同时钟情于自己。在福尔斯小说中，男性的被动和女性的主动简直达到了令人咋舌的地步。男性同时还保持着所谓道德上的矜持和清白，保持着稍微高于女性的优势地位，满足被人追捧的虚荣心。试想天下哪里会有这种女人，为一个平庸的男人卖弄风情若此？这纯粹是作家男权主义心理的体现和变形，是对美女的妄想和做白日梦时的自我玩弄。何以为证？在《丹尼尔·马丁》中，丹尼尔说自己虽然喜欢欣赏女性，收藏关于漂亮女性的视觉记忆，却天性被动，只好"在等待生活提供机遇、场景来邂逅"①，等待即等待女性的主动。这点在《魔法师》里也说得很清楚。

第五，妄想狂带有精神分裂的特征，把自己当作他人进行审视。"我写的是自己，我是剧中的主角，我不仅是被写的人物，而且也是坐在前排座位的观众。"② 福尔斯笃信弗洛伊德的《创作家与白日梦》，常把自己分裂成三个主要角色：一个带有自恋抑郁避世倾向却企图认识自我的男主角（通常也是叙述者），对读者毫无吸引力，对虚构的女主角却像磁石一样。此处，男主角对女性的魅力实际是自恋的投射，就好像一个自恋的人在照镜子，镜中人目不转睛地盯着自己实际是自己在目不转睛地盯着自己，镜中人被自己吸引实际是自己被自己吸引，尽管男主角的男性魅力纯属子虚乌有，却为其后两女爱一男的场景埋下伏笔③；一个空谷幽兰变化万端的女主角，永远无法

---

① John Fowles, *Daniel Martin*, Boston: Little Brown & Company, 1977, p. 238.
② Barry N. Olshen, *John Fowles*, New York: Frederick Ungar Publishing Co. 1978, p. 110.
③ Katherine Tarbox, *The Art of John Fowles*, Athens: University of Georgia Press, 1988, p. 24.

理解，象征着阿尼玛原型的幻化之身和男性的性妄想；一个精通心理分析和存在主义的导师，总是用暗喻/神话原型来教育精心挑选的男弟子（实际是撞上门来的弟子，参见后文的导师妄想），这三者同属作者本人的化身。作家把自己的不同侧面分裂成三人来自我调教、自我挑逗、自我戏弄，使得福尔斯作品带有浓重的雌雄同体（androgyny）和镜像（mirror reflection）特征。

很凑巧的是，福尔斯作品中的女性幻象几乎都有三个身份以上。萨拉有三种变身和结局，朱丽也有迥然不同的三种身份（养女、演员、心理学家），且在三种身份间随意切换，《狂想》中的瑞贝卡也有三种身份，在《尾数》中的艾拉多的性情随意改变，不可捉摸，这些实际都是作家在白日梦中自我分裂后变异出的性格侧面。只有读完福尔斯的全部著作，才会觉得萨拉的多种结局不应被奉为圭臬，而只是作者引诱读者继续读下去的一个惯技而已。事实上，一个现实的人只可能有一个结局，有多种结局本身就是一个妄想。每个人物，如果要具有现实主义的真实，就只会有一条轨迹，尽管每个人物都可能在一念之差之间有一千种不同的结局，萨拉也可以变成自强的女经理、女老板、女画家、女教师、女囚徒，等等，凡是人间的角色种种，她都可以经历，她于是变成了一种生命的符号，可以无限分身的仙人、可以体验不同社会角色的人格面具。这种无限分身、多种结局是一个阿尼玛原型的无限变形，是使小说继续下去的降神解围技巧（Deus Ex Machina），但这种"凭空生出一事""无端跳出一人"的伎俩纯粹是为小说而小说，她们的分身和性格突变都只是作者在白日梦中和女性一起玩的幻象游戏，不可以现实主义精神去评判。读者之所以中计，是因为读者还带着现实主义的稳定的自我来阐释这些经常摇身一变的人物。幻象游戏正是建立在读者认真的基础上。萨拉的自我否认之所以成功，正是建立在查尔斯认认真真地想帮助她、爱她的基础上的，不然，萨拉想要做社会弃儿，享受存在主义者摒弃社会约束的精神自由，完全可以离群索居，又何必回到人群中来玩弄查尔斯的一片真心呢？再说朱丽的人格面具游戏，若不是尼克痴迷于她，她又怎么能够折磨他的心呢？若尼克不爱她，她就是一天内七十二变，尼克也可见怪不怪，其怪自败了。正是因为读者认真，叙述者付出了一片真心，才让作家这种自我解构的堆字游戏得逞。试想现实之中，谁敢满座皆认真，斯人独游戏？作家完全无视人物性格的惯性，让她们变化随心，在不同的人格面具之间随意切换，纯粹就是以幻象捉弄读者。

第六，福尔斯小说中最大的妄想乃是对女性的妄想。首先，福尔斯笔下的女性都是幻象，且大概都切合这样的模式：幻象变淑女，淑女变妖姬，妖姬变神医，神医实庸医。后期作品如《狂想》中淑女变妓女的把戏更加明白无误，因为她们有"扮矜持处女的天赋"①。她们气质如空谷幽兰、举止沉静娴雅、常常微笑和浅笑、内敛不善言谈、却往往一语中的。这种神秘幽雅的气质激发了男性的探索欲望。叙述者都是首先贪恋女主人公如梦如幻的美感，因美生爱，因爱生欲，遂有女主人公引诱尼克等的幻境。等他们有情感投入之后，便开始对他们的子虚乌有的心理疾病进行治疗，主要以弗洛伊德和荣格的学说为基础，荒唐的是，《尾数》中的医生与护士竟然扮演病人麦尔的伊德（Id），以满足其潜意识中抚摸陌生女人的渴望。

其次，她们是矛盾体。福尔斯笔下的女性性格弹性过大，且在不同性格之间随意切换，完全违背了人格本应具有的四个特征：整体性、稳定性、独特性和社会性②，换句话说，他笔下的女性的性格是断裂的，包容了无法同时存在的几个性格的极端：既是处女、淑女、贞女，又是妓女、荡妇；既矜持，又挑逗；既古典又现代；既隐忍退让又不依不饶。人格的跨度囊括不可思议的对立的极端，读者简直无法想象一个人怎么可能兼容如此跨度之大的对立性格而不精神错乱！所以，福尔斯笔下的女性个体，都是女性总体的全部集合在个体身上的体现，这种试图以一个人体现集体的人的笔法，使得萨拉等没有自己的脸，而是一张女性集体的脸，没有个性，只有女性的全体

---

① John Fowles, *A Maggot*, Boston: Little Brown & Company, 1985, p.41.
② 黄希庭：《人格心理学》，浙江教育出版社2004年版，第8页。

性,所以,她们不是具体可感的个体,而是阿尼玛原型幻化出来的各种幻象而已。

最后,有个女读者一针见血地指出福尔斯小说中的女性就是"性"。①福尔斯自命是非常尊敬女性的女权主义者②,但作品中表现出来的不是对女性的物化,就是对女性的神化。女性不是可以收藏的尤物,就是应该顶礼膜拜的缪斯,女性不是独立自在的血肉之躯,而是男性的妄想,是男性欲望的镜像,是男性成长的镜子,女性从来就没有在福尔斯小说中真正地存在过。她们是作为可欲、可收藏之物或作为男性的镜子、男性的妄想的形式存在的,从来没有按照自己的本来面目存在过。福尔斯说"只写过一个女性"③,其实他连一个女性也没有写,只是写了男性的性妄想。福尔斯对女性的升格和降格、神化和物化都表明他对真实女性并不理解。女性也许就像其男主人公一样庸常、普通。

第七,小说中频繁出现的导师原型及上帝游戏也是妄想狂的明证之一。首先,这些导师总觉得年轻人都处在异化的存在状态,便坚信自己肩负着特殊的救世使命,有拯救他人于异化、非本真状态的高尚使命。如莎拉不顾现实地去拯救查尔斯,康奇斯去拯救抑郁的尼克,正如德夫人所说,"总有一些人,不为任何利益,去做一些利他的事情"。这些自封的导师原型显然受弗洛伊德的影响,把导师置于权威的位置对病人进行居高临下的分析,这种强加于人的分析让人颇感突兀,因为小说中的人物心理虽然不算极其健康,但离病态还有些距离。比如《魔法师》中尼克的四个问题:收集女色、缺乏自我实现、生活观过于文学化及被窥视的妄想狂,并不需要一个善意的导师

---

① Simon Loveday, *The Romance of John Fowles*, New York: St. Martin's Press, 1985, p. 135.
② 福尔斯的妻子根本不承认他是女权主义者。见 Tarbox, Katherine, "Interview with John Fowles", in *The Art of John Fowles*, Athens: University of Georgia Press, 1988, p. 188.
③ John Fowles, *Wormholes*, London: Vintage, 1999, p. 452.

用残忍的玩弄感情的做法来教导，按照人本主义的心理分析方法，人天生有向上、渴望健康和自我实现的需要①，尼克的四个人生问题，完全可以不药而愈②，无须导师之拔苗助长。

其次，导师并未获得无上智慧，其智慧仅仅局限于弗洛伊德、荣格的心理分析和萨特的存在主义，还徘徊在潜意识分析和原型疗法层次。但这些方法不仅疗效不确切，而且有害。传统的心理分析让人深入潜意识、认识问题的做法因其有害已经越来越被抛弃，被以纠正扭曲的认知为主的认知–行为疗法 CBT（Cognitive–Behavioral Therapy）所取代③，这足以证明智慧老人康奇斯、医生格洛根等也只是受流行心理学左右的博学之士而已，对流行的博学并不足以说明他手握真正的真理。导师并未悟生命之无上智慧，却装神弄鬼、故弄玄虚，总是按照自己一厢情愿的想象、超乎现实的逻辑，设计出操控心灵、系统庞大的上帝游戏，滥用禅宗教育法来启发中、下根器的凡夫，让人觉得有些幼稚。禅宗教育法本为修持极高的上根器者在顿悟之前的接引法门，根本不适合尼克等对佛理毫无熏习的、我字当头、好色自恋之徒。导师不看学生的资质根器，胡乱使用最高级别的教学法，实在是对牛弹琴、妄想翩翩。

最后，导师原型实质上体现了作者的智慧型的理想自我和升华了的利他心，同时也表明了作者自认为先走一步，好为人师之心不可抑制，渴望借超人之手对人心进行操控。于是，弟子的妄想狂还没有发作，导师先被自己的好为人师之心撩拨得蠢蠢欲动了。导师原型沦为妄想狂的一个证明就是《魔法师》中的元戏剧剧组。就算康奇斯与朱丽等有拯救沉沦苍生的善意，但其剧组不乏贩夫走卒，为钱卖命之人，难道会认认真真地为一个自命为"杂

---

① 张伯源：《变态心理学》，北京大学出版社 2006 年版，第 35 页。
② 黄希庭：《人格心理学》，浙江教育出版社 2004 年版，第 177 页。神经症患者在不接受任何精神分析的情况下的自然缓解率是 43%—72%。
③ Alix Splegel, *More and More, Favored Psychotherapy Lets Bygones Be Bygones*, New York Times, Feb. 14, 2006.

种"的好色之徒上演元戏剧？还有"审判"一章中那些心理学家和20个学生，何处觅得此群心怀救世心肠的装模作样之徒？难道他们个个都过上了本真的生活，无须教育，每日无事专等一个不幸来到拜伦学校教书的可怜虫？再者，几十个导师加上两个美女共谋，动用飞机军舰等高级道具，只为启迪一个学生，且一年只能教一个，耗资耗时，是否小题大做了？康奇斯似乎能完全掌控这些人的行为和意愿，好像他们是没有个性和主见的玩偶，难道这不是妄想吗？这是对人心的绝对操控的妄想。实际上，此时导师更需要学生，需要学生来证明自己学识高妙，先走一步。单凭上述几点，就可说明《魔法师》带有浓重的妄想性质和病禅、狂禅特征。

第八，小说场景的镜像性。福尔斯的大多数作品具有在封闭领域内做白日梦的特征，是幻象的互动和游戏。这个封闭领域就是福尔斯最钟情的概念：Domaine。Domaine 的本质乃是白日梦、虚拟空间、太虚幻境、镜像之代名词，这面虚拟的镜子反射着叙述者的行为和心理，同时提供一种真切的心理经历助人成长。这里可以把 Domaine 翻译成"化城"，化城是演绎上帝游戏的封闭场所，小说家可以扮上帝，给人物以自由，却时时刻刻全方位地监控着这种自由，被虚拟造出的芸芸众生就在这里演绎生老病死，同时获得戏剧化的心理感受，从虚像中获得的感受依然亦可等同于现实中的感受，同样有教育意义。Domaine 体现到小说中，就变成了一个个亦真亦幻的封闭空间。如《尾数》里，麦尔的大脑幻化成一间病房，在里面演绎和自己虚构的人物的对话和争论。《魔法师》和《法国中尉的女人》中，化城是一座封闭的小岛。《狂想》中化城是一家客栈。

化城是个隐喻。康奇斯一再强调布若尼小岛是个隐喻，麦尔也强调失忆的大脑是个隐喻[1]，这个隐喻的准确意义便是四个字：无心现象。此四字是理解福尔斯全部创作的关键，其大部分作品都贯穿着这个隐喻：无心现象。

---

[1] John Fowles, *Mantissa*, New York: J. R. Fowles, Ltd, 1982, p. 125.

无心现象的原理类似镜子的无心亦无像，反而能现众生之种种像，同理，化城本无一物，世界亦无上帝，但叙述者希望看到什么，镜子就现出什么像，人物就如他希望一样表现，正如艾拉多说，"你从我身上看到的都是你自己选择想要看的"①。这些人格面具本无相，男主人公渴望空谷幽兰之美女，于是美女便出现了，迎合着他的一切欲望（如朱丽和艾拉多）。通过和自我欲望在化城中玩游戏来认识自我，构成了福尔斯全部作品的基本骨架。

### 三、妄想溯源

第一，妄想很可能是独特的作家气质的产物。福尔斯本人自恋、虚荣、抑郁、喜欢避世独居，和伦敦的文学界完全隔绝，缺乏生活作为小说创作的源泉。福尔斯不属于"十字街头好坐禅"的那类入世体验的作家，而是沉溺于书斋中的阅读和想象。福尔斯的作品大多是半梦半醒之间意识的产物，作者自述喜欢白日梦的丰富，"经常走神"，把"向内转"的白日梦视作对媒体横扫一切的力量的逃避，是捍卫个性自由和个人想象力，是神圣不可侵犯的私人空间，是对世间难觅的理想世界的一种补偿。② 于是，他的作品便自然呈现出重想象、轻社会体验，缺乏宏大的社会背景和深沉的苦难意识，人物摇身一变便能超越社会和性格结构的局限，人物随心所欲地从文本中消失得无影无踪等魔幻特征。

第二，如同作家一样，叙述者都深深地遮蔽于自我论（solipsism）中，以自我为中心，以我的欲求来重构世界和他人，所以，世界成了这些人物的欲望的投射，而不是本身的样子，如克莱格试图以男性视角重构米兰达，尼克对朱丽的妄想，麦尔对艾拉多的任意重构，叙述者被自身的欲望所遮蔽，作家被自己隐匿的男权思想所遮蔽，以至于小说中只有一个男权的自我，其他都是男性欲望投射后的虚像。尽管导师原型一再教导其弟子要具有整体视

---

① John Fowles, *Mantissa*, New York: J. R. Fowles Ltd, 1982, p.149.
② John Fowles, *Daniel Martin*, Boston: Little Brown & Company, 1977, pp. 271–276.

角,其实自己缺乏的正是整体视角。

第三,福尔斯对弗洛伊德的艺术家与白日梦的关系深信不疑,同时,他也相信作家是集体的人,是集体无意识的载体,作品是集体无意识的产物。① 他认为缪斯就是"作家不能理解的神秘心理过程的隐喻",所有的创作都来自一个超个体的精神。创作是一个生命冲动的累积,每个创作都带着集体创作的特征。作者于是变成了一个生命的符号。② 所以,他的人物取名也深受无意识的影响,且"在深层意义上正确"③。在这种论调的支撑下,他坚定地走了幻象创作的路子,坚定地进入无意识发掘人性的真相。

第四,在妄想型作品的背后,还有一整套的元小说理论支撑。首先,作者认为小说无法反映现实,小说永远只能是虚构物。所以,真正的小说家在写关于小说的东西而不是在拼凑小说,他们在抱怨文字模仿现实之难④,因此,小说家不再试图反映现实,而是心安理得地和自己的文字及各种人格面具做起了游戏。这种论调其实是谬误,不管小说如何虚构,都有其现实的物质基础,即使是麦尔的病态大脑的幻觉,也还要大脑、文字、文学内容等做编造小说的现实材料,完全脱离现实与物质基础的虚构是人脑无法想象出来的。所以,无论是正确还是歪曲地反映现实,都是对现实的反映。

第五,作者认为人们无法认知真正的真相,每一个事件都是无数心理遗迹的综合,但读者无须区别真相妄相,只要此心不动,真妄两忘,就能从幻象游戏中超脱,认识能力顿上台阶。《魔法师》的第四个故事"魔法师和王子"短小异常却异常费解,其真谛正在于此。究竟小王子看见的小岛和公主是真实的实在,还是魔法的幻觉,不得而知,但小王子后来不再追问它是真

---

① [瑞士]卡尔·古斯塔夫·荣格:《未发现的自我》,张敦福、赵蕾译,国际文化出版公司2003年版,第242—245页。
② Susana Onega, "Self, world, and art in the fiction of John Fowles," *Twentieth Century Literature*, Spring 1996, p. 5.
③ John Fowles, *Wormholes*, London: Vintage, 1999, p. 440.
④ John Fowles, *Mantissa*, New York: J. R. Fowles Ltd, 1982, p. 118.

相还是幻象,不再区分物质现实和心理现实,立刻就变成了魔法师。这个故事颇具佛经的韵味。小王子超脱幻象的经历似乎要告诉读者和尼克,不管小说是真相也好,妄想也好,只要我们保持此心不动,不再被幻象牵着鼻子走,就可以成为魔法师,得大解脱,停止妄心攀缘就是超脱。既然如此,为什么福尔斯的作品几乎都停留在妄心攀缘这个层次呢?为什么主人公都没能达到此心不动、见怪不怪的超脱境界呢?因为幻象同样有助人超脱、窥破愚妄的启发式教育功效,作者便放开手脚,玩起了越来越虚幻离奇的幻象游戏,就是为了让读者早点开悟。所以,幻象类作品有自己的逻辑、系统和哲理,也是从唯心论的角度对人的心理本质的探索。正是基于上述理念,作家便心安理得地玩起了上帝游戏,扮起了导师,谈起了自由和自知,沉醉于幻想中和幻象玩起了各种各样游戏。

## 第二节 爱欲论视角下《收藏家》中人物的人格结构分析

人的本质是什么?为什么会爱得死去活来,美事不成时又杀个天翻地覆?爱欲的成分是什么?爱欲最关注的对象是什么?至死不渝的爱情是否可能?是否有死亡本能?爱欲受挫后是否一定会表现为破坏性?人能否战胜爱欲的挫折、超越挫折、获得解脱?为了破解克莱格的破坏型人格,我们需要先从理论上理解爱欲与破坏之间的内在关系,然后再进入文本去解析人物。东西方对这些问题的论述大有雷同之处,下面详述之。

第一,在古希腊文明中,爱神爱罗斯(Eros)、地神(Caea)和植物之神(Erebus)一起从混沌(Chaos)中诞生,爱神用箭穿透一切,用火炬照亮一切，让万物充满了生命和欢笑。① 此神话原型象征着生命的起源，即爱与天地、生命同生；爱即生命；爱照亮蒙昧的一切，使生命有了目标。爱神的特征是将分裂的宇宙重新整合、联结起来。于是，爱罗斯便象征着整合、发展的生命本能。西方人自然把"爱欲作为宇宙存在的本源和人类命运及其必然性的不可缺少的重要因素"②。人的本质是爱欲。但神话只是象征，不能实证，只能作为辅证。

在西方，弗洛伊德也在探索生命的原动力。他揣测，生命原动力应该是一种具有动力性质的东西，他称其为里比多或者心力。人生其后的全部责任就是引导和控制这种力量合情合理地发泄。③ 他假设里比多潜藏于无意识的伊德，后分化为两种本能：爱欲（Eros，包括性本能和自我保存本能）与死亡本能（death drive）。爱欲是能够联结、整合机体的一种心力，构成生命中最大的喧嚣，而死亡本能却基本是静寂的。④ 由于弗洛伊德不能为人类的破坏性找到一个较为合理的解释，他便设想出一种与生俱来的死亡本能（分解、瓦解、退回到无机状态的力），时时在抵消生命本能，企图让生命回归到均衡的无机物状态。⑤ 他用这种死亡本能来平衡生命本能，似乎很具有解释力，却也不幸落入二元对立的窠臼之中，死亡本能是否真的存在本身就是个未知数，现代心理学发展倾向于认为：没有死亡本能。

弗洛姆改造了弗洛伊德的关于生死本能的二元对立理论，把生命本能提

---

① Thomas Bulfinch, *The Golden Age of Myth and Legend*, Hertfordshire: Wordsworth Reference, 1993, p. 5.
② 陆杰荣：《我看弗洛伊德的爱欲论（代译序）》，见 [美] 艾布拉姆森：《弗洛伊德的爱欲论：自由及其限度》，陆杰荣、顾春明译，辽宁大学出版社 1987 年版，第 1 页。
③ [美] 罗伯特·G. 迈耶、[美] 保罗·萨门：《变态心理学》，丁煌、李吉全等译，辽宁人民出版社 1988 年版，第 23 页。
④ Sigmund Freud, *The Ego and the Id*, *On Metapsychology: The Theory of Psychoanalysis*, Vol. 11, New York: Penguin Books, 1986, pp. 380 – 388.
⑤ [奥] 弗洛伊德：《精神分析引论新编》，高觉敷译，商务印书馆 2002 年版，第 84 页。

升为一种爱生本能,把死亡本能引申发展为一种破坏性。他认为生命是一个不断成长、自我塑造的动态过程。爱生本能是人的第一潜能,而破坏是人的第二潜能。如果环境恶劣,人就只能被动地发展防御机制(defense mechanism)或者向外部发泄恶性的破坏性(destructiveness)来超越困境。若生存环境适意,人就会发展自己的自发性和创造性的潜能,表现出发展生命的特征(life-furthering syndrome),若人生初期就遭遇灾难和恶劣的生存环境,人生就容易蜕变成以破坏性为核心的阻碍生命的病态(life-thwarting syndrome),其人格特征主要表现为混合的恶性囤积性格(hoarding character),受虐—虐待狂性格(sadomasochism)和极具破坏性的恋死性格(necrophilous character)。① 弗洛姆把人的破坏性更多地归咎于人所遭受的社会苦难,而不是与生俱来的死亡本能。霍妮也认为病态人格是在恶劣的环境中熏习而成。"神经症给恐惧、无助、孤立的个体提供了一条摆脱灾难的路子,带来一点指望,让他感到现实还可以应付。"② 破坏性于是可以通过改良社会和家庭得以消除,这一小小改变便避免了陷入弗洛伊德式的悲观的决定论,而走上了积极改良人类社会外在状况的人本主义道路。这和本书观点渐趋一致,即破坏性来自爱欲的受挫后的发作,并无死亡本能作怪。尽管如此,弗洛姆的人格理论依然有一处漏洞,他和课题组成员迈克尔·麦科比(Michael Maccoby)在墨西哥一个自成体系的村庄印证他的社会人格理论,居然找不到一例符合弗洛姆分类标准的创造性人格(productive character),既富于创造力,又充满爱心,最后勉强找到一个农夫和几个禅宗大师。③ 麦科比博士的论文证明了弗洛姆人格理论的部分破产,特别是关于人类是否能够超越病态的理论的破产。弗洛姆把变动不居、内涵复杂的"爱心"作为评价人格的标准表

---

① Erich Fromm, *The Heart of Man: Its Genius of Good and Evil*, New York: Harper Colophon Books, 1964, pp. 50–51.
② [美] 卡伦·霍妮:《自我分析》,许泽民译,贵州人民出版社 2004 年版,第 67 页。
③ Michael Maccoby, "The Two Voices of Erich Fromm: The Prophetic and the Analytic", http://www.maccoby.com/Articles/TwoVoices.

明他没有找到本质问题，所以会对健康人格结构的勾勒欠缺圆满。窃以为，农夫大约属于爱欲获得健康满足后的健康型人格，禅师属于超越爱欲的圣人。

现代的爱欲论研究者基本都在弗洛伊德圈定的里比多理论里打转，如果换成东方的佛学审视，里比多的别名就是爱欲，但里比多只是一种假设的本源，爱欲却是佛陀以禅定亲证的本源，之后的佛教徒沿用佛陀的四禅打定止观等方法可以验证佛陀的理论，这比希腊人的神话和弗洛伊德的玄想应该更有说服力。西方的爱欲论实乃西方人对人性的臆测和玄想，却无法确证，此处宜以佛陀的禅定实践佐证之。佛陀认为，爱欲（craving, coveteousnss, greed）潜藏于心①，深不可测，为今生今世一切善恶行为的始作俑者，是推动生命轮回的根本原因，是比所谓的生命本能更深层次的东西。《圆觉经》云：

> 一切众生，从无始际，由有种种恩爱贪欲，故有轮回，……当知轮回，爱为根本。……由有诸欲助发爱性，是故能令生死相续。欲因爱生，命因欲有，众生爱命，还依欲本。爱欲为因，爱命为果。……由于欲境，起诸违顺境，背爱心而生憎嫉，造种种业。……是故众生欲脱生死，免诸轮回，先断贪欲，及除爱渴。（《圆觉经》之弥勒菩萨）。②

爱欲满足会令人产生顺境的感觉，爱欲受挫会让人产生逆境的感觉，人对顺境生起贪爱之心，对拂逆自己爱心的境界生起各种憎恶嫉恨的破坏心理（破坏性的起源），于是有了种种行为，这些行为又会引发一连串的结果和行为，令生死相续。"生老病死，忧悲苦恼，如是诸患，皆从爱起。"（《楞伽

---

① "爱"字的内涵是非常复杂、含混、不确定的，在不同语境下使用意义大相径庭。《普林斯顿佛学字典》翻译为"covetousness""greed""craving""lust"，Robert E. Busewell Jr. & Donald. S. Lopex Jr., *The Princeton Dictionary of Buddhism*, Princeton University Press, 2014, p. 10.
② 南怀瑾：《南怀瑾选集》（第九卷），复旦大学出版社2003年版，第114—123页。

经》卷三）

爱欲成分复杂，佛经大约将其分为四种：恩、爱、贪、欲。"欲"指色、声、香、味、触五欲，能撩拨起人的贪欲，并非仅指性欲，但性欲是最强的爱欲，因其在色、声、香、味、触五个方面都能给人以最强烈的刺激，最能令人心狂野。《四十二章经》云："爱欲莫甚于色，色之为欲，其大无外。""贪"即贪婪。"恩"指恩情，余情不断的报恩心理。佛偈认为，"流转三界中，恩爱不能脱；弃恩入无为，真实报恩者"（《法苑珠林》卷二十二）。报恩心理也是爱欲的变体，会造成解脱的障碍，必须舍弃。"爱"字最复杂。佛经认为人有我执和法执，即非常执着地爱着"我"和"法"。（"我"即长存不灭的自我，"法"即事物的实在性及其规律性，佛学认为我与法都是因缘假合而成的集合体，变动不居，念念迁移，无固定不变的实在性，乔纳森·布朗的《自我论》论述与此相似。）我们爱自己和爱一切现实中真实可爱之物。这四种欲乐执着构成了人生最根本的冲力。罗洛·梅沿袭西方的传统，把爱分为四种：性、爱力（Eros，对生产和创造的爱，把人类导向更高存在和关系形式的一种冲力）、友爱（philia）和利他之爱（agape或caritas，即博爱，此种爱的最高形式是对上帝和人类的深沉之爱）。梅的爱欲论的目的是要人们从性的焦虑中解脱出来，让性力与爱力结合，把人类能量导入创造的狂喜之中①，这依然没有逃脱弗洛伊德本能升华的范畴。

然后，爱欲会沿着十二因缘的路线继续前进，演进出各种行为：据长阿含卷十大缘方便经载，缘痴有行，缘行有识，缘识有名色，缘名色有六入，缘六入有触，缘触有受，缘受有爱，缘爱有取，缘取有有，缘有有生，缘生有老、死、忧、悲、苦恼大患所集，是为此大苦因缘。（一切众生，实是本来清净，由于过去一念无明妄动，便有行为造作，有行为造业便有入胎之识。有入胎之识便有现生之胚胎，有了胚胎便具备眼、耳、鼻、舌、身、意

---

① ［美］罗洛·梅：《爱与意志》，蔡伸章译，甘肃人民出版社1987年版，第45—46页。

等六根。出胎后,六根就会有六种触觉,有六种触觉便有六种感受。有感受便懂得爱,懂得爱之后,就会执着,极力去夺取,有所夺取,便会形成未来世之业因。有了未来之业因,就会领受来世之生。有生就必然会有老死,及一切忧愁悲伤苦恼。这就是十二因缘的顺生门。)我们只截取中间一段:受——爱(cravings)——取——有——生。因为有自我,有身体,有眼耳鼻舌身意的各种感受,对美好的东西产生贪爱之情(cravings),便会努力去取得,一般都会得到某些事物(有),即使得不到,也有了仇恨、怨怒,下一个行为便是生起行为(善意或者恶意的行为)。世间种种行为,背后还是因为自我的渴望在作怪。佛经云:诸佛皆因逆观十二因缘而成正觉。科学研究从本质上也是一种逆观,从现象观察到本质,但到多深的本质要由当时的科学发展状态而定。此处援引佛教哲学作为一个旁证。逆流而上是需要极大的勇气和智慧的,非本书正题,暂且略过不提。

从以上分析可以看出,东西方都认为爱欲的构成是相当复杂的,其共同点是都认可性欲是最强大的冲力,爱创造、爱他人都可以把人生导向更高形式的存在。其不同点是西方处处以"自我"二字为"爱"的出发地,而佛学以解构"自我"的实在性为出发点(下文论述)。

第二,人类爱欲的最爱的对象是什么呢?最爱的是自我。希腊神话有著名的纳西索斯(Narcissus)爱恋自己的水中倒影投水而死的故事,佛经也有相似的案例:一个绝代美人爱恋自己的国色天香,死后变成虫子在自己的脸上流连忘返不肯离去。① 弗洛伊德的研究者考夫发现,所有的爱恋在某种程度上都不过是实现"自爱的迂回的手段而已"②,弗洛姆也发现,一切伟大

---

① 南怀瑾:《南怀瑾选集》(第九卷),复旦大学出版社2003年版,第119页。
② 陆杰荣:《我看弗洛伊德的爱欲论(代译序)》,见[美]艾布拉姆森:《弗洛伊德的爱欲论:自由及其限度》,陆杰荣、顾春明译,辽宁大学出版社1987年版,第31页。

的爱情中都有自恋的成分。① 莎士比亚在《暴风雨》中的戏谑更加精彩，"我再爱他也不会超过我爱我自己"（None that I more love than myself）。此种我执，既执着于自我的长生不灭，又欲揽一切可爱之物为"我"享用，且潜伏极深，连自己也难以觉察。《圆觉经》又云：

> 我相坚固执持，潜伏藏识，游戏诸根，曾不间断。（《圆觉经》之辨音菩萨）

自爱潜伏在藏识（也即第八意识阿赖耶识）之中，远远潜藏于潜意识以下，意识难以觉知。正是这个本能的爱欲和自爱，既贪爱"我"，又贪可爱之物为"我"所用，造成"我"于世间万物（他者）的二元对立，导致自我与他者的分隔，视他者为外物，"异见成憎，同想成爱"，美好者即贪爱之，拂逆己愿者即仇视之，实在是因爱成恨，恨因爱成。笔者写了两句打油诗，力图勾勒其意：众生心里两句话，我爱，我爱，我爱；爱我，爱我，爱我。若众生不爱我，或我不得可爱之物，则恨意顿生，无可奈何时便发展各种防御机制以自保，机缘成熟时便恶化成破坏性，报复社会，报应未到时便得寸进尺，一发不可收拾，破坏性也是因为爱欲受挫、欠缺约束而逐渐恶化而来，而没有一个所谓的死亡本能在驱动。死亡本能是子虚乌有的臆测，"在进化论意义上站不住脚的概念"而已。② 破坏性的本质其实是健康的爱欲不得满足、自爱得不到尊重而逐渐恶化后的表现而已。有人说，"所有的疯狂都是因为没有爱"，的确，疯狂是因为没有把他人当成自己人来容忍和宽爱，但疯狂的人也是有爱的，主要是爱自己，只是不得满足而已，正如《弗兰肯斯坦》中的怪物所言：让我快乐，我就会善良（make me happy, I will be good）。或许，加一个字也许会更加准确，"所有的疯狂都是因为没有

---

① Erich Fromm, *The Heart of Man: Its Genius of Good and Evil*, New York: Harper Colophon Books, 1964, pp. 50 – 51.
② ［美］劳伦斯·佩文、［美］奥利佛·约翰：《人格手册：理论与研究（第二版）》（上册），黄希庭主译，华东师范大学出版社2003年版，第115页。

爱够",爱欲受挫后的疯狂和破坏正是补偿机制的作用和过度补偿的体现,过度补偿给社会造成了最大的破坏。

第三,自爱是可以扩大化的①,我们完全可以爱自己的延伸物超过自己的生命,所以,至死不渝的爱完全可能。心理学研究发现,我们爱着的这个"我"实在是一个复杂无比的综合体,它有物质自我(我的躯体和所有物)、社会的自我(我的私人关系、职业爱好)、精神的自我(我的能力、态度、兴趣、情绪、动机、意见、特质、愿望等内部心理品质)等方方面面②,是什么把这些极其杂异的散漫侧面有机地整合在一起呢?又是爱欲!罗洛·梅说,爱欲是一种渴求统一的动力,"整合我们分裂状态的唯一凝聚力",经过爱欲整合后,我们便拥有一种心理、情感、生物层面的整体体验。③ 自我于是成形,我们对这个极其复杂的自我深深的爱(自恋)不仅继续加强了爱欲,而且导致各种各样令人眼花缭乱的行为。自恋在爱欲吸取、整合力量的诱导下继续无限扩大,于是,自爱延伸到我的财产、我的文章、我的才能、我的家庭、我的家乡、我的国家,但始终还是"我的",以"我"作为出发点把自恋扩大化。④ 综上所述,人不仅自爱,而且挚爱着自己的扩展物和延伸物,所以,不仅至死不渝的爱完全可能,为知己者死亦完全可能,这种为他人献身、为后代无私付出、利他、严峻的社会责任感等经过文化的鼓励和沉淀之后,显得比其本来面目更加高尚、深刻、动人,但我们不得不说,这种献身的原初动力还是来自最深层的爱欲和自爱。如果他已经完全无我无欲,则属于圣人一类。

但是,自恋有个问题,"患有自恋人格障碍的人对即使很微不足道的一

---

① Erich Fromm, *The Heart of Man*: *Its Genius of Good and Evil*, New York: Harper Colophon Books, 1964, p. 78.
② [美]乔纳森·布朗:《自我》,陈浩莺等译,人民邮电出版社年版2004年版,第8页。
③ [美]罗洛·梅:《爱与意志》,蔡伸章译,甘肃人民出版社1987年版,第106页。
④ Erich Fromm, *The Heart of Man*: *Its Genius of Good and Evil*, New York: Harper Colophon Books, 1964, p. 51.

些缺陷都觉得难以忍受,以至于他们必须将失败的原因外化(externalization)或者否认(denial)那些威胁其脆弱自尊的想法"①。极度自恋的人的自我范围太大,就特别容易因为一些看似无足轻重的小事伤及自尊,遭受挫折,或者因为其自恋的对象太专一,一旦受到抑制便是灭顶之灾。这种自恋受挫后,便会导致过度的防御机制或者狂暴的破坏性。

第四,爱欲受挫后,是否只能导致防御机制和破坏性呢?对此问题意见分歧很大,弗洛伊德认为爱欲与文明必然冲突,必然导致个人的压抑和失常,于是走向了消极的悲观主义②,马尔库赛却认为,爱欲受挫后,并不一定会导致暴力与攻击性。马尔库赛在综合探讨马克思和弗洛伊德之后,认为人可以从非异化的劳动(审美的生活)中获得爱欲的满足和解放。③ 笔者认同马尔库赛的观点,因为爱欲受挫后,首先不会直接表现为破坏性,而是防御机制,以保障自己在挫折状态下的心理平衡。只有在条件成熟时、心力向外时,才表现出破坏性,变本加厉地报复他人和社会,这提醒我们人生有一种天然的补偿机制,人会采取某种方式补偿自己的失意和创伤,如果补偿过度,就会给自身和社会带来加倍的伤害。

总结一下,首先,人的本质是爱欲,爱欲成分复杂,主要有恩爱贪欲等,其中爱自己(love of self)是最强烈的内驱力,是各种行为的深层动机所在。自爱可以扩展,至死不渝的爱完全可能。爱米丽·狄金生有个神奇的巧合,她凭着诗人敏锐的触角,居然以一首小诗感知到、并诗化地总结了"爱为根本"四字的精髓:

    Love is anterior to life,

---

① [美]劳伦斯·佩文、[美]奥利佛·约翰:《人格手册:理论与研究(第二版)》(上册),黄希庭主译,华东师范大学出版社2003年版,第107页。
② Sigmund Freud, *Civilization and Its Discontent*, Shanghai: Shanghai Foreign Language Education Press, 2003, pp. 31–46.
③ [美]赫伯特·马尔库赛:《爱欲与文明:对弗洛伊德思想的哲学探讨》,黄勇、薛民译,上海译文出版社1987年版,第4—5页。

Posterior to death,

Initial of creation,

and the exponent of breath.

（爱，先于生命，死后继续，早于创世，爱即呼吸。笔者译）

其次，破坏性来自爱欲受挫，而非所谓的死亡本能。人没有死亡本能。这种恶性、过度补偿爱欲的人给社会造成了最大的灾难。但挫折并不一定导致破坏性，人可以凭借其强大的精神能力，在审美活动和至善追求中获得解脱，成为超越的人。但结合佛学、弗洛伊德、弗洛姆、霍尼等前辈的理论，笔者斗胆勾勒一幅爱欲发展的五条路线图，按照其满足方式和心力发展方向，会发展出相应的五种人格结构：断绝爱欲后超凡入圣的圣人型人格，基本人格特征是慈悲无我、无贪爱欲；爱欲适度满足后健康型人格，其基本人格特征是爱生（biophilia）、平衡、善良、知足、随顺；爱欲受挫后却升华的超越型人格，表现为爱生、智慧、幽默、创新、坚忍不拔、追求至善、审美性、使命感；爱欲受挫后心力向内构筑精致防御机制的神经症人格，表现为压抑、投射、固着、反向形成、合理化、否认、过度自控等；受挫后心力向外、过度补偿的破坏型人格，特征是囤积、剥削、虐待、破坏与恋死。

最后一个问题，是什么使人超越或堕落呢？是自己，是个体的自由意志把握着他自己升降的契机，是个人面对苦难的方式决定了他是天使还是魔鬼。第一，个体直面现实、承认差距的现实主义态度在个体的升降中起到决定性的作用。直面现实承认差距需要勇气，而不敢承认现实和差距的个体是怯弱的，生怕现实粉碎了自己的虚荣心和骄傲，于是自我封闭，关起门来做皇帝，采用病态的心理防御机制来为自己的种种谬误百般狡辩，结果变成了无法说服的、一意孤行的魔鬼。第二，个体的开放的心态。对逆境、批评的开放心态决定了个体是否能够认真自我反省。超越的人的缺点一样很多，但他们对批评有一个开放的心态，而非防卫辩解的心态，这使得他们有如百川归海，慢慢变得有容乃大、逐渐大气起来；而封闭的心态把自己变成一座久攻不克的孤城，慢慢被人群所孤立、排斥、抛弃。第三，生生不息的自我更新的努力。承认了现实、具备了开放的心态，就足以使人心态平和，成为健康的人，但要超越困境，还要天天向上，以持之以恒的努力来自我更新，提升自身的内在素质和内在价值，从而在事实上强大、在心态上超越。魔鬼的做法恰好相反，在现实上并未转向自身、对心灵用功，并未做出事实上的实实在在的努力来提高自身的素质和实力，从而最终达到山不言自高，海不言自深的无狡辩状态，他反而转向他者，用纠缠、争吵、报复、剥削、虐待、破坏等一切违逆文明的做法，一定要把他人的赞美敬爱和心悦诚服压榨出来，结果在挤压他人的过程中，慢慢地把自己变成了魔鬼。所以，面对逆境，魔鬼其实是最具叛逆精神的，但他欠缺直面现实的勇气、开放的心态、持之以恒的自强不息，以破坏性的叛逆来获取认同，最终沦为破坏型人格。

## 第三节 《收藏家》中克莱格的伪理性剖析

### 一、引言

此时再来看约翰·福尔斯的成名作《收藏家》（1963）让人对人类最基本的一个概念"理性"疑窦顿生。从克莱格看到米兰达那刻起，直到把她绑架、囚禁、折磨致死，他总是那么理直气壮、振振有词！错误都是别人的、家庭的、社会的！为什么凶手反而觉得自己是罗密欧？杀人者总是如此"正确"？为什么他的"道理"总是如此让人不寒而栗？从克莱格身上，我们可以看到浊恶世间的一个普遍现象：加害者比受害者道理更多，疯狂者比清醒者更擅长说理，谬误比真理更雄辩，魔鬼总觉得自己是上帝！于是，笔者感到一种深切的需要，去深入剖析他的无意识和歪道理，揭露他"理性"背后隐含的攻击性和破坏性，同时也提醒科学主义时代的人们，理性的背后也许深藏着自己都没有意识到的攻击欲和情爱欲，请不要以"爱""理性"的名义攻击和虐待同类。

《收藏家》取材于两个来源。第一，约翰·福尔斯在观看《蓝胡子的城堡》时，看到一个男子把一个女人禁锢在地下室后深受启发。第二，他在报纸上读到一个伦敦男孩把一个女孩禁锢在防空洞长达三个月之久。诸如此类的"极端情境下的性心理"是福尔斯最感兴趣的话题。他说，"我总是对一些孤立无援的极端情景下的心理状态着迷，如禁锢、飞机轮船失事、荒岛、丛林、孤岛、浓雾中的汽车、孤零零的房间或者房屋，等等"①。于是，他便讲述了一个极端情景下的类似蓝胡子杀妻的犯罪故事，但却采取了相当新颖的日记体形式，即双重的第一人称的讲述方式，让两个主人公分别讲述，使故事具有更真切的严格的现实主义韵味。所以，严格地说，这本小说没有主人公，只有两本日记而已，一本克莱格的，分四部分，第一、二部分记述了他爱上和绑架米兰达的前前后后，他自卑、柔顺、嗜好收集蝴蝶和拍摄艳照，无意中瞥见并爱上了一个中产阶级的美丽女孩、艺院二年级女生米兰达。在意外赢得一笔足球彩票后，他先做了一周暴打米兰达的白日梦，鼓起勇气绑架了她，他希望通过强制的共同生活激发她真实的爱情。他曲意逢迎，百般讨好，就是无法获得米兰达的爱情。第三部分记录了米兰达在地下室里患肺炎后得不到医治，被缓慢折磨至死。克莱格假惺惺地准备自杀却又不断拖延，并把自己粉饰成为罗密欧，前提是，"如果我毁掉所有的照片，人们会看到我没有对她做任何恶心的事情"②。第四部分是在发现米兰达死后留下的日记后，他立刻改变了主意，调整了绑架的策略，找到一个易于驯服的对象——超市售货员玛丽安。他此时一把撕下爱情的假面，懒得再用爱情为幌子来掩饰自己绑架的动机："这一次，不再是爱情，这次只为干这事的乐趣，比较她们的异同，我会更加深入细节，教她怎么做。衣服还仍然合

---

① John Fowles, *Wormholes*, London: Vintage, 1999, p. 8.
② John Fowles, *The Collector*, Granada: Triad, 1981, p. 284.

身，当然，我会从一开头就告诉她谁是老板，我需要什么。"①

另一本是米兰达的日记，夹在克莱格日记的中间，象征着米兰达在形式上的被禁锢，也象征着米兰达日记被克莱格发现。② 它记录了米兰达的斗智斗勇，耐心开导，最后，她宁愿献出贞操也不愿献出爱情。不料此举却惹得克莱格暴怒不已，慢慢忽略她的饮食起居，将她拖死。因为克莱格是囚禁者和施虐者，米兰达对他的分析象征着对克莱格的极权主义的声音的颠覆和一种多声部的异议。③ 还有一种可能，即福尔斯为了阐述他的存在主义观点而作的，他把米兰达放在禁锢的这种存在主义极端场景下，来体察真正的存在主义者怎样选择和勇敢地担负存在的责任，来刻意地为我们提供一个存在主义者成长的范例，呼应着当时红极一时的存在主义思潮。《收藏家》叙事独特、构思精妙，思想深刻入时，将爱情、性、犯罪、存在主义、心理分析等流行元素熔于一炉，一出版当即大获成功，福尔斯从此免除了讲授法语的苦役，在莱姆小镇买了一栋靠海的房子和一大块湿地，全身心地投入创作之中。

绝大多数评论家，甚至福尔斯本人，对克莱格都持同情的态度④，都认为克莱格的个性变态是教育不良、家庭缺乏温暖、世世代代不公平的结果，是"社会合力挤压"⑤ 的结果。的确，环境的迫害使他情有可原。而且，他外表温文尔雅，行为彬彬有礼，对爱忠心耿耿，对美孜孜以求，这些表象几乎瞒过了批评家们犀利的目光，让人对他同情多于批判。伍尔夫把克莱格的

---

① John Fowles, *The Collector*, Granada: Triad, 1981, p. 288.
② Simon Loveday, *The Romance of John Fowles*, New York: St. Martin's Press, 1985, p. 14.
③ 于建华：《论收藏家的对话性艺术特征》，载《当代外国文学》，2006 年第 1 期，第 33 页。
④ Eileen Warburton, *John Fowles: A Life in Two Worlds*, New York: Viking/Penguin, 2004, p. 210.
⑤ 张和龙：《幽闭的自我，畸变的心灵——评约翰·福尔斯的小说〈捕蝶者〉》，载《外国文学评论》，2000 年第 2 期，第 65 页。

疯狂归咎于他对身份的强迫性的需要，促使他采取了偏执狂式的死物囤积方式。① 哈夫卡循着福尔斯在文本中的暗示如"荣格曾经给你这类女性一个名字"②，找到了那个欲说还休的名字阿尼玛（Anima）。阿尼玛即男性永远无法从自己的性格中消除出去的女性气质，克莱格把理想的女性影像投射到米兰达身上，非礼米兰达就无异于强奸自己的母亲——处女——阿尼玛——女神形象③，而另一批评家则认为克莱格完全为恋母情结所左右（Mother-tied）。④ 因为福尔斯小说中反复出现以 MA 开头的小说标题如：Magus, Daniel Martin, Mantissa, A Maggot, 象征着福尔斯的小说带有一种母性的沉思，的确，《收藏家》中三个最重要的女性的名字都以 M 开头：Miranda, Mirian 和 Minny, 这两种分析都能比较好地解答克莱格对米兰达献出贞操时怪异的暴怒。

但是，他刻板的行为、单调的语言和暴力梦境处处流露出心理变态的特征。弗洛伊德的俄狄浦斯情结与荣格的阿尼玛情结几乎很难剖析他的变态。当我们借助弗洛姆的人本主义心理分析方法去分析克莱格时，我们看到一幅清晰的精神变态的挂图。人本主义心理分析认为生命是一个不断成长、自我塑造的动态过程。爱生本能是人的第一潜能，而破坏是人的第二潜能。如果环境恶劣，人就只能向自身内部或者外部发泄恶性的破坏性（destructiveness）来超越困境。⑤《收藏家》中的许多细节几乎明明白白地暗示着克莱格由于人生初期的灾难和生存环境的恶劣，生命的自发性和创造性的潜能被压抑，于是发展出以破坏性为核心的阻碍生命的病态。他的性格特征主要表现为混合的恶性囤积性格，受虐—虐待狂性格和极具破坏性的恋死性格（necrophilous character）。以往的评论忽视了在克莱格病态人格中的恶性侵犯性，

---

① Peter Wolfe, *John Fowles: Magus and Moralist*, Lewisburg: Bucknell University Press, 1979, p. 58.
② John Fowles, *The Collector*, Granada: Triad, 1981, p. 187.
③ Robert Huffaker, *John Fowles*, Boston: Twayne Publishers, 1982, p. 82.
④ William Stephenson, *John Fowles*, Horndon: Northcote House publishers, 2003, p. 23.
⑤ Erich Fromm, *The Heart of Man: Its Genius of Good and Evil*, New York: Harper Colophon Books, 1964, pp. 50–51.

忽视了克莱格的自由意志的自主选择和责任。塔伯克斯发现了克莱格总是用委婉语来掩盖他对毁灭的狂热，① 但似乎没有准确指出克莱格的恋死性格。奥尔森②和尼尔瑞③也发现了克莱格的恋死倾向，却一笔带过，未做深究，令人遗憾！笔者接过接力棒，继续深研。

另外，本书预先对两个可能引起争议的问题提前解释。第一，审丑问题。恋死性格是人类文化禁忌中最严重的心理变态，是创造、爱生潜能被社会压抑之后最恶劣的心理补偿形式，克莱格的恋死性格隐匿在专情的爱和温柔的行为下，大恶似善，难于辨识，本书把它从文本细节中发掘出来，使隐匿之恶现形于众目之下。并非笔者不愿审美，痴迷于审丑，实乃克莱格的破坏性的确可以丑恶至此，审美与求真难以两全。第二，理论移植问题。精神分析理论移植到虚构文本中去分析虚幻人物，在此处具有相当的合理性。首先，《收藏家》是福尔斯最具现实主义的作品，对现实的模仿客观且准确，虚构却真实。小说的人物有真实稳定统一的自我，没有后现代人物不可思议的人格结构的突然转变和断裂，具有心理现实的真实性和连续性。其次，《收藏家》没有不可思议的情节突变，只有极端的存在主义式的极端环境：囚室内外的对峙，物质现实是不变的禁锢，只有心理现实在合情合理地发展演变。面对爱与不爱，生存与死亡的问题，米兰达发展出强烈的爱生本能，"好像身体里每天总在产出一定数量的善良和好意，它们必须出来。如果把它封闭起来，它们会破壁而出"④。而克莱格发展出恶性的侵犯性，印证了弗洛伊德关于生命本能和死亡本能是心力发展的两个基本方向的思想。弗洛姆进一步把生命本能和死亡本能改造成人格结构的两个极端：爱生性格和恋

---

① Katherine Tarbox, *Art of John Fowles*, Athens Georgia: University of Georgia Press, 1988, p. 41.
② Barry N. Olshen, *John Fowles*, New York: Frederick Ungar Publishing Co. 1978, p. 28.
③ John Neary, *Something and nothingness: The Fiction of John Updike & John Fowles*, Carbondale and Edwardsville: South Illinois University Press, 1992, p. 33.
④ John Fowles, *The Collector*, Granada: Triad, 1981, p. 235.

死性格。但是，恋死性格和死亡本能有所区别，恋死是由于生命中挫折过多，从生命中找不到存在的意义，于是转而憎恨生命，毁灭存在，是爱欲得不到满足而转向破坏性，而不是弗洛伊德所说的"回归无机状态"的本能冲动。① 克莱格心理现实中的挫折与恶化正好和人本主义精神分析暗合，因此，理论移植在此处是合情合理的。

**二、三种变态性格**

1. 囤积型性格

克莱格的囤积型性格可以用他自己的一句标志性的话来勾勒其精髓，"拥有她就足够了，什么都不需要做。"② 第一，囤积性格的首要特征是疯狂地储存和占有，不仅窖藏具体的金钱、物品，还有抽象的感觉、语言、记忆、经验和信息等。③ 他们像守财奴一样把生灵物化为藏品。他收藏的是"稀有和变异品种"④、美女的裸照，还有像米兰达一样美丽绝伦的"珍品"，他看着她就像抓住了一只稀有品种一样兴奋，还把她叫作"淡云黄"。他甚至"把米兰达的日记和她的一束头发储存在自己的事迹箱（deedbox）里"⑤，也不怕警察来发现他这些谋杀的物证。而那些街头的妓女，只是"破烂的、平庸的没有收藏价值的标本"⑥，像表姐玛贝尔这样的跛子"应该被无痛地处死"⑦。克莱格把昆虫世界的坐标投射到人身上，把人物降格为藏品，用珍品蝴蝶的收藏价值来品评米兰达美貌的价值和人的价值，足以说明他收藏行为的异化。第二，异化的收藏有着阴暗的动机和变态的心理满

---

① ［奥］弗洛伊德：《精神分析引论新编》，高觉敷译，商务印书馆2002年版，第84页。
② John Fowles, *The Collector*, Granada：Triad, 1981, p. 104.
③ Erich Fromm, *The Crisis of Psychoanalysis*, Fawcett Premier Book, 1970, p173.
④ John Fowles, *The Collector*, Granada：Triad, 1981, p. 13.
⑤ John Fowles, *The Collector*, Granada：Triad, 1981, p. 288.
⑥ John Fowles, *The Collector*, Granada：Triad, 1981, John Fowles, *The Collector*, p. 12.
⑦ John Fowles, *The Collector*, Granada：Triad, 1981, p. 13.

足。收集蝴蝶首先是一种进身之阶,向人展示他的收藏使他"能够接触到地位更高的人"①。他痛恨自己的阶级,渴望摆脱他们。另外,藏品是他的身份证明和个性的独特性证明。他没有职业,不属于任何组织,没有异性伴侣,按照阿德勒的观点,如果在这三个方面丧失定位,他的人生就会迷失方向。②他需要以一种方式来获得某种心理上的认可和人生的定位。多杀死一只珍品蝴蝶,多窨藏一位美女,他就多一份独特性的存在证明。他的心理定位寄托于藏品的独特性。第三,他收藏的乐趣在于独占。"收藏的乐趣在于不共享,像守财奴一样,收藏家从了解他人没有拥有他的藏品的消息中获得更多的乐趣,而不是从藏品本身获得乐趣。"③克莱格说,"所有的报道我都读。它们给我一种力量感。我不知道为什么。人们到处寻找,只有我知道答案"④。他把米兰达当作镇心之宝的秘密,当作优越于其他人的证据,获得一种扭曲的力量感和优越感。拥有就是一切,示人就是向外流出,就是损失,所以克莱格收藏蝴蝶极少示人。同理,他不可能给予别人爱情。他的爱情只是占有和挤榨生灵的性灵之美,是一种扭曲变形的占有欲。这种既懦弱又贪恋的心理使他陷入一个由痴迷到强迫症的恶性循环(obsessive – compulsive circle)。

2. 虐待—受虐狂性格

克莱格还表现出虐待—受虐狂的双重特征,并且从受虐狂逐渐过渡到虐待狂。虐待狂与受虐狂是一种相同性质的共生性格,主要看哪种趋势占主导地位。施虐狂只不过是针对自己的施虐狂而已,而且虐待与受虐的心理能量随时都可能发生逆转。⑤再者,虐待狂实际上普遍是些胆怯脆弱、易羞怯、

---

① John Fowles, *The Collector*, Granada: Triad, 1981, p. 158.
② [奥] 阿尔弗雷德·阿德勒:《生命对你意味着什么》,周朗译,国际文化出版公司 2003 年版,第 4 页。
③ Peter Wolfe, *John Fowles: Magus and Moralist*, Lewisburg: Bucknell University Press, 1979, p 67.
④ John Fowles, *The Collector*, Granada: Triad, 1981, p. 44.
⑤ [瑞士] 卡尔·古斯塔夫·荣格:《未发现的自我》,张敦福、赵蕾译,国际文化出版公司 2003 年版,第 182 页。

爱脸红的具有女性性格的人。① 弗洛姆发现，"当男性气概丧失到极端时，就会成为虐待狂——一种堕落成为男子气概的代替物"②。米兰达恰恰发现克莱格"看起来绝对没有性别"③。克莱格顺从、胆小和过度自我克制。他把米兰达看成女神，遥不可及，不可触摸，自己则是俯首帖耳的仆人，在她面前总是脸红、小心翼翼，多次被米兰达冷嘲热讽甚至暴力攻击时依然能够保持温柔的态度，以至于大多数读者都被他这种非凡的温柔所蒙蔽，其实那是一个受虐狂在努力克制自己的暴力倾向，是心理学上的所谓的反向行为（reaction formation）和过度自控（excessive self-control）的混合。他受虐"最深切的需要就是克服分离，从而使他从孤独中解脱出来。……失败意味着'疯狂'"④。克莱格急需用她来确定他存在的意义和定位他迷失的人生航向。米兰达对自己成了克莱格顶礼膜拜和缓慢施虐的对象感到无可奈何，哀叹这种"互相链接的命运，不想在一起，却只能在一起"⑤。

　　在禁锢米兰达的中期，克莱格逐渐表现出一种虐待狂倾向。虐待症是一种试图对其他生命实施绝对控制的激情，把自己无能的感觉转化为万能的幻觉，虐待狂的目标是控制、窒息生命的感觉，无助、无望、病弱的人会让虐待狂感到兴奋，同时，对更强的人他又随时准备拜倒足下。⑥ 克莱格阅读《盖世太保的秘密》寻找打垮米兰达的方法，一方面给米兰达提供充裕的物质生活，保持她较好的生活水准，另一方面却试图磨灭她的自由意志，把她变成"快乐的囚徒"；他用特制的焚化器来销毁垃圾；他用装满氯仿的瓶子来杀死蝴蝶，自己却总是穿着橡胶底的鞋子防止被电击；他的口头禅是"计划"。

---

① ［美］哈夫洛克·埃利斯：《性心理学》，陈维政等译，贵州人民出版社2002年版，第152页。
② ［美］弗洛姆：《爱的艺术》，刘福堂译，广西师范大学出版社2002年版，第31页。
③ John Fowles, *The Collector*, Granada: Triad, 1981, p. 131.
④ ［美］弗洛姆：《爱的艺术》，刘福堂译，广西师范大学出版社2002年版，第8页。
⑤ John Fowles, *The Collector*, Granada: Triad, 1981, p. 199.
⑥ Fromm, Erich, *The Anatomy of Human Destructiveness*, New York: Fawcett Crest Books, 1973, pp. 322–326.

"计划"的实际意义是绝对控制,任何不在他计划之中的意外事件都让他恐慌;米兰达的生病和无助让他感到兴奋不已,米兰达在逃跑被打昏之后,他立刻拿出相机拍照;在米兰达重病无助的时候,他把米兰达捆绑起来,剥光衣服,固执地要求米兰达摆出各种姿势,如果不从,他就拒绝拍照,重病中的米兰达只好听其摆布,他疯狂拍照直到相机的全部电池用光。他总是寻找借口推迟抓药、看医生,直到米兰达最后跪倒在地求饶,他还认为她在装病。米兰达死后,克莱格在物色到下一个目标玛丽安时,虐待狂面目和动机更加清晰:他就是要冷静地科学地折磨她,让她知道谁是主人。"我只为干这事的乐趣,比较她们的异同,我会更加深入细节,教她怎么做。……从一开头,我就要告诉她谁是老板,我需要什么。"①

3. 恋死性格

克莱格的恶性侵犯发展到最后就是痛恨生命本身、企图以暴力和死亡来解决一切问题,"一个在生活中找不到任何乐趣的人,宁愿用毁灭生命来换取他对自己生命的无感觉。在生理上他是活的,而在心理上他已经死了。这就是他强烈要毁灭一切包括自己在内的动力所在,因为他对自己成为一个有生气的人已失去任何希望。……具有这种恶性破坏性的人脸部没有表情、僵硬、没有反应、没有生气,不能轻松和自然地微笑,总是表现出一种无望的厌恶,好像总是闻到什么腐败的东西似的,有的人会沉浸在臭味中不能自拔,他们被粪便、腐肉或臭味所吸引"②。克莱格僵硬的外貌、干瘪的语言、暴力的梦境、洗澡强迫症、怀旧、虚无主义倾向等都符合恋死性格的描述,表明他的性格结构是建立在憎恨生命、毁灭生命这个基本原则上的。

克莱格的语言干瘪陈腐死硬,没有自发性。他没有受过多少教育,却总是爱用书卷气浓重的生僻字,如用"daft"表示"愚蠢";"lark"表示

---

① John Fowles, *The Collector*, Granada: Triad, 1981, p. 288.
② [美] 埃里希·弗洛姆:《生命之爱》,王大鹏译,国际文化出版公司2003年版,第125—136页。

"你";而且字义游移不定,他最爱用"nasty"表示"不好","funny"表示"奇怪","nice"表示"不性感的","proper"表示"正确","right"却表示"符合传统",口头禅僵化得像个憎恨婚姻的"老太婆"。① 他总是下意识地使用与死亡有关的动词形容词,如"他杀死了浪漫""简直容易死了"。他的语言是过去式,说明日记是写在事发很久之后的时间。整本日记读起来既像自我狡辩的供词,又像留恋往昔的回忆录,这表明他不生活在现在,而总是生活在死寂的回忆中。

克莱格的恋死性格也表现在他的脸上。米兰达从画家的角度说他的脸没有特征,没有性别,没有生气,笑容惨白,无法描述。② 他无法欣赏活物,只有把她们杀死做成标本放在抽屉里才觉得安全,把米兰达的形象锁闭在记忆中时才觉得留恋。他生活在没有活气的回忆中。

克莱格具有强烈的杀戮冲动,且训练有素、自我崇拜他的杀戮技能。他认为米兰达就像一只"需要三个月才能孵化的蝴蝶",而他一看见美丽的成虫就想杀死她。美让他头晕,无所适从。③ 他看见盛装的米兰达就已经暗暗产生了杀死她的冲动。他对自己空手捉蝴蝶,然后把它们装进氯仿瓶的技能颇为自豪。在他小时候,他的叔父就很欣赏他杀死蝴蝶,摆弄蝴蝶,把痛得扭曲的蝴蝶钉起来的样子。他的对生灵的破坏性没有受到及时阻止,反而受到鼓励,而且是他一生受到的唯一鼓励,这误导了他的人生。这些杀戮,都是以科学态度的名义在冷静中进行的。在埋葬米兰达的时候他说,"我觉得许多人做不到这一点。我做得很科学,一切按计划进行,把人之常情放在一边"④。

至于臭味,克莱格似乎比正常人对臭味还要反感,可是他过度的清洁反而暴露了他的内心。米兰达说他"简直不可思议的干净,身上除了香皂的味

---

① John Fowles, *The Collector*, Granada: Triad, 1981, p. 82.
② John Fowles, *The Collector*, Granada: Triad, 1981, p. 62.
③ John Fowles, *The Collector*, Granada: Triad, 1981, p. 87.
④ John Fowles, *The Collector*, Granada: Triad, 1981, p. 288.

道，什么味道也没有"①。这可以说是一种反向行为。他脸上没有闻到臭味的表情，可是心理上却总觉得自己是肮脏的，超我和良心的内在惩罚使他养成强迫洗澡症。经常脸红也表明他意识到了被压抑的欲望的冲动。他的整本日记的语言充满了狐疑，对他人充满了戒心，他的疑虑重重表明他"闻到"了臭味。他过度的清洁、传统、道德反而暴露了他对世界的狐疑和憎恨。

他的整个性格结构已经向着破坏性方向建构。他发展的是"以破坏性、权力欲和征服欲为核心的性格结构"②。克莱格坚信他和米兰达之间有"阶级区别"③，他执着于自己的阶级偏见和自卑，害怕米兰达人性的关怀且拒绝真诚的帮助，因为人性的复苏会改变他的性格结构，把他的恋尸定向扭转为爱生定向（biophilia），会导致他人格结构的重新调整和暂时的全面崩溃。因此，他为了病态心理依然能够保持应对外部世界的稳定性，必须坚信米兰达总是在演戏、在骗他，"宁愿死也不可能和他在一起"④，他执着于自己的自卑，毋宁说，一种消极形式的自恋（negative narcissism），拒绝改变，拒绝人性的关怀，目的就是放开手脚地破坏、侵犯他人和无助的蝴蝶。

克莱格的人生哲学是毁灭一切的虚无主义。他给米兰达的感觉是"一个虚无的空间伪装成的人形""浩瀚的原棉"，要将人吸干。弗兰克把这种彻头彻尾的人生无意义感称为"存在的真空"⑤，在这种疯狂的无意义感指导下，人可以为所欲为。他说，"我们都是昆虫，我们活着只是一瞬，然后死去。那就是命运。对事物没有仁慈可言。没有来生，啥都没有"⑥。在巨大的整体面前，个体渺小得毫无意义。"我觉得她的话很蠢，几只标本对一个物种有

---

① John Fowles, *The Collector*, Granada: Triad, 1981, p. 246.
② ［美］埃里希·弗洛姆：《逃避自由》，刘林海译，国际文化出版公司2002年版，第192页。
③ John Fowles, *The Collector*, Granada: Triad, 1981, p. 42.
④ John Fowles, *The Collector*, Granada: Triad, 1981, p. 40.
⑤ Frankl Victor, *Man's Search for Meaning*, New York: Washington Square Press Inc, 1963, p167.
⑥ John Fowles, *The Collector*, Granada: Triad, 1981, p. 284.

何损失?"① 他蔑视个体,对个体的生命之气毫无怜惜。为了消除生命内在的无意义感,他试图毁灭生命本身。

### 三、恶的象征

首先,福尔斯向来憎恨男性的本能的攻击性。"男性,或任何种类中的雄性,从历史上、心理上、人类学上,非常显然的是更负罪的性别。"② 攻击性较强的男性牢牢地掌控着掠夺成性的男权社会。男权社会结构是私有制的、竞争性的、剥削性的、等级制的,不可避免地会导致人们精神的病态。而"神经症给恐惧、无助、孤立的个体提供了一条摆脱灾难的路子,带来一点指望,让他感到现实还可以应付"③。克莱格的极端变态正象征着男权社会和消费社会的流毒。男权社会把女性变成物和私有财产,将她们非人化,消费她们,"将其自由和充满生命力的本质降格为物品……否认人类的平等关系"④。

其次,克莱格象征着人类自由意志的为恶本能。"人性……唯一无条件的善或恶是意志是否自律。"⑤人性有三个层次的恶。第一层次的恶由于本性的脆弱,有心向善也没有坚强的意志去履行。第二层次的恶是由于心灵的不纯洁,明知故犯,把善与利己目的挂钩,使善的行动成为实现功利的手段。第三层次的恶是心灵的堕落,人运用自己的理性智慧,调动全部的意志能力去有意为恶。⑥ 我们也可以从克莱格的两处失言中剖析他的主动作恶的意志。

---

① John Fowles, *The Collector*, Granada: Triad, 1981, p. 58.
② John Fowles, *Wormholes*, London: Vintage, 1999, 407.
③ [美] 卡伦·霍妮:《自我分析》,许泽民译,贵州人民出版社 2004 年版,第 67 页。
④ 张峰:《一曲女性物化的悲歌——评约翰·福尔斯的小说〈收藏家〉》,载《解放军外国语学院学报》,2003 年第 9 期,第 83 页。
⑤ 陈徽:《性善乎,性恶乎:康德道德哲学之善恶概念及其人性论》,载《同济大学学报(社会科学版)》,2004 年第 2 期,第 56—57 页。
⑥ 李秋零:《康德论人性根本恶及人的改恶向善》,载《哲学研究》,1997 年第 1 期,第 28—33 页。

两处失言都发生在情绪激动的片刻，在和米兰达辩论时，他认为他可以绑架并拥有米兰达，他愤愤地说，"我有这个意愿，我也有手段"。(I had the will, I have the means.)① 所谓的 means，就是金钱，难道有钱人全都应该犯罪？犯罪还有一个主观要件就是意愿 will，他说了，我有这个 will。就是这个愤激之中说出的 will，道尽了他内心的真实想法，单凭这一个字，就可以断定他是故意犯罪，判他死刑。据此一字，我们就可以判定他为一种十足的恶，拒绝悔改的恶，是善的对立面。在有意作恶的意志的指使下，克莱格选择了运用全部智巧去作恶，难道不是极恶吗？他主动为恶违背了人类天性中的天赋理性和道德素质。这种天赋的道德"要求人类不是表现为恶，而是表现为一个从恶不断地进步到善，在阻力之下奋力向上的理性生物的类"②。福尔斯也许想展示一下一位心智低下、品味平庸的群氓在获得金钱赐予的自由后会如何选择邪恶来感知自己的存在。克莱格成为罪犯难逃自由意志的选择责任，"懦夫之所以是懦夫是因为他通过行为使自己成了懦夫"③，这一点，批评家们都忽略了。

最后，《收藏家》体现了福尔斯善恶互助共存论（counter‑supporting）的哲学思想，克莱格象征着辩证的恶，即否定性。真理即事物内在的否定性，但在人类社会中，真善美的成分被前景化了，而假恶丑被背景化、压抑了，成了真善美的陪衬。但罪恶与丑陋始终存在，并没有被消灭，它反而从反面支撑着善与美的存在。④ 美丑、善恶如阴阳之相生相克，对立两极的张力保证了整体的活力。⑤ 克莱格的丑逐渐发展成恶，米兰达的美逐渐进步到善，丑随时可

---

① John Fowles, *The Collector*, Granada：Triad, 1981, p. 20.
② ［德］康德：《实用人类学》，邓晓芒译，重庆出版社 1987 年版，第 246 页。
③ Jean‑Paul Sartre, "Existentialism is a Humanism", in Walter Kaufman (ed), Philip Mairet (Trans), *Existentialism from Dostoyevsky to Sartre*, New York：Meridian Publishing Company, 1989, p. 359.
④ ［美］威廉·白瑞德：《非理性的人：存在主义探源》，彭镜禧译，黑龙江教育出版社 1988 年版，第 233—235 页。
⑤ John Fowles, *The Aristos*, New York：Plume Books, 1975, p. 73.

能向美复仇,并在现实上使美修成正果。这种道德意义上的善恶对抗只是冷漠自然地化生万物的一种形式。作为善的对立面,克莱格始终保持着恶的连贯性。他的邪恶是一种辩证的需要,他不能变化,否则就向善的方向走去了,米兰达就失去了自身的否定性。作家本人则站在超越善恶的立场上,像一个袖手旁观的小说家上帝(novelist-god),观察着人类精神的成长与演变。

特别值得注意的是,克莱格拖死米兰达,不仅没有得到报应,反而总结经验,进入下一个作恶的循环,好像作者是非常悲观消沉的,其实不然。首先,克莱格的日记都好像是在自我辩护的供词,表明他时时刻刻都准备着以痴情的罗密欧的身份被绳之以法。即使他没有伏法,也证明他在向上苍或人格中的超我进行自我辩白,他始终无法逃出这个性格结构中文化超我的审判。其次,他作恶的起因是渴望爱、热爱美,欣赏米兰达自发自由的个性,反面证明了爱、美、自由依然是人世间的主流,恶只能偷偷摸摸地以爱的名义搞破坏。正如西谚所云:"伪善是对美德的致敬。"再大的恶,都必须打上善、正义、正能量的名义和旗帜,然后偷换概念去为恶。再次,恶是自毁的。善不能以暴力的方式毁灭恶,所以米兰达拒绝以暴力打死克莱格来脱逃,一念之仁竟至魂断香消。但她的精神历程已经完满,已经超越了暴力而自觉自愿地追求善。"我必须用我的武器战斗,而不是他的武器,不用自私、野蛮、羞耻和怨恨。"① 她变成了托尔斯泰尊崇的那类英雄,"人真正的力量并不在于激情爆发,而在于对善的始终不渝的、泰然自若的追求。这种善在他的思想中得到确立,在语言中得到表达,在行动中得到实现"②。尽管善不能以暴力毁灭恶,但恶如病毒,毁灭自己的寄生地也就毁灭了自己,至少陷入恶的悖论中难以超脱。事实上,克莱格在伟大爱情的借口掩盖下率先使用了暴力,于是陷入了一连串的连环悖论,重门深锁,解脱无望。尽管他非

---

① John Fowles, *The Collector*, Granada: Triad, 1981, p.238.
② [俄]托尔斯泰:《托尔斯泰论思想》,见张汝伦主编:《大学思想读本》,广西师范大学出版社2004年版,第41页。

常人道地对待自己的囚犯，但囚禁本身又极不人道。禁锢了米兰达，自发的爱情不可能在控制状态下产生；如果他让爱自由，在米兰达自由的状态下追逐爱情，他更加一丝机会都没有，还要承受失恋的痛苦。不管禁锢还是释放米兰达，他都几乎没有赢得爱情的机会。如果他释放米兰达，他的精神也许获得解放，但肉体又难免有囹圄之灾；如果禁锢她，他自己也被反向禁锢了，因为他不得不为她洗衣做饭，直到她香消玉殒，如果她真的死于囚禁，他虽免除了体力活的烦扰，却背上了谋杀的罪名，处于万劫不复的境地。暴虐者被自己的暴虐困住，一次使用暴力，终身必须为她送饭，未必不是一种暴力衍生出来的软暴力。恶的自毁规律正如古语所言：为恶祸不至，祸虽不至，福已远离。

### 四、结语

克莱格的变态是社会合力挤榨和自由意志主动选择作恶的结果，破坏性一旦触发，就会逐渐加速恶化，一旦形成稳定的破坏型性格结构，则不可避免地走向毁灭他人和自我毁灭。克莱格从正常的收集蝴蝶到捕杀珍稀品种，从囤积蝴蝶到捕杀人，从控制人到虐待人和毁灭人显现出一个逐渐恶化的过程。环境压迫和自由意志的引诱，使他堕落为不可救赎的恶的象征。

## 第四节　再论《法国中尉的女人》中的萨拉是谁？

### 一、引言

约翰·福尔斯的经典名作《法国中尉的女人》的女主人公萨拉起源于一个反复出现的神秘幻象。

"（一个灰色的早晨）半梦半醒时刻的一个女性图像，她站在海岬边，背对着我。她穿着黑色衣服,她的姿态既有拒绝,又有嗔怪。这个图像的另一特征是拒绝'进入'现代。我心里清楚,我想写被社会很不公平地流放的女人。但我从不喜欢历史小说,也无意写历史小说。我花了好几个月才接受这个现实:这个幽灵拒绝变成现代人。今天(1977年),我都不理解我当时为什么如此愚蠢,居然没看出那个女人是谁。它想表明我残存的肤色偏见,因为我潜意识中的某种东西在关键线索上欺骗了我。那个不愿回头的女人虽然身着黑衣,却有一张白人的脸。"①

这个幻象的怪异之处在于:意象清晰、意志坚定、情绪执拗、颜色灰黑、时代特征明显。

萨拉是谁?作者究竟怎样通过对萨拉的追问写成了一篇长篇巨著,内中有何奥秘?这是一个仁者见仁的命题。起初,福尔斯认为这是"神话时代的静态图。因为自己脑海里经常浮现出这种场景,所以置之不理"。但奇怪的是,"它反复出现。不知怎的,又不来了。于是我开始主动唤起它,假设它、分析它为什么会有某种内驱力。它神秘、模糊、浪漫。……她显然是维多利亚时代的人,象征着对维多利亚时代的责备,一个被排斥的人。我不知道她犯了何罪,但我想保护她。我开始爱上她了,或爱上她的仪态(stance)"②。如此刻意用力之后,萨拉从无意识的幕后走到意识的前台,"使得其他写作变成了一种干扰"③。他于是放下其他稿件,开始"主动唤起她"、描述她、想象她,通过男叙事者查尔斯的眼睛,不断对她背后的故事进行设想、追问、演绎,最后发展出三种结局:(1)困苦中的萨拉给查尔斯写了一封信,查尔斯将它付之一炬,明智而现实地回到了订下婚约的蒂娜身边。(2)查尔

---

① John Fowles, Preface, in Claire de Durfort, *Ourika*, John Fowles (Trans.), Austin: W. Thomas Taylor, 1977, p.8. HRC, Fowles: 32.9.8. 关于萨拉幻象的描述出现过三次,本文采用福尔斯的《奥瑞卡》的译者前言中的记录,因为它比在《法国中尉的女人》的第13章和《未完的笔记》中的记录更仔细、更全面、更有助于本节破解萨拉幻象。
② John Fowles, *Wormholes*, London: Vintage, 1999, p.14.
③ John Fowles, *Wormholes*, London: Vintage, 1999, p.14.

斯驰援萨拉,并发生了亲密关系,他震惊地发现她并非弃妇而是处女。随后他自愿解除了与蒂娜的婚约,但萨拉却不辞而别。(3)查尔斯苦心寻找,最后发现萨拉在伦敦的另类画家罗塞蒂家中当模特儿,过着独立优雅的生活,并育有一女。萨拉坚守自由,坚辞查尔斯的求婚。自始至终,萨拉被不断地命名与改名:"法国中尉的女人"、弃妇、悲剧、妄想狂、精神病人、模特儿、存在主义者,难以捉摸。

萨拉是谁?阐释五花八门:(1)福尔斯当时的解释是,萨拉是潜意识里溢出的画面,"我收集各种两三个世纪前遗留下来的残存品、湮灭无闻的印刷品,这些在无意识中留下了肥沃的原料,其中一些意象渗溢出来了"①。(2)病态人格。(3)自私女性,丧失了爱的能力的女人,"我不想结婚,我不想分享我的生活。我希望我是我,而不是丈夫希望的我"②。(4)聪明人,在令人窒息的社会里寻求自我解放而无所用其不及。(5)新女性,女性主义者,思想超前,不被接纳,自身深奥莫测,是加速男性成长的催化剂。(6)存在主义女英雄。③ 她根据偶然(contingency)和自由来构建自己生活,追求内心真实的"女作者"④。(7)是英国文学传统中"疯女人"的续写与创新,一个恶劣环境中顺势装疯的女性。⑤(8)社会化不完全的边缘人,游离于社会自由、存在自由、叙事自由之间,在另类空间里被人接纳也接纳自我

---

① John Fowles, *Wormholes*, London: Vintage, 1999, p. 14.
② John Fowles, *The French Lieutenant's Woman*, New York: Little Brown & Company, 1969, p. 352.
③ John V. Hagopian, "Bad Faith in 'The French Lieutenant's Woman'", *Contemporary Literature*, spring 1982, pp. 191 – 201. 文中2、3、4、5点,皆是 Hagopian 对前人阐释的归纳与分析。
④ Dwight Eddins, "John Fowles: Existence as Authorship", *Contemporary Literature*, No. 2, 1976, pp. 204 – 222.
⑤ 宁梅:《论约翰·福尔斯对"疯女人"形象和心理医生形象塑造的延续与创新》,载《当代外国文学》,2008 年第 1 期,第 152—158 页。

的人,她体现了三种自由之间的复杂关系。① (9) 旧女性。她依然隐匿于男性的羽翼之下,并未摆脱隐性的父权话语枷锁。② (10) 色欲对象。福尔斯小说"本质上有一种窥视癖(voyeurism),痴迷于越轨的视觉体验,总企图洞穿他者私人空间,并从这种不平等的权力关系中获得亲密之乐"③。(11) 萨拉只是一个男性臆想的神秘对象,男性构建的符号,有功能,无实在,有神秘性而无个性。④ (12) 萨拉作为男性的他者和文本,不断被读,又拒绝被读透。萨拉阐释经历了一个从极具个性的人物到其人性、女性、特性被逐渐抽空的过程,从叛逆者、边缘人,逐渐到一个毫无个性的符号、流动体、虚在体、欲望投射体、镜像等,囊括了自相矛盾的两极,张力巨大,难以定论。无论读者从何种角度入手,皆可自圆其说。这也许正是福尔斯的本意:他希望作品像一个罗莎墨迹测验——读者对不规则图形的想象与阐释其实反映的是自己的欲望和心态⑤,正如镜子无心,现种种相。

最契合福尔斯心意的分析是耶鲁大学临床精神分析学家吉伯特·罗斯的心理分析:萨拉是作者恋母情结的体现。她不答应查尔斯的求婚的真正原因是她是查尔斯母亲的化身,萨拉的女儿实际是查尔斯的妹妹。但恋母情结不是迷恋生理上的母亲,而是迷恋母亲所象征的生育能力和进入永恒的能力。作家通过创作获得母亲一样的生育能力,通过倾慕者的崇拜获得永恒和新生,萨拉是作者恋母情结的投射,记录了作者与母亲的分离与团聚。⑥ 福尔

---

① Richard P. Lynch, "Freedom in The French Lieutenant's Woman", *Twentieth Century Literature*, Spring 2002, pp. 50 – 76.
② 陈榕:《萨拉是自由的吗?——解读〈法国中尉的女人〉的最后一个结尾》,载《外国文学评论》,2006 年第 3 期,第 74—84 页。
③ Brooke Lenz, *John Fowles: Visionary and Voyeur*, New York: Rodopi Press, 2008, p. 36.
④ Magali Cornier Michael, "'Who is Sarah?': A Critique of The French Lieutenant's Woman's Feminism", *Critique*, summer 1987, pp. 225 – 236.
⑤ John Fowles, *Magus*, London: Jonathan Cape Ltd, 1977, p. 10.
⑥ Gilbert Rose, "The French Lieutenant's Woman: the Unconscious Significance of a Novel to Its Author", *American Imago*, No. 29, 1972, pp. 165 – 176.

斯哂笑罗斯的论文细节荒唐，但结论却透彻地说出他经常性的感觉。①

经过多年思索，福尔斯在《哈代与巫婆》中系统地阐释了创作心理的自我分析——"恋母情结"或心灵统一理论（Irredentist Theory）：写作是为了恢复那种母子一体的状态，婴儿的完全融入母亲的身份之中……婴儿灵魂中不可磨灭的记忆是关于五官感受的流动的、形态各异的快乐记忆。这些细节如此深刻，以至于它们沉入潜意识之后，或在他成年之后，还不时逃逸出来干涉现实，迫使他试图重获与母亲那种一体的感受。……艺术家总有一种反反复复的、无意识的努力，要重获那遥不可及的天人合一的原始状态（unconscious drive towards an unattainable）。② 写作的目的就是回到一岁以前。由于不可能回到一岁以前，作家便不断向那个遥不可及的原始状态努力。③ 从心理学角度看，创作——或对那遥不可及的母子合一的状态（oneness）的抒写——既可消灭自我身份带来的隔膜感和分离焦虑，又可保持心如明镜、感知敏锐的快乐心境。作家受快乐原则驱动，反复不断重写同一个模式的不同变体（variations）④，试图反复体验并尽量固化这种天真纯净的、无分离焦虑的快乐。因为这种抒写表现出男性对母亲的驱力更强。所以，"男性比女性

---

① Charles Drazin, *John Fowles Journals*: Volume 2, London: Vintage, 2006, p. 104.
② John Fowles, *Wormholes*, London: Vintage, 1999, pp. 163-164.
③ HRC, Fowles: 1: 12: 18.
④ 这一点是作家与批评家的共识。福尔斯自己在《乌木塔》中写道，"都是同一个主题的变体"（John Fowles, *Ebony Tower*, London: Honathan Cape, 1971, p1.），在采访中也说，"所有的女性都是一个女性的变体"（John Fowles, *Wormholes*, London: Vintage, 1999, p.452），"福尔斯的小说在深层次上是同一个故事"（Katherine Tarbox, *The Art of John Fowles*, Athens: University of Georgia Press, 1988, p.2.）"几乎后期所有的小说都发轫于《魔法师》，都是《魔法师》的变体（variation），都是不太成熟的主人公渴求心理成熟的过程描述。人本主义是父权主导下的人本主义。"（Susana Onega, "Self, world, and art in the fiction of John Fowles," *Twentieth Century Literature*, Spring 1996, pp. 29-56.）最一语成谶的评语是："福尔斯是一个不断展示的作家，而不是一个不断成长的作家。"（Kerry McSweeney, "Withering Into the Truth: John Fowles and Daniel Martin", *Critical Quarterly*, No.4, 1978, pp. 31-38.）

更倾向于用文字来表达,也更擅长表达"①。顺此逻辑,福尔斯渐渐形成了自己的理决定论(biological determinism),即男作家比女作家更优秀的主因是性别与情结。但是,从日记中看,福尔斯一直藐视自己的母亲唠叨、麻木、没品位,在他听感人至深的音乐时把报纸弄得哗哗作响,大声地数针线活(此时他23岁,大学刚毕业)。② 而且,1977年,在福尔斯写作《哈代与巫婆》期间,他的父母来访。福尔斯便假装非常忙碌,每天只下楼吃一顿晚饭,而且,吃饭时故意把电视声音开得特别响,以避免父母试图聊天。③ 很显然,"母亲"不是生理意义的母亲,而是一种象征意义上的"精神母亲"。作家的"精神恋母"与"生理厌母"对比如此鲜明,且"父亲"永恒缺场,这不由得让人怀疑福尔斯自谓的"恋母情结"不太真实,至少是命名不准。于是,"萨拉是谁?",还可深研。

### 二、无意识积累

美女如空谷幽兰又孤立无援,极易令男性想入非非。从福尔斯日记看,从13岁起,此类故事结构在他潜意识里早已生根发芽、反复演练多年,蓄积了强大的能量:

> 我以前经常做关于把女性囚禁于地下室的清醒幻想或夜梦。即使以后多次恋爱和幸福婚姻中也没有终止过这种梦。它们没有变态的特征,只是追求而已。被绑架的女孩最后爱上了我,有时因为欣赏,有时因为无聊,我的陪伴是她唯一的安慰。她先从心理上了解我,而不是身体上。有时候,我把她们关在地下室,假装自己也是一样的受害者,以获得她的同情。④

---

① John Fowles, *Wormholes*, London: Vintage, 1999, p. 63.
② Charles Drazin, *John Fowles Journals: Volume 2*, London: Vintage, 2006, p. 53.
③ Eileen Warburton, *John Fowles: A Life in Two Worlds*, New York: Viking/Penguin, 2004, p. 372.
④ HRC, Fowles: 19.6.3.

有一次，他还幻想着诱拐玛格丽特公主，还有影星们，"在贵族世界里从审美、社会、艺术角度去想象未来"。年轻的福尔斯对这些女性处在"孤立的极端环境"中的白日梦感到兴奋、满足、自足。……"在我还没能独立思考前，我的内心世界就完全征服我了。"①

我有一种无法摆脱的心理机制，总是把自己放在极端情景里。……正如我把性幻想也放在地窖、荒岛、冰天雪地的汽车里一样。②

……

《收藏家》发表后，我就再也没有做过蓝胡子性梦（bluebeard fantasy，杀妻主题），在给《邂逅》的文章中其实我隐瞒了一点：我说曾经经常"绑架和囚禁"抽象意义上的女孩——原型，其实，很多年来，这个原型常常是我认识的某个人——学生。③

少年福尔斯这些白日梦的共同特征是：（1）理想女性被置于极端情景里，被动无助，不得不面对最本质的存在困境，存在主义特征呼之欲出。这也使得他幻想中的追求（wooing）带有居高临下的男权、暴力性质。（2）少女在学识、精神上处于被教导、被灌输、被塑造的心灵弱势，极大地满足了男性居高临下的灌注欲。他并非真的那么擅长凭空想象，而是依附现实女性，想象更趋容易，细节更易生动。（3）反向形成（reaction formation），即人的外在表现与内在情感相反，本来是女性自由自在，自己孤立无助、需要女性，但通过想象之后，变成女性孤立无助需要他，自己反客为主，可以放肆地对女性仰视、俯视、远视、细视，这种放肆不仅使人性心理上获得极大满足，其权力感也使人沉醉、"兴奋、满足、自足"。（4）自体性欲。在没有女性时通过臆想来满足归属感和被爱需要，类似男女互动成为他作品的基本

---

① Eileen Warburton, *John Fowles: A Life in Two Worlds*, New York: Viking/Penguin, 2004, p. 33.
② Charles Drazin, *John Fowles Journals: Volume 1*, London: Vintage, 2006, p. 587.
③ Charles Drazin, *John Fowles Journals: Volume 1*, London: Vintage, 2006, p. 550.

框架。

秘密来自禁忌的情感和欲望，秘密具有原罪或犯罪性质。秘密是暂时不被社会、文化、宗教所接受的一种情感，只能被隐藏、压抑、克制下来，这种感觉被压抑和克制后会使得保密者情绪恶劣和暴躁易怒。这种感觉被长期压抑后就会形成心结、情结、密结。它们独立存留于无意识中，自动自发地存在着，每当意识的压抑行动放松或者停止的时候，他就冒出来，在睡眠中就表现为梦，在清醒放松状态则表现为幻觉。幻象是被压抑的情感、情结、密结、禁忌在无意识中的自发演绎的心理生活。① 福尔斯的心理发展也的确服从了情结的一般规律，"在《收藏家》的接纳或倾吐之后……通过写作、自我分析，我经历了一种移情、散结、自恋满足的过程"②。情结得到变形的满足之后，自然而然地消失了。

在福尔斯自己都早已遗忘的日记中，笔者找到一个真实女性挺立船舷的身姿，神似萨拉，其审美性、主体性呼之欲出：

> 1958年8月6号至19号，法国度假。期盼很久了。灰蒙蒙的天。在维多利亚港，被挤进旅游的人群、廉价的旅游群、学生派对、学生，人太多，真想掉头就走。船上更糟糕，到处是小孩子。……那是一个阴天，尖利的风、暴雨欲来。甲板上到处是塑料饭碗，恶心。我们吃完午饭，看着小孩子们病恹恹地待在船舷一侧。一个漂亮的女孩，站在救生艇架旁边，四个小时。可怕的意志力。我们都吃了抗晕船的药。③

神秘女孩和萨拉在图像性上非常神似：（1）天气阴沉，风雨欲来，背景恶劣。（2）她与众不同，对比鲜明。她处身于混乱环境中，与病态、软弱、骚动的人群很不协调。（3）她向外望，面向法国，拒绝回头，拒绝转身，留

---

① ［瑞士］卡尔·古斯塔尔·荣格：《未发现的自我》，张敦福、赵蕾译，国际文化出版公司2003年版，第111—112页。
② HRC, Fowles：19.5.
③ HRC, Fowles：51.14.

给观察者一个永恒的背影。(4) 背影美丽。神秘背影极具晕环效应，最能激发文学想象，他在日记中多次记录过女性的背影。(5) 坚定性。她连续四个小时一动不动。这种坚定意志与福尔斯不顾一切的创作坚定性同声相应、形成共振。同时，女孩如此阳刚的气质已经隐隐触发了他的理想女性情结（anima complex），理想女性就应该如此美丽、坚定、神秘、可望而不可即，给男性造成永恒的失落感（loss），让男性可以不断想象、重写、描述，却永远无法准确地描述。虽然这个与众不同的背影当时并未引发作者的强烈感慨，但她却没有消失，而是沉入的作者的潜意识，慢慢地发酵着。荣格认为：

> 潜意识由各种强烈的欲望、冲动、意象组成；可以由各种感知能力和知觉组成，可以由各种理性或非理性的思想、结论、归纳、演绎、前提组成，也可以由各种情感组成。意识心理中没有容纳它的空间，一些思想丧失了情感能量，成了阈限下的思想。……被遗忘的思想观念并没有终止其存在，而是兴趣发生转移，他先前所关注的事物就被置于阴影的黑暗之中。①

荣格的意思是，所有经历都不会消失，不会忘记，但会随着注意力转向而隐匿于潜意识中，等待相似情景的触发、获得能量的添加后再冒出头来，其隐伏时间要由它积累的能量而定。所以，萨拉幻象的反复出现表明她早在作者的潜意识潜藏已久，作者长期不知不觉的投射、主动想象、添加已经使她蕴藉了大量心理能量。也许福尔斯自己都没有意识到，1958 年 8 月的惊鸿一瞥会在他脑海中潜伏 11 年，直到 1969 年的一天清晨，类似的背影会突然从潜意识中迸发出来，挥之不去。这种假性遗忘对福尔斯的创作具有高度的建设性意义，艾琳把福尔斯的这种记录、遗忘、添加、发酵、突然爆发、一

---

① [瑞士] 荣格等：《潜意识与心灵成长》，张月译，上海三联书店 2009 年版，第 16—19 页。

发不可收拾的过程称为"丰富的遗忘（fertile forgetting）"①。他有意识地利用了自己的潜意识。

事实上，福尔斯的创作实践一直都遵循着这种从内向外的路数：情结投射、幻象触发、添加细节、创造故事。笔者在福尔斯手稿里找到一首数度精心修改、却始终没有发表的诗歌，大约它透露的秘密太多了。鉴于它在创作心理学上的重大意义，兹将译文与英文原文俱呈现如下：

《女主角》（1964年6月）

它始于虚无//抽象如谜之缺失//拟人化开始了。//它有了女性的形体。//总是有荣格，总是有弗洛伊德。//她被添上年龄、形体、眼神、手、脚、爱好、声调//她像一个玩偶。//我有时把她从书架上取下。

中提琴声。一页笔记。//我给她取了一个名字，又一页笔记，她从沉默中发出了声音。//我不让她说什么，她反而说什么//我写"停""离开时逗留一下"//她反而走开//我说："悲伤"，她反而笑了。//有时，她反对一整章。//某一天，我躺在床上，她来了。脱下衣服，站着微笑。

我随叫随到，因为我时时等着。//有时，她不出现//有时，她随意出现，一下写出十幕。

有一天我在街上看见她。//我跟着她。错了。//她只是一个鲜活的女孩，像她而已。//却远不如她真实。②

*Heroine*

It begins as nothing a concept

As abstract as the absence of mystery.

---

① Eileen Warburton, *John Fowles: A Life in Two Worlds*, New York: Viking/Penguin, 2004, p. 74.
② HRC, Fowles: 52.3.

Personification sets in. Things

Take a female form. There is Jung.

There is always Freud.

She is given an age, a shape, a look,

Legs, arms, likings, tricks of the voice.

She is like a doll. Sometime

I take her from the shelf.

Viola. A page of scattered notes.

I make her a name, another scattered page

Of notes. Her silence has voice.

She says things I do not want her to say,

Goes when I write stop, lingers

At exits, laughs when I say: look sad.

She disagrees with a whole chapter.

One day she comes as I lie in bed

And undresses. Stand smiling.

She find me whenever she wants

Because now I am always waiting.

Sometimes she will not appear.

Sometimes she comes carelessly

Then does ten scenes brilliantly

One day I see her in the street.

I run after her. Mistake.

It is only some living girl

A little like her.

But far less real.

June 1964

此处，作者描述了自己在并无创伤的情况下①形成情结、看见缪斯、唤起幻象、创作作品的过程：在原初的虚无（nothing）、神秘（mystery）、抽象（abstract）的心理状态下，作者起心动念，生起一个观念（concept），然后不断地通过荣格的主动想象技术（active imagination）投射（projection）和攀缘，观念（或心理潜流）在引力原则下自动吸引类似的细节、图像，积累能量，观念不断地具体化、人性化、人格化，渐有女性的形体和生命，开始像"玩偶"一样被动，最后慢慢发展出自由意志，而且脾气很大，不听使唤，不请自来。然后她在作者的悉心"抚摸、关爱、聆听、关注、爱慕"下慢慢有了当时前沿的存在主义思想。最后作者居然在街上看到"她"——看到观念在现实中的投影。这首诗歌创作于1964年，简直可以看成1969年《法国中尉的女人》的预演，即观念自动吸引类似图像、细节、素材，形成情结，情结积聚足够能量后从无意识的后台进入意识的前台，形成幻象，幻象触发作家继续想象、追问、能量添加、使其清晰化、文本化，最后形成作品。

---

① 范红霞、申荷永：《荣格分析心理学中的情结结构、功能及意义》，载《中国心理卫生杂志》，2008年第4期，第310—313页。临床心理分析认为，"情结，一般由于创伤造成，是人格碎片（personality fragments），它从完整、和谐的人格内部分离出来，失去了与人格整体活动的一致性，变成一个具体、微小、独立的人格子系统，并且具有很强的整体性、内在性、自主性、情绪黏结性和动力性。……实验表明，情结的强度或活动曲线具有波浪形的特征，每段波长可以达数小时、数天、数周或更长的时间。……心理治疗就是要减少情结的干扰强度和持久性，使其意识化，增强自我力量和心灵重新整合的能力。萨拉幻象符合的确具有"整体性、内在性、自主性、情绪黏结性和动力性"等情结特征，且福尔斯写作也带有"意识化，增强自我力量和心灵重新整合"的自疗自愈的特征。这首诗歌精彩之处在于它抵牾了心理学研究：幻象产生有时无须创伤，仅凭观念（concept）即可，日思夜想，幻象即现。

诗歌最后一节其实已经预言了他未来的作品结构与人生体验。五个月后，他在一个伦敦旧书店瞥见理想女性——一个酷似女演员吉丽弗·希拉里（Jennifer Hillary）的女孩时，触动了隐秘情结。在1964年11月2日的信中，他追问吉丽弗·希拉里是否在星期五下午去过一个旧书店，并解释道，"我在用自己作为一个实验标本，研究作家创造人物的神秘过程"①。希拉里回答说没有去过。福尔斯接下来从弗洛伊德的理论角度对自己在旧书店的奇遇进行了深入的自我剖析：美好女性象征着幻梦、神秘、诱惑、冒险、过去、恋母、可望而不可即的禁果，同时也象征着危及心理安全和婚姻稳定的危险。福尔斯常常被类似意象触发，引发他对自己的创作心理的探索。《收藏家》中的克莱格，也是先有理想女性的原型，看见米兰达后才会惊鸿一瞥，感到无聊的生活突然有了意义。后来在苦思冥想接近米兰达的办法时，无心瞥见一则老旧偏僻房子的售卖广告，立刻有了绑架的主意。②"《魔法师》也起源于一个意象。在一次无足轻重的旅游中，我们访问了希腊小岛上的一栋别墅，本来什么也没有发生，但在潜意识中，我总是不断回到那栋别墅，什么事情总想在那里发生。"③《狂想》发轫于一个不断从作家无意识中涌现的原始意象：一群没有动机、没有目的地、没有面孔的骑马旅行家在荒凉的天际下走着，如无人照管的放映机上的卷轴。④意象触发、引出图像背后的故事几乎成了他的创作模式。意象是精神系统中不受意志控制的情绪体验，能精准地反映内心体验和心理密结，意象触发正是潜意识里情结的触动与外化的征兆之一。⑤ 因此，他的观念、情结、臆想早在心内形成，外界的美少女形象才会强烈地触动他，不然，"人若无心于万物，何妨万物常围绕"。

关于萨拉还有最后的一个谜：为什么萨拉颜色复杂、外黑内白——一个

---

① HRC, 52.6.
② John Fowles, *The Collector*, Granada: Triad, 1981, p. 17.
③ John Fowles, *Wormholes*, London: Vintage, 1999, p. 16.
④ John Fowles, *A Maggo*, Boston: Little Brown & Company, 1985, p. 2.
⑤ 朱建军：《意象对话心理治疗》，北京大学医学出版社2006年版，第32—42页。

黑色披风包裹着的备受排斥的白人？这个白人究竟暗指谁？福尔斯恍然大悟却又语焉不详，留下了另一个谜。这白人很可能就是福尔斯自己。首先，从理念上，福尔斯认为自我流放、自我边缘化是一种人生责任。"人应有三个政治和社会责任，即做一个不信上帝的无神论者以承担起做人的责任；不属于任何政治派别；不属于任何集团、组织、群体、派系、流派，这样才能确保个体的自由不受裹挟。"① 如此"三不"信念，导致他自然而然地走向存在主义，流连于存在的边缘，体验更多刻意的存在孤独与抉择焦虑。其次，从情感上，福尔斯深藏着一种局外人情结。牛津放假期间，他待在家里，整月无言，和家人隔膜甚深。② 他像《魔法师》中"鄙视自己的家族史"的尼克一样，他对自己的家族深感绝望。叔叔阿兰·福尔斯说，"阴暗、郁闷、困苦、单调的生活……不是他的过错，而是家传的（hereditary），所有福尔斯家族的男性都被这样诅咒着"③。认识到这种"平庸诅咒"，他拒绝认同叔父、祖父、父亲、母亲。亲情上的隔离感、家族文化上的无认同感与他自己的菁英感正面冲突，使他成为在家浪子（outcast）。所以，在翻译《奥瑞卡》时，他被奥瑞卡那种"黑人身份与欧美白人教育之间的冲突"感动：岂止外黑内白的奥瑞卡会被排斥，就像自己这样的出自牛津的菁英白人也会被平庸白人排斥，无法融入小镇的平庸与狭隘。奥瑞卡实际上象征着"永恒的局外人"④，即高贵内心与庸俗环境之间的永恒隔膜。同理，萨拉身披黑色披风，内心却是前沿理念，那种弥漫身心、无处可去的分离焦虑深深地触动了福尔斯。因此，奥瑞卡、福尔斯、萨拉之间的共性就是在家无家的局外人情结。

---

① John Fowles, *Wormholes*, London: Vintage, 1999, p. 10.
② Eileen Warburton, *John Fowles: A Life in Two Worlds*, New York: Viking/Penguin, 2004, p. 52.
③ Eileen Warburton, *John Fowles: A Life in Two Worlds*, New York: Viking/Penguin, 2004, p. 71.
④ HRC, Fowles: 32.9.9.

### 三、自觉意识引导

潜意识积累虽然重要，但毕竟是乌合之众，散兵游勇，最后定夺还得靠明晰的意识去组织、辨识、整合。对作家而言，意志和意识的引领作用不可小觑。意志使作家的心理潜流产生高度的集中性、心理指向性和创作自觉性，为后期灵感突起打下基础。① 23 岁（1949 年）左右，福尔斯开始思考上帝存在问题和死亡问题。死亡令他惊怖，"对自己变成空无，（他）感到非常恐惧。……他意识到自己只是无垠洪荒中的微尘，什么痕迹也不会留下"。同时，他也接触到加缪的存在主义理论，感到"反叛突显人的尊严，（人必须）不断地直面自身的虚无"，而且，"艺术成就是一种补偿""永垂不朽是人的最高雄心"，尽管当时文笔稚嫩，他已经有了以不朽之艺术克服个体之湮灭的雄心并视"立言"为获得永恒的唯一方式。② 在成名前漫长的 15 年的奋斗中，他贫寒、生病、害羞、不善社交、抑郁，害怕陷入与父母一样的平庸、籍籍无名的状态，"丧失信心，害怕世界，只剩作家梦作为唯一的希望"③，在随时随地都濒于崩溃的心理状态下，写作既是他逃避现实、逃避郁闷、逃避平庸的唯一手段，也是他接通幻象世界、自我安慰的唯一方式，是他彪炳千秋的唯一道路和唯一激情，写作的"雄心与能力的混合物使他坚定得不顾一切（ruthlessly determined）"④。在 1963 年《收藏家》一炮打响之前，他已经刻苦写作了 15 年左右，完成过 15 部无法发表的作品。⑤

---

① 王洪宝：《作家心理潜流及灵感突起》，载《文艺评论》，1985 年第 3 期，第 26—33 页。
② Eileen Warburton, *John Fowles: A Life in Two Worlds*, New York: Viking/Penguin, 2004, p. 61.
③ Eileen Warburton, *John Fowles: A Life in Two Worlds*, New York: Viking/Penguin, 2004, pp. 72 – 75.
④ Charles Drazin, *John Fowles Journals: Volume 1*, London: Vintage, 2006, p. 110.
⑤ Eileen Warburton, *John Fowles: A Life in Two Worlds*, New York: Viking/Penguin, 2004, p. 226.

有这样的文学激情和不朽意志，但究竟用何文学策略来独树一帜呢？在写作《岛屿与希腊》（1953）时，他的原初的构想初露端倪。他想要"真正的神秘，而不是廉价的、人人都能想到的秘密……即通过唤起个人世界里的私人象征（private symbols）"①。他想要通过个人生活中的私人象征、亲身经历、情感经历来塑造一个永恒之谜。开始，他试图隐讳地描写1953年发生在他、伊丽莎白、罗伊之间那段三角恋。他们同在希腊斯佩德西岛上教书，近乎与世隔绝的环境使他们成了形影不离的朋友。罗伊有抑郁、酗酒、闹酒的坏习惯，经常沉醉不醒。福尔斯与他的妻子伊丽莎白慢慢就走到了一起。1953年12月16日，福尔斯在激情、矛盾、内疚、绝望中完成了《岛屿与希腊》的初稿，他"想勾勒本质，却又要掩藏事实，所以，内疚、爱情、秘密、伊丽莎白是这个故事的主体"。伊丽莎白既是《澳大利亚军官的女人》（*Australian Officer's Woman*）的原型，也是后期《法国中尉的女人》萨拉的原型。② 这个不成功、未发表的故事饱含个人情感和隐秘回忆沉入他的潜意识，慢慢积累发酵着。当萨拉幻象反复出现几次之后，她的私人性、神秘性、浪漫性、审美性让他感到：这是一个练习写作技巧的稍纵即逝的良机。所以，他主动去唤起它、探究它、培育它、破解它。刚开始时，他"并不想严肃，只是闷头去写一个爱情——神秘故事"③。《法国中尉的女人》只是一个"练习技巧的游戏之作，复杂的文学体操而已"④，并无很多深意。但正是这种高度放松、一气呵成的作品，更真实地体现出作者的深层密结。

究竟何种女性既能"掩藏事实，又能勾勒本质"呢？法国作家阿兰-福

---

① Eileen Warburton, *John Fowles: A Life in Two Worlds*, New York: Viking/Penguin, 2004, p. 206.
② Eileen Warburton, *John Fowles: A Life in Two Worlds*, New York: Viking/Penguin, 2004, pp. 151–154.
③ Eileen Warburton, *John Fowles: A Life in Two Worlds*, New York: Viking/Penguin, 2004, p. 84.
④ Daniel Halpern, "A Sort of Exile in Lyme Regis", in Dianne, L Vipond (ed), *Conversations with John Fowles*, Jackson: University Press of Mississippi, 1999, p. 16.

尼尔（Alain Fournier）的虚拟空间内的理想女性（Princesse lointaine in Domaine）让他找到了隔世知己。理想女性需要反复勾勒，不断重写，以不断接近理想之状态①，她无须出于现实，只要能激励想象与创作即可。福尔斯渐次描写过三种女性：现实女性、幻想女性、原型女性。随着创作的深入，他越来越向内转，回退到个人想象中，描写第三种女性：既不是飘飘欲仙、遥不可及的理想女性莉莉，也不是食之无味、弃之可惜的现实女性"艾利"，而是绝不受制于时空的、可用想象力将其从虚空中、从潜意识中捉来的"年轻、性感的女性——缪斯、阿尼玛原型、原始的母亲、女巫"②。

福尔斯对原型女性的痴迷很容易给人一种错觉，即他在现实生活中男女关系很不如意，便沉湎于病态幻想中加以补偿。一方面，确有补偿之意，赢得和赢了女朋友的确给他一种胜利感；另一方面，事实远非如此。他在现实生活中先后有过六七位与他有肌肤之亲的女朋友，且都是在他经济困窘、自卑、自认无趣（not charming）时结交的，足见他以语言和感情打动女性的水平非同一般。

为什么福尔斯坚信自己的心理结构是以恋母情结、理想女性情结为核心的呢？这点连他妻子伊丽莎白都不相信，"我简直不敢相信自己有如此运气，和如此体谅女性的楷模生活在一起"③。在笔者看来，首先，作家的理想女性情结——总是想回退到与内心女性原型身心合体的渴望、对主客体未分前的不断追忆——更像一种对前镜像阶段的留恋，一种心理回退（regression），或者赤子之心情结，或伊甸园情结，与"生理母亲"关系不大，而与自身内在一体感、整体感、天真感的失落关系甚大。其次，渴望天真，并非向内投

---

① John Fowles, Foreword to "Alain Fornier: the Wonderer or the End of Youth", HRC, Fowles: 1.1.
② Eileen Warburton, *John Fowles: A Life in Two Worlds*, New York: Viking/Penguin, 2004, p. 369.
③ Eileen Warburton, *John Fowles: A Life in Two Worlds*, New York: Viking/Penguin, 2004, p. 392.

射形成自体性欲，而是向外投射到天真少女身上。几个细节可以证明：（1）在 1969 年 10 月的日记中，福尔斯在纽约为《法国中尉的女人》做宣传时，记下了阅读纳博科夫的《爱达》（*Ada*）的直觉感受："我非常享受。只有那种有秘密花园的作家——就像我——才能懂得它真正在讲什么。我认为我比任何其他读者都更了解纳博科夫。就像我理解哈代、克莱尔一样，我们从心理上是一类人。"（2）"很多年来，这个原型常常是我认识的某个人——学生。"① （3）在 1990 年（66 岁时），妻子伊丽莎白过世那年夏天，福尔斯和牛津大学二年级学生、崇拜者、21 岁的艾琳娜（Elena Van Leishout）之间发生一段老少恋，谈婚论嫁到不顾一切、六亲不认的地步。他带着惊异与崇拜，为这位少女记下了五本半日记，他自认为有一种补偿心理。细究一下福尔斯对萨拉式的天女、少女、处女如此乐着的原因。其一，孤独的童年使他社会化不足、心理停滞。其二，创生的乐趣。作家能"把女性幻象从虚无中捏造出来，让她们说和做真实女性绝不可能做的事情"②。向美少女的心灵灌装自己的观念，揉捏、打磨成自己所谓的理想状态，这是一种精神意义上的造人运动。福尔斯称小说家为小说家上帝，是颇得造物之趣的心得之语。总之，恋母情结、阿尼玛情结似乎更像是瞒天过海、暗度陈仓的术语，掩护着自己的"天女情结"。

**四、结语**

意象是连接潜意识与意识之间的桥梁，深析萨拉幻象与作者日记，读者可以进入福尔斯的潜意识，得知幻象背后的诱因，发现《法国中尉的女人》的创作心理机制。萨拉幻象最终物化成经典名作，其创作心理机制大约如下。第一，作者将自己的少女情结、恋母情结、局外人情结等投射到极端情景中的女性幻象身上，自己便居高临下地凝视她、呵护她、塑造她、洞穿

---

① Charles Drazin, *John Fowles Journals*：Volume 1, London：Vintage, 2006, p. 550.
② John Fowles, *Mantissa*, New York：J. R. Fowles, Ltd, 1982, p. 85.

她，这使得作品带有窥美癖倾向，其对理想女性的高调审美中隐伏着一股乏光、乏力、乏情、乏爱、不阳光、不阳刚、不豪迈的阴邪之气。① 第二，幻象激发，主动想象，内观（mindful）幻象互动，深度卷入女性身心，洞穿他者以洞穿自我，双向洞穿来进行自我认识。认识自我是人类的永恒主题，此处作者抓住了人生的重点，使得作品具有普世性与永恒性。第三，情结解开。将自己的女性互动体验、积极想象、累积细节、生命意识、存在体验等鲜活细节以制谜解谜方式慢慢呈现，这种创作过程极其艰苦，其所需的巨大能量来自前期情结累积的能量，也只有情结才能蕴积如此大的能量。《法国中尉的女人》的创作是一个使无意识意识化，并关注、分析、疏泄情结的过程，其过程与诗歌《女主角》的描述相差无几。因此，神秘无比的萨拉其实是个空壳、容器、镜像、虚在，她弥漫着三种气韵：首先，作者偷窥女性身心奥秘的阴邪之气。其次，萨拉不惧自我边缘化，坚守自由的存在主义正气，但此气非自生非内生，而是作者的灌注。此二气，众人已有揭示，只是很少和作者的心理结构联系起来。再次，萨拉幻象也寄寓着福尔斯立言以求不朽的志气，此意志将萨拉幻象从虚空中呼唤出来，使她成为超越个体局限、认识自我、超越自我的手段。若将这"两正一邪"之气（志气、正气、阴气）联系起来看，《法国中尉的女人》就像雄心勃勃的存在主义哲学家的春梦。总之，《法国中尉的女人》是作者的情结、性情、意志、见解、真实体验等内生性生长后的结晶，是作者一系列有目的、有意识的心理行为的长期累积，是作者身心体验的整体外现。

---

① 潘家云：《女性原则还是阴性原则——从中华文化的角度评约翰·福尔斯〈魔法师〉的阴性特征》，载《宁波大学学报（人文科学版）》，2013年第2期，第17—22页。

## 第五节 《菁英》概念辨析与其吊诡的法西斯倾向

批评家们指责福尔斯在《菁英》《收藏家》《魔法师》三本书中表现出隐秘的法西斯倾向（Cripto-fascist），福尔斯很不认同："我整个成年期都坚信唯一理性的信条是民主社会主义（democratic socialism）……《收藏家》《菁英》中的深层信息绝不是法西斯的。"[①] 为何作者意图与读者感受如此对立？这牵涉《菁英》中很多含混晦涩的论断，下面将仔细剖析。

### 一、何谓菁英

"Aristos"是福尔斯思想和作品中的核心概念，复杂含混，必先厘清，而后方能破解其虚构作品，特别是《魔法师》。为权宜与区别故，暂且翻译为"菁英"。何谓菁英？福尔斯借用了公元前5世纪希腊哲学家赫拉克利特（Heraclitus）的定义：道德和智力上的菁英（aritoi），而不是出生贵族之家；任何领域的佼佼者（the best for any given situation），"best"已经包含的正向取法的道德含义，而不是最狠毒、最残忍等负向意义。我们很容易把现实生活中得益的少数人、特权分子、高高在上的少数人当成社会菁英。这就是这种分法最糊涂、最误导人的地方。菁英一定是少数，但少数不一定是菁英，这是现实生活的复杂性所致，本书试图厘清这种复杂性下的菁英概念。福尔斯作品中，菁英是"在生物学上具有优势……或智力上、道德上、审美上特别优异，适合执行一些崇高的人类目标"[②] 的人其作品中的同义词大约有：少数（the few）、贵族（the aristocrats）、思想者（the thinkers）、存在主义者（The existentialist）、卓尔不群者（the nonconformist）、选出者（the elect）

---

[①] John Fowles, *The Aristos*, New York: Plume Books, 1975, pp. 8-11.
[②] John Fowles, *The Aristos*, New York: Plume Books, 1975, p. 9.

等，神似"德艺双馨""特立独行"的概念。

除菁英之外的另一类人是不思考、顺从的（conforming）大众（the many, hoi polloi）①，与菁英相对的概念是"被群体文化驱使、从众的人"（the many, the uneducated, the herd）、无政府主义者（the anarchist），在生活中找不到意义的人，没有生命意识、浑浑噩噩的人，其精神特质有些类似阿伦特的术语"平庸之罪"（evil of banality），它"产生于肤浅动机的反常行为。邪恶因动机的肤浅而平庸。……它空洞，既不深刻，也不是妖魔……能像毒菌在表面扩散。邪恶与思想不能相互见容，因为思想要朝深里去，要追根究底，思想碰上邪恶，便无所进展，因为邪恶中空无一物。这就是平庸"②。克莱格见色起意，绑架米兰达，内心空无一物，像蚂蟥一样希望榨干她的美色和爱情来填满自己内心的空虚，米兰达说他是"人形虚空（an empty space disguised as a human）"，其内在的空虚，非常神似空洞的"平庸之恶"。

拉武德梳理之后总结出菁英特征有以下三点。其一，自我质疑和不合道德规范，其本质实际是"和主流保持距离"（detached）——不断靠后，以更广阔的框架，来审视当下事物以及政治变通手段。清朝人陈澹然的名句"不谋万世者，不足谋一时；不谋全局者，不足谋一域"与此神似。菁英具有宽阔的时空观和大局观。当然，能看到时间有多长，空间有多大，格局有多大，其菁英的程度就有多高。其二，坚守进化（allegiance to evolution），共同进化。其三，收藏占有不是生活的目的，自由才是社会进化的标尺。③

笔者将福尔斯"菁英"的基本特征总结为以下两点。其一，卓尔不群。"拒绝会员资格，他不属于任何组织、国家、阶层、教会、党派，无需任何制服、象征物，他的思想就是他的制服，他的行动就是他的象征，他试图在

---

① John Fowles, *The Aristos*, New York: Plume Books, 1975, p. 9.
② 徐贲：《阿伦特论"平庸的邪恶"》，http：//www.aisixiang.com/data/33204.html，（访问时间：2010年4月24日）。
③ Simon Loveday, *The Romance of John Fowles*, New York: St. Martin's Press, 1985, p. 4.

各种捆绑力量中做一股自由的力量。"① 其二，行于中道。因为"我们生活在不可协调的极端的交叉点，这种不可协调性就是我们的牢笼，发现它们，利用这种不可协调就是我们的出路"，"事物都是相对的，在不可妥协的事物间忍受和利用"。② 实际上，福尔斯的思考结果有点类似儒家的中庸观和佛家的中道观，人要能在不可协调的极端之间行于中道，即不偏不倚，时时中中，这就是菁英，当然也是非常困难的，在世俗和脱俗的选择中总是两难很多，其精髓神似中国的古话"随时莫起趋时念，脱俗休存矫俗心"。

乍一看，福尔斯的"菁英论"很有道理。其一，现实生活中的确有二八定律，在理想的、自由竞争的前提下，总是有一部分天资卓异的人会最终胜出，成为菁英，最终社会形态也理所当然地成为菁英政治（meritocracy），然后大家各安天命，岁月静好。但是，现实中并非如此简单，比如克莱格知道自己在正常状态下不会有任何机会靠近米兰达，于是通过暴力绑架了米兰达，如此大逆转使得世事颠倒，变化无常成为常态。其二，人出生之时，其生理差别就决定了某些人会胜出，天生神力，或天赋卓异。出生时，某些生理偏向性的确决定了某些人更适合从事某些行业，比如身心敏感的人，积累更多眼耳鼻舌身意等感性素材，更适合做作家。福尔斯的生理决定论（biological determinism）认为，即男作家比女作家更优秀的主因是性别与情结，因为创作是一种对那遥不可及的母子合一状态（oneness）的抒写，男性对母亲的驱力更强。"男性比女性更倾向于用文字来表达，也更擅长表达。"③ 他坚持认为这个观点生物学上无可辩驳（biologically irrefutable）。④ 是否男性比女性更擅长文字表达，实未可知，很可能正好相反。但他这个论断，更多的像是在说自己。

---

① John Fowles, *The Aristos*, New York: Plume Books, 1975, p. 212.
② John Fowles, *The Aristos*, New York: Plume Books, 1975, p. 213.
③ John Fowles, *Wormholes*, London: Vintage, 1999, p. 63.
④ John Fowles, *The Aristos*, New York: Plume Books, 1975, p. 9.

## 二、自相矛盾之处

真的无可辩驳吗？人类如此复杂，如此简单化的二分法，如此仅用生理条件来区分，怎么可能将高度复杂的人类说清楚？请看福尔斯在 1980 年接受辛格（Singh）采访时的自我评价："《菁英》大部分在我学生时期就写好，在牛津时开始的，我把它当成一个本科生的书。……尽管它有些好观点，但它是我认为最不耐读的书（unreadable）……有些观点太过理想化了（outrageously idealistic）。"①《菁英》成稿于本科阶段，发表在成名之后，自评在 1980 年（54 岁），如此自我评价是不是在告诉我们，即使是成名作家的作品，其认知深度和年龄仍有一定的关系，我们应该批判地看待，而不应该引以为真理。

1989 年，贝克（Baker）问及如何处理菁英与社会平等主义（egalitarianism）之间的断裂时，福尔斯坦言这个内在的分裂让他也很痛苦。下文就比较系统地梳理一下"菁英论"的自相矛盾。

第一，福尔斯作品中的许多话，很多是自我颠覆、自我取消的。他说，"菁英/大众之间的区分度（gradation）是无限多的"②，也就是说菁英与大众之间并无明显分界线，他们是一个问题的两个极点，整体上看，它是一个连续体、流体，无法区分，也等于没有区分。

第二，"每个人心中都有菁英的成分""菁英和大众的分界线不是在个体与个体之间，而是在每个个体内"③，这两句话政治特别正确，简直如同正确的废话，但其效果却是颠覆性的，因为它推翻了自己前面的全部概念界定。既然每个人都有菁英的成分，都有低下的成分，都是一个混杂体，有时候菁英，有时候大众，再区分菁英与大众就毫无意义，等于推翻了整本书的

---

① Dianne, L. Vipond (ed), *Conversations with John Fowles*, Jackson: University Press of Mississippi, 1999, p. 95.
② John Fowles, *The Aristos*, New York: Plume Books, 1975, p. 9.
③ John Fowles, *The Aristos*, New York: Plume Books, 1975, p. 11.

论断。这等于谁都是菁英，谁都不是菁英。科学家被小贩骗了，科学家是菁英还是小贩是菁英？

第三，"菁英与大众之间的分界线穿行于每个人心中，而不是在个体之间。没有人是完美的，也没有人是完全无优点的"①。这句话继续向内转，继续自我取消，它等于说：人与人之间并无菁英/大众之差别，差别在个体内部，内部的某些素质、美德、观念升华后便是菁英的，而另一些沉淀下坠的观念则是愚痴大众的。如此向内转、以抽象观念作为标准的区分的后果是，它会直接导致文化优越论、道德优越论：某些文化是更先进的、道德的、美好的，其他则是其反面。另外，个体心内，善恶参半、优劣参半，时而曲高和寡，时而下里巴人，忽而表现菁英特性，忽而表现群氓特性，心念无法稳定，"忽发天人心，忽发众生心，忽发地狱心"，难以长时间稳定在一个较高的境界，最终必将被环境所塑造，心随境转，随波逐流。因此，菁英论实际上就沦为了环境决定论，现实效果就是"看情况而定"。再者，菁英论并没有给我们提供一个超越恶劣环境、成为菁英的方法，因为福尔斯自己也是心随境转的，所以拿不出任何办法。

第四，"菁英并不一定总是菁英。"② 这句话也是自我取消。首先，谁敢保证时时刻刻、在处处都是菁英？比如他敬佩的尼采，在思想领域独领风骚的先驱，在身体和体育领域却如此弱不禁风，在情感领域更是孤独万分，如此有慧无福，又如何能称为万众仰慕的菁英呢？其次，人何时何地是菁英完全"视情况而定"，要看在多宽广的时空领域下的菁英，既如此，世事纷纷如闪电，稍纵即逝的菁英性是否还有精细区分的必要？

第五，特定场域的佼佼者（the best for any given situation），"best"已经包含的是正向取法的道德含义，而不是最狠毒、最残忍等负向意义。特定场域是具有个体偏向性的。在自己感兴趣的场域就是菁英，不感兴趣的场域就

---

① John Fowles, *The Aristos*, New York: Plume Books, 1975, p. 10.
② John Fowles, *The Aristos*, New York: Plume Books, 1975, p. 212.

沦为庸众。比如福尔斯自己，在教书这个场域，既不认真，也不努力，因为名声不佳，有一次做存在主义讲座时几乎无人出席，最后被这所学校解聘。他可以说是教书场域里的庸众，即便他是创作场域的菁英。另外，他在教育场域里是教师，但同时，他也身为经济领域的消费者、政治领域下属、社会领域的公民，后来二战阴云影响到他，他实际也属于军事场域的后备军。各种场域从他身上无形地穿过，只是那些场域暂时隐匿，而教学谋生凸显出来成为当务之急。可以说，一个人当下即是全人类，只是因为各自的偶然性（contingency）不同，其他场域特性没有凸显出来而已。所谓的菁英，其实是特定场域内的偶发状况而已，不具有持久、永恒、广大的时空性质。

既然菁英是卓尔不群者，只有在群体的参照系下才能显示出卓尔不群的特性来，因为一个独处的人无所谓卓尔不群，一个独立的思想不从思想场域胜出也无法体现其菁英性。在群体中，多卓尔不群才算菁英？多大的参照群可以算作群？尽管我国清代学者陈澹然早就发现，"不谋万世者，不足谋一时；不谋全局者，不足谋一域"。其实，这个只是理论，实践上无法操作，我们判断的场域无法达到"万世""全局"，更不用说，"永恒"和"三千大千世界"的时空，因此，"菁英"是无法定性定量分析的概念。

第六，所谓的菁英/大众二分法，实在是简单粗暴，而且标准经常模糊不清，游移不定。福尔斯的标准一会儿是生理指标，一会儿又是思想指标、道德指标。他认为菁英是一个生物现象，他的生理菁英论（biological elitism）深信大多数人都不是艺术的、道德的、聪明的菁英。① 其一，如此以生理特质为指标，来断言他人是否可以成为艺术家、圣人、智者、优胜者，让人不禁要问：王侯将相，宁有种乎？艺术家、圣人、智者，宁有种乎？其二，福尔斯没有看到，在他出生那一刻，已经受业已存在的父母、先辈、地域、文化、国度等多方面的支撑，优秀的生理指标也是一个累积效应的凸显。"菁

---

① James Campbell, "An Interview with John Fowles," *Contemporary Literature*, No. 17, 1976, p. 468.

英论"显然忽略了文化类型、权力结构、社会结构、阶层固化、经济固化等累积的不可抗力。试想,像克莱格这样出生卑微,从小被遗弃的人,如何去接触那些优秀的观念?福尔斯也认为,《收藏家》中的绑架者克莱格,他的恶行很大程度上是他的糟糕的教育、邪恶的环境,孤儿身份以及很多我们不能控制的因素的结果。① 庸众的平庸是负面因素的累积体现,菁英的优秀亦是良性循环的累积效应,我们必须考虑他们的背景。菁英性不会凭空产生、无因而至。若忽略了菁英产生的隐形的历史背景、社会背景、文化背景,就有沦为心灵鸡汤的嫌疑,忽略背景而单纯强调思想的高大上,是很不科学的。尽管福尔斯已经认识到平庸是劣势的累积效应所致,但他始终没有取消这种二分法。其三,分类标准模糊不清。拉武德发现,遴选菁英候选人(e-lect)的方法究竟是美德、思想、生理、还是机缘(hazard),福尔斯再次模棱两可。拉武德发现菁英中的菁英才有资格。他们其实是后传奇秘传时代(Late–romantic esotericism)的投影②,不足以作为现实生活的指导。什么叫菁英中的菁英? 这个也是极度模糊的概念,方方面面都要达到绝对的顶层、顶级状态,大约只有上帝方能如此。菁英最终想做上帝,做不了上帝,就做小说家,像上帝一样创造众生,也就顺理成章了。总之,"菁英"的定义经不起细细探究。

第七,既然菁英皆是累积所致,它也的确是生活中的既成事实,无法视而不见。但过分渲染菁英论,就有处心积虑的嫌疑了!为何菁英总是有追随者衷心拥戴呢?窃以为,除了真心臣服之外,这些追随者有自己的利益考量。拥戴菁英,于是自然建构出一个以菁英为中心、核心、权威、高点的垂直体系,他们即可在高不可攀的这个垂直体系上占据一席之地、一席高位,保障了自己俯视后来人、获取心理优势的机会和权力距离,他们无缘无故就

---

① John Fowles, *The Aristos*, New York: Plume Books, 1975, p. 10.
② Simon Loveday, *The Romance of John Fowles*, New York: St. Martin's Press, 1985, p. 149.

多了睥睨他人的理由，失势者无缘无故地就有了自卑的理由，自觉低人一等。菁英论者巴不得你自卑，才好将你呼来唤去，你还心甘情愿，殊不知，一切等级体系（hierarchy）都是一种建构，没来由的自卑反而给了他人自命菁英的充足理由。

第八，菁英的形成，离不开自己的生态系统、等级体系、平台。略举一个认知心理学上的经典案例：

> 你会花时间停下脚步去留意身边的美吗？2007年的一项实验告诉我们，你很可能不会。世界著名的小提琴家乔什·贝尔假扮成华盛顿地铁站里的一个街头乐手，来测试多少行人会停下来欣赏他的音乐。乔什使用的纯手工小提琴售价高达350万美金，而他刚刚以100美金/人的票价在波士顿举行了一场全满的音乐会，但这些并没有吸引多少人来欣赏他的表演。那天他只赚了可怜的32美金。①

不同学科视角会使人对这则新闻的阐释大相径庭。笔者从菁英的产生系统看，菁英从特定的体系中生产出来，并在特定的体系中成长壮大，慢慢爬上了他的等级体系的顶端，并高高在上。但他一旦失去了他的生存土壤和平台，即与凡俗无异。他的土壤是音乐世界与市场操作，一旦脱离了市场，向忙碌的人群免费供应，无心驻足的人很可能既无品味音乐的心情，亦无品鉴音乐的耳朵，他失去了生存发展的土壤、复杂生态系统、等级体系、特定时空，变成了一个不合时宜的人（anachronism）。当然，像乔什·贝尔这么出神入化的小提琴家，再次依靠音乐和市场建立自己的生存系统，还会脱颖而出。

同理，谈论菁英不能脱离他的土壤、生态、体系、平台、时空。一旦失去将他捧上神坛的生态系统和等级体系，他立刻从天上跌落，比尚有支持系

---

① Mary Reyes, "25 Mind Blowing Psychology Experiments…You Won't Believe What's Inside Your Head", http://www.xinli001.com/info/100320048.

统的普通人可能更加惨不忍睹。失去托起自己的海水,蓝鲸还不如一条活蹦乱跳的小鱼。因此,所谓菁英,就是进入了某种业已成型的支持系统并努力到顶的人,所谓非菁英,就是终身没有进入任何种类支持系统的流浪儿而已。如《法国中尉的女人》中的萨拉,没有支持系统,生活悲苦凄凉,一旦有了艺术家拉菲耶特的支持系统和艺术市场,生活立刻悠闲惬意。尽管她天生丽质、聪慧无比,但时空错位、文化生态恶劣,终日忙碌,备受压抑,任她如何拼搏,也摆脱不了贫苦的命运。她最终神奇的转变,在于去了伦敦,进了艺术圈,换了一个文明高端的生态系统。因此,菁英先被环境造就,也塑造着新环境,与环境相辅相成,菁英与否不是人的本质属性,更多是后天属性。成,无须过分自豪,败,无须过分自责。

第九,菁英思维,是忘记了自己只是累积优势的受益者,并非天生如此。但菁英一旦产生,他便成了权威、真理、中心,随后便有中心/边缘、权威/学徒、真理/谬误的二元对立区分,菁英垄断真理,随便便形成以他为中心的等级秩序,这是知识界通过真理来进行等级分层的手段,如此划分只是为了凭空抬高自己,让他人感到自卑、服从、臣服而已,只是要让他者自卑、自怨自艾,从他者的卑微臣服中找优越感而已。菁英思维,至少,是自私和忘本的,忘记了对失利者、失去话语权者(unrepresented)的责任,至多,则是危险的,菁英论的风险就是很可能走向法西斯主义、极权主义。如果菁英掌握了权柄、权势、话语主导权、暴力机器,它会与普通人慢慢脱节,不知不觉地滑落,恶化往往如脱缰野马,不知不觉逾越那不该逾越的界限,非要将平庸大众消灭殆尽不可。从菁英主义到法西斯主义,仅一步之遥,其中的度很难把握,情势也很难把控,这是强调菁英主义的危险所在。

菁英论如何滑向法西斯主义?福尔斯本来是公开反对法西斯的,为什么反而会滑向法西斯?为何会如此吊诡,忘却初心?窃以为,菁英论滑向法西斯分几步走:其一,菁英走向了超人;其二,超人走得太远,与大众断裂,成为对立的两极,最可怕的人就是有理想的菁英,一旦慈悲心丧失,就会走向自我独大、以我划界、非我即敌、力克强敌的二元对立道路①；其三，超人要改造人性，消灭庸众，或特定的"庸众"或假想敌，最后，成为法西斯。

福尔斯的言论和作品，常常被人诟病带有法西斯的特征，也是源于这种菁英思维，而且是不太彻底、不太通透的思考，以至于在《菁英》和《魔法师》中含混其词，让人莫衷一是。而且，他的作品的确带有极权主义和法西斯的外在特征：其一，场景多是封闭空间，正是极权主义和法西斯最容易形成的场域；其二，作品中又多次出现宰割人生死的主宰者（如克莱格）；其三，暴力胁迫；其四，垄断信息，如克莱格断绝米兰达的信息来源，如叙事者尼克与导师康奇斯的信息来源严重不对称；其五，复杂专断的思想体系，其实都是《菁英》中的观点，它引发读者的猜疑，也在情理之中。

于是，福尔斯转向强调菁英是一种心态，这在某种程度上又取消了他的菁英/庸众的划分。福尔斯宣扬菁英是选民（elect），是在变数（hazard）中保持开放，接受变数、承担责任的人，通俗一点讲，这个开放接纳的心态非常类似佛教箴言"随缘消旧业，莫再造新殃"，认命忍受且安于平淡。但笔者以为，要达到这种心态，有一个过程和阶段性，不宜在努力拼搏的青少年时期就"接受变数"，就俯首认命，人若不抗争一番，不努力拓展生存空间，不会知道自己命运的边界。所谓的接受变数，也不是在不利的生存环境中消极等待，而是永远地努力挣扎，并承担挣扎的一切后果。这才叫保持开放心态，而不是毫不作为，被动地接受一切，那叫随波逐流，而不是随缘度日。另外，关于"变数"，人类之间的互动，并非如福尔斯所言那样，"如桌球一样无规则的碰撞"，而是有章可循的。人类逐渐组织成社会，演化出一套深层规则，大大降低了不确定性，已经成功将自然、随机、变数（hazard）大

---

① Steven Levitsky and Daniel Ziblatt, "Is Donald Trump a Threat to Democracy?", https://www.nytimes.com/2016/12/16/opinion/sunday/is-donald-trump-a-threat-to-democracy.html.

大降低，使变数成为定数，正如保险将偶发的灾难变成可控的风险。因此，大众之所以为大众，是机遇被制度化剥夺之后，平庸代际传递。福尔斯把菁英/大众的分割点放在出生时的生理特性，没有看到多代的长期累积因素和先在的社会文化因素。个体的历史并不是从出生时开始的，而是从久远的家族就开始了。

笔者以为，过度的菁英意识是一种病，颇被庄子诟病。福尔斯大量引用老子的《道德经》、佛陀，其实没有吃透《道德经》和佛家的本质。福尔斯只是认可既然天道是不介入的介入，不介入的存在，天道无亲，人类就只能直面自由的焦虑和责任，主动抉择，主动担起人类自身的责任，做一个人道主义者。这没有错。关于对人类该如何循顺天道地承担责任，菁英论就完全违背老庄哲学。若把菁英主义放置在一个超越人类结构的更大的框架内审视，把菁英放置到天道、地道、人道、自然之道的框架里去审视，就可以看出，在人类社会中只是强调有影响力的顶层人士的价值，是一种自大和自傲，也是无视更深透的超越菁英/庸众二元对立的其他视角，无视卑俗众生的隐形的影响力和关联性（inter-connectedness）。福尔斯可能没有看到道家的菁英是这样处理与大众的关系的：和光同尘、被褐怀玉。如果菁英是万物中跳脱出来的一个怪物，丧失平常心、平凡心、平等心，则成了尼采超人哲学的变体，这就是一个误导，也许他太急于去替天行道，反而破坏了天道。《庄子·内篇·大宗师第六》对此类不祥之物有一个非常形象的描述，如下。

大冶铸金，金踊跃曰："我且必为镆铘！"大冶必以为不祥之金。
今一犯人之形而曰："人耳！人耳！"夫造化者必以为不祥之人。

人来自大化之中，幸得人形便自命为"镆铘""刀俎""菁英""中心"，这是个分裂的不祥之兆。而佛学的菁英思想是这样的，《菩提行愿品》有云："一切众生而为树根，诸佛菩萨而为华果，以大悲水饶益众生，则能成就诸佛菩萨智慧华果。"菁英为华果，众生为枝叶，是一种一体共生、不即不离、互为养料、互相成就的关系。菁英从大众中来，而回到大众之中，在反哺大众的过程中，有一个关键的心愿不能缺乏：同体之悲，无缘之慈。菁英/大众分类法在理论和实践上有天然的断裂，要连接这个距离必须使他们保持一体的慈悲心。所以，佛陀曾说，"一切法，若有慈悲，皆是佛法，一切法，若无慈悲，皆是魔法"。福尔斯的菁英论、尼采的超人论，因其对大众欠缺慈悲心，自以为高妙，不能和光同尘，不能反哺大众①，高高在上，最后脱离大众，不能从大众中获取必要的养料，情感干渴，疯狂而死。单读其理论，令人感觉似乎很有道理，又似乎不太对劲，若正若邪，若净若垢，让人正邪莫辨，其关键点便在于有智慧而无悲心，有理论而无实践。无法落实到实践之中，很可能沦为高不可攀、玄妙缥缈、独自把玩的理念。

第十，菁英论存在一个微妙的二律背反，过度关注是否菁英，表明他并非真正的菁英，菁英不会如此依恋从对比、比较中获得身份认同。其一，比如天真，真正天真的小孩并不知道自己很天真，一旦他认识到、勾勒出自己天真，他就不再天真了。比如自然流露（naturalness and spontaneity），你越想自然，你其实越不自然，而真正自然而然的时候，你意识不到自己是自发自然的。比如快乐，真正快乐的时候不会关注快乐问题，不会去设想未来，不会留恋过去，不会关注功业是否永恒，不会关注名利得失。心活在此时此地此在，自足自得，无需更多。比如完美，越想变得完美，这种苛求完美的意识本身就是不完美。比如健康，真正健康的人不会关注健康问题，关注健康问题是已经疾病缠身了。这就是事物二律背反的一面。当人竭力强调某方面时，很可能暗示着它的反面，在心理学上可以叫作反向形成（reaction formation），人们总是以相反的方式去强调它，如内心充满了仇恨反而表现为热爱。因此，当福尔斯反复念叨菁英问题的时候，表明他在怀疑自己是否优秀，《收藏家》一炮打响之后，他似乎找到了发表《菁英》的证据，倘若长

---

① Xavier Robinson, Story Of The Buddhas Life ∣ National Geographic Documentary, https://www.youtube.com/watch?v=q9H76SEl_RY. 此视频中有一个观点："在基督教中，Grace（恩典）来自上帝，但在佛教中，恩典来自众生。"

期不成功，他便会怀疑自己是平庸大众、群氓一员。其二，当福尔斯说到菁英，其实也是在暗指自己就是菁英中一员，这本质是一种优越感、超人感或自我执着的外化，是一种执念，执着于自我所长，且以自己所长比他人所短所产生的夸大感、自大感，正是自我膨胀的表现，也是一种典型而又常见的自我服务偏差（self-serving bias）。其三，执着于菁英与否，是自他分裂之兆，自认为菁英是选择性认知的结果，只看到自己的强项，没有看到自己的弱项以及与万事万物之间的内在联系性（inter-connectedness），如此谬见的后果就是超人式的超级孤独。福尔斯早年的自我意识就很强，强烈地意识到自我与外界的隔离感。成功后照样感到"极度孤独（savagely depressed）"，不能享受那种融合一片的亲密感，便是明证。其四，专注于是否菁英，或自认为菁英，也可以说是一种心理防御机制的外现，这类人一方面有些小出色，另一方面也有更深层的不确信，太需要强化那种菁英意识来维护那种良好存在感，对抗在宇宙洪荒之中那种尘中之尘、影外之影、沧海一粟的渺小感了。其五，菁英思维是对他人智慧的不信任（比如福尔斯不相信读者能认识那些生僻单词，不断解释，拉武德认为他不信任读者），不相信他人可以做得同样好，不相信后代有自己的智慧，能解决不断出现的问题。如果真的出现彪炳千秋、一千年一出的菁英，那是后来人的不幸，说明子孙后代在科学、境界、认知上都没有长进，菁英思维实际上是百年人有万年心，最终将被后代证明为瞎操心。

如此自相矛盾、含混不清的概念，融合到文学文本中，就会故弄玄虚，越说越糊涂，最后就是自己没"主义"、没"主意"，说了一堆自相矛盾的现状，最后没有答案，甚至连个阶段性的判断也没有，最后小说中的导师们玩了失踪，一走了之，留下的是一串疑问，由后生自己去摸索。当然，这种开放式的结尾在文学上非常成功地激发了后续研究，在哲学上却难掩捉襟见肘，漏洞百出。

## 三、结语

菁英论有一个内在的悖论：一方面，世间的确有一小部分人智力超群，人格高尚，福德超群，领袖群伦；另一方面，在自己一亩三分地的小天地内，每个人都很精明，也都显示出菁英的特征，就像绑架者克莱格一样，在绑架、囚禁这件事情上精明干练，做得环环相扣，密不透风，让受害者米兰达都由衷佩服。换成佛教心理学的语言看这个悖论：一方面，为什么"众生本具如来智慧德相"，众生与佛陀具有本体论上的平等不二，都具有菁英的潜势；另一方面，为什么众生和佛陀之间的现实距离是天悬地隔？福尔斯试图解释这个本体论上的平等无二和现实上的大相径庭，但可惜的是，福尔斯的"菁英论"经常性地自相矛盾，投射到作品之中，让他的文学作品晦涩难懂。窃以为，谈论菁英/庸众，必须考虑其认识深广度、时空限度、生态系统、融通程度（interconnectedness），思想不能无中生有地产生和移植，必须考虑它产生的生态系统。

菁英论有多种可能的走向：（1）如果欠缺对大众的慈悲，就会走向法西斯主义；（2）如果对庸众具有慈悲与智慧，又具有入世操练的能力，就会走向真正的哲学王的道路，既如众星捧月，又与大众和光同尘；（3）如果自身欠缺入世的承受力和愿望，只是在思想上做一个智者，就可能走向存在主义。菁英论不管走向如何，它都不会平庸，它都要走向极点（无论是个人的、社会的、权力的），始终会和大众保持一定的距离。福尔斯的菁英论，具有多种后续的发展趋势，如一源流，分支出不同支流。它在思想上走向存在主义，在心态上走向禅宗，在实际的文本操控中却表现出法西斯倾向，其复杂性都发源于这个含混不清的菁英论。

## 第六节　论《菁英》中约翰·福尔斯对中国佛道哲学的误读和误用

《菁英》是一本体量宏大、层次清晰的思想录，虽然福尔斯刚开始写作此书时才24岁，他其后自言，一生都没有多大改变。的确，如此包罗万象的思想体系是很难改变的，因为它已经包括了自己的本体论、认识论、人生论、社会论。仔细观察他的《菁英》目录，就会发现他有一套从体到用、从抽象到具体的理论体系：宇宙论改头换面为场景论（God situation），认识论就是存在论（existence），人生论就是个体论、机缘论（hazard）和菁英论，其介入改良社会的手段变成了教育论和介入论，即教导普罗大众如何成为菁英。如此循序渐进的逻辑，就不难理解为什么福尔斯总是要化身为智慧老人介入文本去讲经说法，他的确有法可说，也坚信教育是其手段。

但是，宏大体系最容易出现偏差的地方，是在看不见、摸不着、形而上的本体论和认识论。而且，当理论思辨表现为故事的时候，更加容易含混不清。《菁英》中的思想线路，是非常曲折多变的，在很多关键的转折点上，都看起来似是而非，最终听起来像邪教，备受批评家诟病。他的思想也因其混乱、似是而非、自相矛盾而无法在现实中执行，使得文学作品晦涩难懂。本节将逐一论述其思想体系在转折点上的一些误区，使人更好洞察其文本和思想之间的关联性以及偏差。

### 一、福尔斯的本体论

福尔斯在博览群书之后形成了自己独特的本体论。他认为宇宙场景（universal situation）的特征有以下几点。第一，浩瀚无垠（endless ocean）。第二，冷漠无情无偏私（indifference to man）。"人是一种永恒的缺乏（everlack）无限的没有（infinite without），漂流在无穷无尽的、对人显然漠不关心的海洋之上。"① 第三，存在由两种对立原则管控着，生成原则（organizing principle），与解体原则（disintegrating principle），也可以叫作治与乱（law and chaos），对于整体，无所谓公正（just）与否，但对个体，它却会幸与不幸。② 第四，本体是一种场景（situation），一个整体（the whole），"无垠，它不生不灭，生活于其中的个体才会永恒平等"③，但因其有限性而有机缘差别（hazard）。第五，宇宙没有目的，它存在只是为了存在着（it exists in order to exists）。④ 宇宙本体是自足的，人类的生灭成败不能增加或减少其存在。第六，"上帝"只是一种场景，"这个场景无限、不可知"。⑤ 我们永远不知道我们为什么在这里，为什么事物是这个样子。我们的科学艺术、所有关于物质的大厦，都建立在深沉无意义的基础上。⑥ 人类不停地建设，但建设的最终指向是空无（nothing）。⑦ 第七，福尔斯认为是人造了神，而不是神造了人。鉴于本体的无情无为，人类又漂流在无穷无尽的时间之筏上，人类要解释自己为何处在这种无始无终的盲目力量中，开始思考是否背后有"神秘力量、起因、神。一些人用自己本能中较好的部分制造出一个积极的上帝、仁慈的父亲、温柔的母亲、睿智的兄长、迷人的姐妹。另一些人开始用自己本性中恶劣的部分制造出一个上帝：残酷虐待的神、潜逃缺场的神、压榨难以自主的人们的邪恶的神，恶毒的暴君"⑧。人类便开始按照自己的本性制造上帝来解释自己在宇宙中的处境。也许在某些群体身上的确有此情况，但神是否存在，福尔斯并不真正清楚，所以，只能搁置不议。第八，在

---

① John Fowles, *The Aristos*, New York: Plume Books, 1975, p. 17.
② John Fowles, *The Aristos*, New York: Plume Books, 1975, p. 15.
③ John Fowles, *The Aristos*, New York: Plume Books, 1975, p. 22.
④ John Fowles, *The Aristos*, New York: Plume Books, 1975, p. 21.
⑤ John Fowles, *The Aristos*, New York: Plume Books, 1975, p. 22.
⑥ John Fowles, *The Aristos*, New York: Plume Books, 1975, p. 26.
⑦ John Fowles, *The Aristos*, New York: Plume Books, 1975, p. 19.
⑧ John Fowles, *The Aristos*, New York: Plume Books, 1975, p. 16.

本体论上，福尔斯更趋近于道家。他翻译、引用如下章句来阐释自己视野中的本体的无为无作的观念："我无为而民自化。我好静而民自正。我无事而民自富。我无欲而民自朴。"(《老子》第五十七章)"圣人处无为之事，行不言之教。万物作焉而不辞。生而不有，为而不恃，功成而弗居。"(《老子》第二章)"它以不介入的方式介入，以无为的方式作为，以缺场的方式在场，正如我们看着两个人打架而绝不干预。"①

从《菁英》中福尔斯对老子《道德经》的大量翻译引用中可以看出，福尔斯显然受到老子"道"的深刻影响。福尔斯的本体论可以用几个同义词勾勒在一起：场景、总体（whole），无垠（infinitude）、"上帝"场景（"God" situation），基本就是本体的同义词。

窃以为，从中国佛道哲学的角度，福尔斯对道、本体有深刻的误解，表现有以下几点。

其一，本体功能丧失。他认为道像观看两个人打架而不干预的第三者。这个类比表明他理解的本体有几个特征：寂静、能照见、绝不干预。这个本体类似佛家的本体论，寂而常照，照而常寂。② 福尔斯在日记中记载曾经细读并盛赞阿伦·瓦茨（Alan Watts）的名著《禅之道》（the Way of Zen），估计其本体论的理解来自这本书。但是，福尔斯理解的本体是"深沉无意义"，把本体的澄明寂照理解为死寂、不干预、无意义、隐没不现、寂然不动之后就等于功能丧失。那本体如何生起现象？在死寂中如何生起勃勃生机？在无意义中如何生起有意义？这样他就割裂了本体和现象之间的内在关联性，在道的体用之间出现了巨大的割裂，死寂的本体与灵动的现象之间，没有真宰，只有乱象，谁能力强，谁就是主人。超人哲学自然而然就呼之欲出了。

---

① John Fowles, *The Aristos*, New York: Plume Books, 1975, p.22.
② 丁福保，《佛学大辞典》："（术语）真理之体云寂，真智之用云照。楞严经六曰：'净极光通达，寂照含虚空。'正陈论曰：'真如照而常寂为法性，寂而常照是法身，义虽有二名，寂照亦非二。'"转引自《寄照》，https//foxue.51240.com/jizhao_vnd_foxued/（访问时间：2017年11月22日）。

然而，在老庄哲学中，道是有功能的：道体湛然不动，但道能生养万物；道是一种性质、法则、规律、宇宙本源；道是超越时空的存在，形而上的本体，创生万物之后，又与万物通体，内存与万物会中，衣养覆育万物。①

其二，体用分裂。在福尔斯的理解中，本体"道"和现象"用"之间完全割裂。中国的佛道两家在体、用关系上，基本上都认为本体与现象圆融不二，任何现象都体现着本体的特征。道家认为，"道生万物""道生之，德畜之，势成之"。但是，道如何"生之"呢？道家讲得不是太清楚，只说了"一生二，二生三，三生万物""绵绵若存，用之不勤"，把道生万物这个相续不断的微妙过程描述了出来。于是佛家接过这个深奥的本体问题的接力棒，继续推进。《楞严经》认为，本体是妙明真心，"宝觉圆明。真妙净心。无二圆满"。但静极生动，因妄生动，以妄为真而坚执不舍，于是生起顺逆感受，于是出现贪痴嗔慢疑，于是本体能量进入不同场域，形成万象森罗的局面，从此流浪生死，背觉合尘，难于背尘合觉，返本归元，除妄归真。于是众生皆有一定程度的自我遮蔽和背道而驰。《楞严经》云，"当知凡夫爱妄有而不见真空，二乘爱偏空而不见妙有，菩萨爱万行而不见中道，别教爱但中而不见法界，皆狂走也"。

于是，《楞严经》中的富楼那继续穷追猛打，继续提问什么是"妄"："我与如来宝觉圆明。真妙净心。无二圆满。……敢问如来。一切众生。何因有妄。自蔽妙明。受此沦溺。"

既然本体是无所不至，无所不知，不生不灭，既然本体是大觉大悟，清静妙明，又怎么会生起"妄"呢？既然本觉妙明，那怎么又突然生出妄心来自我遮蔽呢？第一点极其微细的无明、妄、迷又是如何产生的呢？《楞严经》此处解释极其智慧又留下空白："既称为妄。云何有因。若有所因。云何名妄。自诸妄想。展转相因。从迷积迷。以历尘劫。虽佛发明。犹不能返。如

---

① 余培林：《生命的大智慧》，河北人民出版社1988年版，第158页。

是迷因。因迷自有。识迷无因。妄无所依。……是人心狂，更无他故，则知妄本无因。"

既然叫妄，所以，它就是无缘无由、无根无本、无觉无悟。妄想一除去，则万物自然，本自如如。如浮尘之镜，垢尽明存，自然而出。知道自己是无明就是明，知道自己是妄就叫觉，知道自己是迷就是悟。用海德格尔的说法，就是"去蔽"，遮蔽一旦去除，人生自然明净。用道家的说法叫"涤除玄鉴"，心光自现。

相对于上述复杂而玄妙的佛道体用理论，福尔斯似乎并不侧重道生万物，道体精微，隐退无名，而是选择性地只抓住隐退无为，以为道体真的是无所作为，连生养万物这个功能也丧失了，所以，福尔斯大约丧失了对本体论的指望，自然而然地很快走上了人本主义、超人出面干预的这条思路。作为一个坚定的个体主义者和存在主义者，福尔斯坚信人类应该共济利他，其信念大约起源于一个亲身经历的悲惨事件。

> 1961年5月，我去做了一次陪审员。一个精神病人把自己乱伦所生的长子扔进了火炉。他带着5个孩子，个个都是痴呆。他没有钱，没有亲戚，妻子弃他而去，他只有肮脏的双手和悲伤的泪水。他的苦难和哭声震撼了整个法庭。我们不能评判他，他才是法官，他评判了整个存在。我理智地认识到，没有上帝。……做一个无神论者，不是道德选择，而是出于人性的责任。①

这件事情激发了他的同理心、利他心、自立心，让他觉得，这是整个人类没有尽到自己责任帮助同类而带来的恶果，同类必须为他担负部分责任。同时，此事也让他抛弃了上帝、本体、神秘帮助的指望，使他走向人本主义。这个悲惨事件的负面意义是，居然让他揣测出没有上帝、本体、神秘，从而坚决地抛弃了自己的隐退无为的本体论，坚定地成了人本主义者。福尔

---

① John Fowles, *Wormholes*, London: Vintage, 1999, p.10.

斯像大多数无神论者一样，不会再相信因果之不可思议，而相信眼见为实，急不可耐，一定要看到现世的因果。

于是，福尔斯的思路转化为替天行道，福尔斯对什么是道并不深信，最后的替天行道很容易沦为替自己行道，将人意强加于世界，对他人实施强加改变。因此，超人出场，也是势在必行的。因此，如《魔法师》中康奇斯对尼克的强势介入，让人看不懂。所以，在不明道体情况下的干预论在本质上是逆道而动。《道德经》曰："常有司杀者杀，夫代司杀者杀，是谓代大匠斫。夫代大匠斫者，希有不伤手矣。"（《道德经》第七十四章）憨山大师认为，人意有为，"天鉴昭明，毫发不爽。其于杀也，运无心以合度，挥神斤以巧裁，不疾不徐，故如大匠之斲，运斤成风而不伤锋犯手；至若代大匠斲者，希有不伤手矣。何也？夫有心之杀，乃嗜杀也，嗜杀伤慈；且天之司杀，实为好生。然天好生，而人好杀，是不畏天而悖之，反取其殃"①。福尔斯的超人论受人诟病，就是替公正无私的大匠斫，反而砍伤了自己的手。

因此，他并不守道，而是违背《道德经》的教导，去替天行道。他要做一个超人、智慧老人、导师去指点世人，要跑到自己的小说中去讲经说法。他认为既然上帝隐退，道隐退，人就必须出场担负起人类的责任。人必须做一个人道主义者。人必须主动、抉择。最为强有力的抉择就是超人式的抉择。于是，他很快从人道主义者过渡到了尼采的超人主义、菁英主义。如此替天行道，即使在小说刻画上也是有很多瑕疵的。

但是，理论中的超人只是思想上的智者，生存体验上的存在主义者，并无实际的干预世事的经济实力、武力、能力、号召力，对现实世界的干预相当有限。福尔斯深信自己只是一个思想者（thinker），而不是一个行动者（doer）。因此，福尔斯式的人本主义，实际上是三种思想的混合物：道体死寂的非道家、超人主义、存在主义。他的人本主义，最终走向了以我为主、

---

① 憨山大师：《憨山注解〈道德经〉》，http://blog.sina.com.cn/s/blog_63b2060e0100g4xl.html，（访问时间：2017年12月8日）。

以我划界的自我中心主义。虽然他认为如此特立独行的存在主义，是法西斯主义的解毒剂，其实，深层次却带有将自我理解强加于世界的特征，若获得一定的权力（如克莱格一样把握生杀大权，或如康奇斯具有翻云覆雨的本事），就会体现出一些法西斯主义者的特征。

由于他对"道"的片面理解，以至于他的出发点是《道德经》的"道"，而归结点却远远偏离了道。《道德经》讲的正好相反，"天道无私，常与善人"，提倡的是无私无我，因为，"圣人无常心，以百姓之心为心"。

修道之后的结果是，"和光同尘""光而不耀""被褐怀玉"，没有超人，回归到平常心、平凡心、平等心。而福尔斯则走向超人心、非凡心、非常心。此处，我们可以看到，同样发源于道家的天道无为的思想，结果在福尔斯的理解中慢慢地走样变形！

为什么读同样的《道德经》，道人和文人会走上如此相反的道路？笔者认为不是中西文化差异，而是因为福尔斯个人问题。其一，他基本沿用了西方人格神的方式来理解抽象的道，导致人格神不是隐退就是改头换面以超人身份出场。其二，他不肯消泯自我，不肯放弃自恋。庄子认为："至人无己，神人无功，圣人无名。"（《庄子·内篇·逍遥游第一》）他的自我正好需要相反的东西：自我永存，不朽事功，千古文名。正因为他心中的我执坚固，我相坚固，功名心坚固，才会读中国佛道无我哲学时曲解其意，每每反向操作，刚好和佛道哲学的本意搞反，造成了自我认识的混淆，最后又不由自主地回到西方心理分析和西方哲学上去。对于中国的佛道哲学，他只是选择性阅读，拿来主义。

鉴于本体无情无为，他于是很快退守人本主义，而且转向人自己。既然"上帝""本体"只是一个永不插手的观察者，人不得不担负自己的责任。因此，他的哲学理念基本是人本主义的。"除了自救，没人能拯救我们……还好，我们还有选择行为的自由。……意志的自由是人类最高的善。你不可能既有自由，又有介入帮助的神灵。"① 同时，现实苦难似乎也教育了他，人必须抛弃神助的幻想，只能自助。但是，出手相助同类，什么时候是个度呢？文学批评发现，他的帮助是失度的。他的人本主义是男权主义视域下的人本主义。② 陈榕也发现他张开的男权的隐形的翅膀。③ 由于经常居高临下，操控人物，介入文本，讲经说法，被别人认为是潜在的法西斯（Cripto fascist）④，从本体论的理论高度，急速跌落到深层的男权主义，在琐碎现实中却与俗人无异，真是难堪！

  人要互相帮助，于是福尔斯相信民主社会主义（Democratic Socialism）。但这个理念也被拉武德揭出其理论与实践充满了自相矛盾。（1）在理论上他提倡平等，人是社会环境决定的，社会改变首先是制度性的改变（institutional），但是，在小说中福尔斯却提倡大众与菁英的二元对立，生理优越性、个体进步大于制度改变。（2）在文学理论上他提倡自由与责任，读者参与与读者自由，但实践上，他却介入小说，指导操控读者该如何思考和评判。（3）在性观念上表面尊重女性，视女性为神秘与崇高的，实践上却是占有和入侵。因此，福尔斯的理论和哲学对理解他的小说几乎毫无用处。⑤ 其实，它还是有用处的，至少，我们从中可以看到一个作家的理念和实践的分裂和吊诡——他很快走向了初心的方面。

## 二、人如何认识自己

  福尔斯有自己的认识论。他认为自己写作的目的就是自我发现，战胜自

---

① John Fowles, *The Aristos*, New York: Plume Books, 1975, p. 18.
② Susana Onega, "Self, world, and art in the fiction of John Fowles," *Twentieth Century Literature*, Spring 1996, p. 51.
③ 陈榕：《萨拉是自由的吗？——解读"法国中尉的女人"的最后一个结尾》，载《外国文学评论》，2006年第3期，第83页。
④ John Fowles, *The Aristos*, New York: Plume Books, 1975, p. 8.
⑤ Simon Loveday, *The Romance of John Fowles*, New York: St. Martin's Press, 1985, pp. 129–138.

我①，他一生都提倡要像女性一样地觉知和存在（knowing and being）②，福尔斯把自知几乎看作是自由的同义词。③

福尔斯对自我的认识非常精彩，它主要从存在的内驱力角度来描述人类行为。弗洛伊德认为人类的内驱力是性能量，荣格后期又把力比多泛化成一切心理能力。这两种思维方式都是认为，人本身有一种东西是内在的，存在一种内在的"有"，而福尔斯的理解则反其道而行之，认为人的内部，是一种内在的空无。存在非常抽象，只能从反面感知到什么是存在。对于存在的感知，福尔斯笔下的人物感知到的更多是缺乏、内在的存在空虚，他将之命名为Nemo（逆某，非我感）。他认为，在弗洛伊德的理论人格理论中，人除了伊德、自我、超我三部分外，还有一部分就是逆某，"就好像物理学家假设有反物质，所以，在人类心灵中，也许有一种反自我（anti-ego），一种无足轻重的状态（nobodiness），逆某使人关注所无。从历史角度上看，我再也不可能成为莎士比亚、埃及艳后。逆某使一个人感到自己无用、转瞬即逝、相对、比较、事实上的虚无……使人充满了侏儒的心理特征：自卑感。因补偿自卑感而发展出相应的技巧和恶意。……反抗逆某的方式就是与之冲突：采取自己独特的生活方式，精心设计自己的人格面具、反叛大众、波希米亚风格、花花公子、局外人、嬉皮士……人被逆某压抑，人们绝望地寻找自己的独特风格，这使人的风格种类繁多，但只有天才才能使得风格与内容两全。总之，逆某的压抑导致人类渴望独特、伟大、永恒，渴望战胜湮灭、渺小、自卑、籍籍无名"④。福尔斯紧接着用自己的逆某理论解释了文学创新、法西斯兴起、炫富消费、婚姻、出轨、公民意识萎缩、菁英主义、无名

---

① Charles Drazin, *John Fowles Journals*: *Volume* 1, London: Vintage, 2006, p. 351.
② Brooke Lenz, *John Fowles*: *Visionary and Voyeur*, New York: Rodopi Press, 2008, p. 224.
③ Katherine Tarbox, *The Art of John Fowles*, Athens: University of Georgia Press, 1988, p. 184.
④ John Fowles, *The Aristos*, New York: Plume Books, 1975, pp. 49-51.

小卒情结（pawn complex），等等，一气呵成、顺理成章，俱能自圆其说。张和龙将 Nemo 翻译成"逆某"，即非我、反我、我的叛逆①，也可以翻译成"逆我"或"逆我感"。逆某是人感到自己的微不足道，感到自己的生命短暂……一种实实在在的虚空感。② 是一种我不是（What I am not）③，人们被这种内在的"非我感"压迫，会采取极端行为来确证自己的存在感：一种是顺应社会（conform），从集体、制服、统一性中找到安慰，另一种是极端的个性化，不惜稀奇古怪。个体存在的无足轻重的感觉让人疯狂，同时，它也让人演化（evolve）。

维克多·弗兰克更准确地把这种空虚感叫作存在的真空（existential vacuum）。存在真空的表现形式是：生命的无意义感、无聊以及各种改头换面的补偿形式，如权力意志（will to power）、金钱意志（will to money）、求乐意志（will to pleasure）。欧洲学生表现出存在真空的比例是 25%，美国学生是 25%。④

对照一下福尔斯的定义，异曲同工。福尔斯认为，"人是一种永恒的缺乏（everlack）无限的没有（infinite without），漂流在无穷无尽的、对人显然漠不关心的海洋之上。这三个词异曲同工：真空（vacuum）、缺乏（everlack）、没有（without）"⑤，在实际生活中，它体现在对人生感到无以复加的厌倦、内心空虚时，就好像心灵深处存在一个巨大的空白、空洞、负压，只要一与可爱的外境接触，立刻奋不顾身地如吸盘一样吸附上去，吸取——乃至像克莱格一样榨取——外境的可爱性（lovability），来滋养自己空虚干瘪的灵魂，执持不舍，至死不休。从这个意义上说，世界不需要我们，别人也不

---

① 张和龙：《后现代语境中的自我：约翰·福尔斯小说研究》，上海外语教育出版社 2007 年版，第 73 页。
② John Fowles, *The Aristos*, New York: Plume Books, 1975, p. 49.
③ John Fowles, *The Aristos*, New York: Plume Books, 1975, p. 58.
④ Frankl Victor, *Man's Search for Meaning*, New York: Washington Square Press Inc, 1963, p. 48.
⑤ John Fowles, *The Aristos*, New York: Plume Books, 1975, p. 17.

真正需要我们，而是我们需要世界，我们需要他人，我们拒绝放手。比如《魔法师》中导师对后生不惜工本的教诲，追着学生要学，其实是由于导师的认知误区，和自己内心的存在真空所致：自己粘着他者，反而觉得别人需要他。我们对世界的需要太迫切太复杂，以至于还在心灵上发生一种颠倒（inversion）和逆转（reversal），觉得好像是世界需要我们，别人在盯着我们看，在窥视我们的一举一动、一言一行乃至起心动念。除了我们对自己感兴趣，其实谁还对自己感兴趣呢？反向推导一下就会发现，越觉得自己对世界不可或缺的人，其内心的空洞（存在真空）尤其大，尤其需要世界对他的肯定与颂扬。从存在真空的角度看，人很像蚂蟥，内在饥饿，就会吸附榨取，存在空虚促使人们进入强迫—痴迷循环（compulsive-obsessive cycle）。如果吸附是互相的，如爱情，双方都内在空虚缺乏，且都发现对方正是自己渴望的那种类型，双方便会互相吸附，紧密结合，像马德堡半球一样紧密结合在一起。只有内在充盈，才不会对外物痴迷，很容易从外境中脱落，过内在充实、两不相干、存在自足、自由自在的生活。福尔斯笔下的男叙事者，与其说演示了如何存在，不如说演示了如何空虚、如何吸附世界、觉得世界需要自己的教诲，不惜小说的艺术性介入虚构中去讲经说法、如何被批评家们诟病。

人被自己"所不是"的那种状态（non-selfness）驱动，顺着看，人被缺乏驱动，反着看则是，人渴望的是全能、大能、全知、完满、自足、永恒、一切、充满时空、遍一切处，是过去、现在、未来，那种状态，与其说是一种永恒的缺乏（ever-lack），不如说是人的最大化的理想状态，吸引着人类永恒地追求它。因为不足，特别渴望自足。人性的状态大约就是在缺憾与完满、无能与全能、不足与自足之间钟摆。

### 三、结语

福尔斯的哲学思想来源芜杂，深受东方佛、道哲学的影响，但没有吃透，且在关键的岔路口上又折回熟悉的西方思想的套路上，他对佛道哲学的误读和误用使其文学文本似是而非、自相矛盾、晦涩难懂。

## 第七节 论福尔斯对禅宗的认同、吸收与偏离

福尔斯作品趋向于后现代，作品先锋前沿，光怪陆离，晃眼一看，简直和中国文化风马牛不相及。但事实上，西方文化与中华文化在思想深处，已经暗暗交融。福尔斯作品中有一条深埋的暗线，始终没有被批评家发掘出来。福尔斯多次无问自说："不理解禅宗，就不理解我"。但采访者不懂禅宗，置若罔闻，没有继续追问，留下遗憾有三。（1）当面错过理解其理念与创作的关联性；（2）外来的中华禅宗如何影响英国作家，思想碰撞产生了何种结果？（3）为什么福尔斯还是退守了西方人本主义和个人主义，是路径依赖还是思辨结果？我们通过研究福尔斯的手稿、日记、传记、作品，发现他通过美国禅宗名家瓦茨的《禅之道》一书接触到中国禅宗，并借此基础形成了自己的一套认知体系。在本体论上，他坚持寂照无为的本体论，从此远离了有神论和任何介入世事的宗教，转向了存在主义乃至更加小众的永恒的异教徒（Pagan），拒绝被定型化；在方法论上，他采取了止观之术，使得禅宗始终停留在术、技巧层面；在创作上，他讲禅宗起疑的接引法门（参话头等方法）作为一个制造悬念、永恒开放的文学技巧，使得读者茫然不解，悬而不决，始终处在疑问和探究之中。总之，福尔斯最终退回西方文化，因他始终以拿来主义精神特质，杂糅诸家的思想精华，以我为主，他学为用，尽管学贯中西，实际非中非西，始终自我为大。

日本禅宗对英国作家约翰·福尔斯影响巨大，可能大部分评论家都没有对此给予足够的重视。他接触到禅宗的最早记录，可能是日记中记录的 1960 年左右。这段时间，福尔斯闲暇无事，博览群书，他接触到阿伦·瓦茨的

《禅之道》一书，大加赞赏，而对同时期其他所读之书，贬斥苛刻，两相比较，可以看出他读书品味苛求。当然，我们可以阐释为瓦茨会写书，也可以阐释为其内容（道家和禅宗）深邃，影响力非常强大，连如此品味苛刻的福尔斯也被折服了。

当福尔斯对日本诗歌感兴趣时，就说过，"禅宗能教我们很多，关于作家的灵感阻塞（writers blocks），禅宗可除神经症（neurosis）"①。可惜被不懂禅宗的采访者 Singh 岔开了。

1969 年，福尔斯说，"我越来越对禅师的态度感兴趣。真正重要的是那事物本身（the thing in itself，如果译成"本来面目"，就具有了禅宗本体论层面的意义了），我们一旦命名一个事物，我们就忘记了他真正的本质"②。这段话几乎意指明心见性后的状态，即回到本来面目、言语道断、说一物即不中。但福尔斯显然只是解悟，不是证悟。解悟和证悟的差距还是很远的。

在 1977 年与批评家胡发卡通信中，福尔斯说：

> 我对禅宗（Zen）的兴趣，不在于它是一种哲学或一种生活方式，而在于它只是一种看（或观察）的方式（way of seeing）。禅宗确证了（confirmed）五六十年代我在私人关系中的发现，也就是，妥协（modus vivendi）。尽管我可以把自己叫作不错的田野植物学家、鸟类学家或者其他，这种半科学的指称方法对我越来越不适当，不管在身体上，还是

---

① Raman Singh, "An Encounter with John Fowles," *Journal of Modern Literature*, No. 2, 1980 – 1981, p. 189. 从福尔斯的传记和日记看，因为福尔斯是作家，自己就有一定程度的阻塞和神经症，这是感同身受之语，不是道听途说。为什么禅宗会对打通阻塞和消除神经症有效果？因为禅宗本质是超越二元对立、超越分别心的心学，"禅宗化解各种对立，以获得主体精神无限超越的法宝是不二法门。"请参见吴言生：《禅宗的诗学话语体系》，载《哲学研究》，2001 年第 3 期，第 20—28 页。那些明心见性后的禅诗飘逸空灵，会对深受二元对立之苦的人具有特别的吸引力，能在一定程度缓解种种自他对立带来的紧张焦虑。

② Peter Wolfe, *John Fowles: Magus and Moralist*, Lewisburg: Bucknell University Press, 1979, p. 33.

情绪上,还是其他。我想,**如果不把我对自然、博物史、科学原则、禅宗审美/诗学原则的眷恋考虑在内,人们无法真正地理解我。**①

从福尔斯与胡发卡的这段宝贵的通信中几乎可以看到福尔斯对禅宗的最高理解有以下三点。第一,对福尔斯来说,禅宗诗学给他提供了观察万物的方式,也是理解福尔斯的正确方法。但是,禅只是他观察、感知世界的一种方式(only as a way of seeing)。一个能感知的主体(禅宗谓之"能观之心")和"nature"一个被感知的客体之间(禅宗谓之"所观之物")的能所关系来研究人类的心理,从中体悟大道,说明他对能所关系、心物关系、心境关系、自我研究都到达了一定的深度。第二,用任何职业去命名探究科学的福尔斯都是不恰当的,正如"说一物即不中",每一个名称对事物的本来面目都有所遮蔽。这也是福尔斯的一贯主张,反对收藏家意识(collector consciousness),即他反对用言语、概念去框定、限制事物的本质,以及反对贴标签、概念化、刻板化(stereotyping),分门别类地"收集"事物,也就是遮蔽事物的复杂性。福尔斯"写作《菁英》的主要目的,是保护个体自由,防止无所不在的要求他人屈从的压力,其中的一个压力就是按照他获得名利的方式来标记他,说某人是水暖工,的确是他的一个侧面,但这样标记他就是遮蔽了他的其他侧面"②。他的写作目的是防止别人贴标签,保护真实的、不可定义的个体存在的完整性。第三,他提到了禅宗诗学(Zen Poetics),什么是禅宗诗学?究竟"在五六十年代我在私人关系中的发现"了什么?威尔逊从生态批评的角度深入探讨了福尔斯和自然的关系,发现了福尔斯一再提倡人们要"远离二手经验和二手图像,远离沉思式的智性(speculative intellect),尽量活泼地、无取向式(non-purposive)地活在当下(present tense

---

① Robert Huffaker, *John Fowles*, Boston: Twayne Publishers, 1982, p.82.
② John Fowles, *The Aristos*, New York: Plume Books, 1975, p.7.

of being)"①。从禅宗的角度看,"当我们在第一念感知天气的寒冷或炎热的时候,这第一念,完全是无心的,没有取舍,没有能所之分别,也是没有生灭的。随即我们会在第一念的基础上,起心动念,作出种种分别、判断、取舍,乃至产生烦恼,这些属于第二念、第三念……与第一念的无心而照不同,第二念、第三念,都是有为的,都是有能所分别的、有取舍的,带有情绪的,而且是刹那生灭的"②。因此,智性思索已经第二念、第三念了,"二手经验和二手图像"更是远离了"一切现成、当下即是、当下承当"、当下直接映照事物的本觉状态,摒弃是应该的。他的"无取向式、活在当下"的状态,类似禅宗提倡的无分别、无取舍、无取向、无爱憎、静观默照的本觉状态。

另外,福尔斯通过对自然的观察,究竟领悟到什么?塔博克斯的采访提供了一点点线索:"我曾经特别被禅宗吸引,它是一个非常有用的技巧(trick)。你可以处于漂浮状态,没有身份,同时又有完全的觉知,知道你所观照的是什么。并不超验,任何人都可以做到,只是需要些练习。"③

此处透露出两个重要信息,分别如下。

首先,它几乎表明了福尔斯对禅宗的态度,几乎把它当成一个技巧(trick),久久练习,自能熟能生巧。④ 威尔逊也发现,福尔斯只是"采用了几个观察和体验的方法,完全弃绝了禅宗的宇宙论"⑤。福尔斯曾自言:"对

---

① Thomas M. Wilson, *The Recurrent Green Universe of John Fowles*, New York: Rodopi, 2006, p. 234.
② 明尧:《默照禅的理论与实践》,载《禅》,2010 年第 5 期,第 60 页。
③ Katherine Tarbox, *The Art of John Fowles*, Athens: University of Georgia Press, 1988, p. 187.
④ Alan Watts, *Way of Zen*, New York: Vintage ebooks, 1985, p. 1. 瓦茨对禅宗的看法是,它既不是宗教,也不是哲学,也不是任何一种科学。在中国与印度,它是一种解脱的方法,类似道家、止观法、瑜伽。这种将禅宗心法视作 DIY 实践手册的观点可能极大地影响了福尔斯。
⑤ Thomas M. Wilson, *The Recurrent Green Universe of John Fowles*, New York: Rodopi, 2006, p. 235.

神学毫无兴趣,厌恶所有超验的宗教,特别是东方那种。但我的确很喜欢用禅宗的方式(zen aids)来观察和体验,现在我体验自然既用科学方法,也用禅宗方法。"① 这说明,福尔斯在心理行为上不仅找到了,而且采用了禅宗技巧来对付隐居的焦虑和困境,不然,单凭强健的个性和存在主义的理念恐怕还不够。

其次,他所言的体验"你可以处于漂浮状态,没有身份,同时又有完全的觉知,知道你所观照的是什么"究竟是一个什么样的境界?窃以为,这非常类似济慈所言的"消极感受力(negative capability)",也就是说有能力禁得起不安、迷惘、怀疑,而不是烦躁地去弄清事实,找出道理。笔者的阐释是:"消极感受力"貌似消极、无所作为、没有现实的行动,其实它乃是一种静观能力,个体似乎把自己分裂成两部分,一个是那个能觉照万物的自己,一个是那个正在经历迷惘不安的自己,前一个自我静观一切,这样就能保持自己始终有一份清醒在,始终有一份超越心在返观内照,使得那个迷惘不安的自己保持一定程度的清醒和自觉。这个静观无为的觉性就如福尔斯所言的那个无法言说、又类似上帝的打引号"上帝"("God"):它就如在街上看两个人打架,而绝不干预。② 虽不干预,其实它也在干预。如果两个打架的人突然觉知到有一个观看者,这对狂暴中的他们是一种中断,在那一瞬间,从迷失的疯狂中突然停止下来,注意力从自我转移到观看者的身上,如果这片刻的清醒能够持久一些,他们的狂躁就会安静下来,这就是不干预的干预。此时,济慈和福尔斯的体验,已经非常类似于禅宗:他们已经感知到有一个不干预的觉照状态存在,从而自觉地修正自己的行为和认知。这个认识和中国禅宗何其相似!"你睡着了的时候,(你也会觉知到)还有一个'不睡者'在……生病的时候,有一个'不病者'在。烦恼的时候,有一个'不

---

① Dianne, L. Vipond (ed.), *Conversations with John Fowles*, Jackson: University Press of Mississippi, 1999, p. 79. Also in: Thomas M. Wilson, *The Recurrent Green Universe of John Fowles*, New York: Rodopi, 2006, p. 235
② John Fowles, *The Aristos*, New York: Plume Books, 1975, p. 22.

烦恼者'在；困倦的时候，有一个'不困者'在；这个'不睡者''不昏沉者''不病者''不烦恼者''不困者'，正是我们的本觉。……本觉'无心而照、照而无心……无心、无为、无分别，如镜照物，如人叩钟……远离执着、分别、取舍'"①等二元对立状态。正因为有此不取舍、不分别的"本来面目"在，以及后天自我警醒的心理能力在，所以，济慈观察麻雀啄食，自己的身心便渐渐融入麻雀，觉得自己和它们一起啄食；徐志摩在欣赏花的时候，便觉得花渐渐变成自身的一部分，花长在自己身上；庄子在梦中观照、神入一只蝴蝶，便化为蝴蝶，在花丛中快乐地飞舞。

其实，文学史上不乏作家有类似体验。艾默生在一个人爬山时"我们在丛林中重新找到了理智与信仰……站在空地上，我的头颅沐浴在清爽宜人的空气中，飘飘欲仙，升向无垠的天空——而所有卑微的私心杂念都荡然无存了。此刻的我变成了一只透明的眼球。我不复存在，却又洞悉一切。世上的生命潮流围绕着我穿越而过，我成了上帝的一部分或一小块内容"②。爱默生所谓的上帝，在他看来是超灵（oversoul），在福尔斯看来，就应该是那个打引号的"上帝"，从禅宗角度看就是本觉，"透明的眼球"（a transparent eyeball）就是自我意识不分别、不取舍、不爱憎时，本觉的觉照能力照亮自身的状态。他们在迷惘不安时仍能静观自身，不用理智去分别取舍，这是一种能力，藉此清净的、观照整体（seeing the whole）的能力，使得能观之心和所观之物的界限消失（禅宗谓之能所双泯），忘却自我、自他两忘。另外，这个阐释还不够，这个不是自我的能力，而是本觉的能力，是"无心而照、照而无心"的本觉使宁静的他们透明如眼球，使他们自净自定、自他两忘、能所双泯（能观的心与所观之物界限消泯，合二为一）。如果自我意识炽烈，执意于某个执念，则全部有限的注意力就专注在自己的执念上，觉照的本觉

---

① 明尧：《默照禅的理论与实践》，载《禅》，2010年第5期，第60页。
② [美]波尔泰编：《爱默生集：论文与讲演录》（上册），赵一凡等译，生活·读书·新知三联书店1993年版，第10页。

就如门缝中透出的一丝亮光，只能照见个体执意想看的事物了。

尽管福尔斯多次无问自说，非常可惜的是，采访者们不懂禅宗，几乎都迫不及待地插话，把话头岔开了，当面错过了发掘福尔斯认知与作品深层关联的机会。这反映出采访者不善于倾听，或已早有预判，急于引导，急于印证预判，采访者的急迫和知识结构的缺陷及先入为主的预判（了解他太多反而导致了障碍——"所知障"）导致了采访质量大打折扣。

按照福尔斯的说法，他不仅独立发现存在主义的精髓①，也独立发现了禅宗的精髓，因为禅宗书籍只是印证（confirm）了他对世界的理解。窃以为，他对禅宗的领悟，应该是里应外合式的感应，内有独立领悟，外有书籍点拨，才能感而遂通，一点即通，一拍即合。倘若外无禅学点破，可能自己的领悟终隔一层。至于他是否感应到禅宗的全部精髓，或者他自认为自己的感悟超越了禅宗，都大有质疑的余地。不过，暗合于存在主义和禅宗的确给了他很大的信心，让他自觉悟性超群，具有比肩于古往今来的流芳千古的人物的可能性。

## 一、本体论上

福尔斯对禅宗的吸收利用，首先是他对本体论的思考，在《菁英》中表达出来：他认为上帝既不是一种实体（entity），又不是一种非实体（nonentity），而是一种场景，是一种无为的非在（non-being）；上帝以不介入的方

---

① Charles Drazin, *John Fowles Journals*: Volume 1, London: Vintage, 2006, p. 302. 福尔斯读到存在主义时说，"从我到希腊那天起，存在主义的念头就一直在我心里酝酿，直到现在才起作用。……就好像朋友突然某天变成了恋人。《从内心开始的存在主义》(*Existentialism from within*, by E. L. Alen) 对我特别有益，我最近思考的东西才开始变得条理化了（coherent），特别是波伏娃和加缪的关于人战胜荒谬的观点，他们所有人的结论，我都独立到达了！"福尔斯从此自觉已具备名家潜质，从此信心满满，笃定地按照存在主义信条，走向以写作满足真性情、开发潜能、主动选择风险、焦虑（angst）与存在（being）共存的人生道路。

式介入着，以缺场的方式存在着，正如我们看着两个人打架而不干预。① 同时，福尔斯深信："一个创造出来的世界必须独立于它的创造者。一个计划好的世界是死寂的世界。人物和事件只有在反叛作者的时候才活起来。……上帝的定义是：让其他自由存在的自由。"② 如果上帝真的爱人类，就必须袖手旁观，意志的自由是人类最高的善。③

　　从这几段至关重要的引文中，可以推断出福尔斯的本体论包括两方面内容。第一，在本体论上，他基本推翻了传统的人格化的上帝。计划、介入、干预世间的上帝不是最高本体。第二，把本体比喻成观看打架而不干预，真是意味深长，更像禅宗的本体论：对人事的不干预类似禅宗的"寂"，对人事的了了分明的知晓状态类似"照"，禅宗认为的本体论状态正是"寂而常照，照而常寂"。所以，福尔斯的本体论既不是有神论，也不是无神论。福尔斯在27岁左右，在阅读阿伦·瓦茨的《禅之道》一书时就比较系统地接触过中国的道家和佛家，关于本体的认识几乎因袭道家的无为和道法自然，但他的比喻却又更像佛家，以至于在本体论、形而上层面就已经出现某种程度杂糅不纯。确认无疑的是，福尔斯基本放弃了基督教和人格神，走向了非人格神、澄明觉照、无为无形的本体，既如此，他以后再也不可能走向神教，只能走向没有任何造物主和人格神的理论体系：佛家、道家、存在主义、自然神论，等等。但福尔斯也绝不是一个无神论者，因为他还有一个"观看而不介入"的本体存在。批评家尼尔别出心裁却也洞见非凡地将其定性为："福尔斯的无神论是一种宗教式的无神论（religious atheism），上帝缺场是所有可能性的前提。福尔斯曾经涉猎（flirt with）禅宗，一种东方否定遮诠法的神秘主义（apophatic mysticism）……（在本体论辩论上）忽略神学问题的解构主义者会浅薄，而忽略解构主义的神学家则会说不到点子上（ir-

---

① John Fowles, *The Aristos*, New York: Plume Books, 1975, p. 22.
② John Fowles, *The Aristos*, New York: Plume Books, 1975, p. 81.
③ John Fowles, *The Aristos*, New York: Plume Books, 1975, p. 26.

relevance）……尽管公开地承认无神论，后现代主义一直都非常宗教的。"①后现代相信没有掌控一切的创造主，这个信念（belief）到达了宗教信仰的深度，就如宗教一般地非宗教！

因此，福尔斯不可能走向宗教，他结合自己对日本禅宗和存在主义的理解，快速地走向了无神论派的存在主义理论。对人类总体来说，世界本无创造和掌控一切的上帝，宇宙是冷漠的，人类被判无限自由，自由是种惩罚（condemnation），自由逼人选择，选择造就自己，意义源于自己。但是，选择令人焦虑，焦虑令人违背初心，异化令人自欺，自欺丧失真我。福尔斯认为，"作家最大的责任就是避免任何有组织群体的思潮，对于传统信仰，作家必须做一个自我流放者，亡命徒，观察者，背叛者"②。

这些信念都直接挑战了权威主义、道德主义、集体主义、极权主义。他不崇拜"圣人"③与"英雄""权威"，主张个人凭借个人的能力去体验观照内心非理性的情绪，自我建构自己的生活，既不寄希望于他人，也不匍匐于神仙上帝之下，深信个体的意志和智慧的抉择可以在无意义中创造出属于自己的意义，以一系列为自己负责的抉择来建构出自己的生活。正是因为存在主义者的生存方式，坚定不移的主见、特立独行的孤单的存在方式松散而顽强，弱小而坚定，个体化的存在让极权主义难以组织、难以鼓动、难以胁迫，提高了极权主义组织、洗脑、裹挟个体的成本，从思维方式与存在方式上，存在主义的确是极权主义的解毒剂。这对坚持独立思考、质疑权威的知

---

① John Neary, *Something and nothingness*: *The fiction of John Updike & John Fowles*, Carbondal: Southern Illinois University Press, 1992, p. 4.
② John Fowles, *America*, *I Weep for Thee* (Unpublished), HRC, Fowles: 1. 3.
③ 福尔斯经常用禅宗的认识框架来点评朋友。他很不喜欢圣人，认为那种圣心非常不禅宗（non‐Zen），友人的圣人一样生活貌似是对智力生活无用的浪费。请参见 Charles Drazin, *John Fowles Journals*: *Volume 1*, London: Vintage, 2006, p. 522. 福尔斯如此点评圣人非常有趣，说明西方意义的圣人概念和东方的圣人概念本质大不相同，而且福尔斯更倾向于东方的圣人概念。西方的圣人过于关注善，变得有些执着，但东方的"圣人用心如境，不将不迎"，心地澄明，"胡来胡现，汉来汉现"，心如明镜，不取不舍、不执不著，有了禅师的洒脱和超越。

识阶层是很有吸引力的观点，福尔斯很快就认同了。

甚至，福尔斯"不认为自己是个存在主义者，而是一个异教徒（Pagan）"①。这个自我判断不仅推翻了自己前期的自我认同，也颠覆了绝大多数研究者的判定。所谓异教徒，其实是拒绝被命名、被定义、被限定、被框定、被分门别类、被定死的意思，因为任何概念都不能表达他的全部的真实，即"言语道断""心行处灭""说一物即不中"。从这个意义上讲，无论说福尔斯是个"禅师"（Zen Buddhist），还是魔法师，还是异教徒，都只是一个勉强将就的名字，方便法而已。

从这里，我们可以看得到福尔斯和东方禅宗的分野。禅宗强调的是通过修行回到那个无心而照的澄明本体，彻见本来面目，明心见性，归家坐稳，而福尔斯则以为寂照本体就是无功能、无作用、无意义，他从理论上没有理解寂照空灵的本体如何生起森罗万象的现象世界（即空有不二）；既找不到向寂照状态渐次前进的修行道路（佛学谓之次第）；也没有深切的看破红尘的苦受体验；也无出离世间、返本归元的主体意愿；他欣悦于个人成就，期望通过个人成就直达永恒，与无我之学的禅宗有深层次的对立；同时，出于世俗生活的考虑，他还有一种担心，认为澄明的心境、直接体验的习惯不适合现实生活②，自然而然地，他便很快退守到西方传统的人本主义和小众的存在主义及更加小众的永恒的异见者（pagan）。

---

① H. W. Fawkner, *The Timescapes of John Fowles*, London：Associated University Presses，1984. p. 13.
② Charles Drazin, *John Fowles Journals*：*Volume* 2，London：Vintage，2006，p. 65. 为何么福尔斯对本体论只有理解，没有追求呢？他发现，"年轻人拒绝文化，特别是读书文化，他们拥抱直接经验（direct experience），做自己的事，发现自己的舞台（scene）……这看起来也是个好事，这的确给他们更真切的当下体验，更禅宗一样的洞穿理性和文化负担（overlay），**让我焦虑的是**，也许随着年纪老大，可能再也不能过只有直觉体验的生活，而倒回读书文化却为时已晚。窃以为，在形而上的澄明心境和形而下的入世、现实生活中，必须采取折中，必须学习文化知识、习得俗世求生能力。他的担心不无道理，现实、冷峻、实用。澄明本体不仅有待证入，也要善用其心，善学世俗诸法，服务社会。

福尔斯对禅宗始终保持着拿来主义、为我所用的态度，对不适合自己身心状态的部分基本也就弃之不用了。不肯放弃自我的为我主义，自然很难真正进入无我之境和无我实践，这个主体性的意愿，已经决定了福尔斯只能将禅宗当作心理技巧（trick）来实践，不会当作无上妙道。

为何福尔斯很难接受宗教？首先，本体论上，他喜欢《道德经》的无为而治，认同于道法自然（spontaneity），自然就是从内心慢慢生长（growth from within）①，这点和福尔斯特别契合。他自恋，他"从未对自己丧失过兴趣"，他喜欢不断地自我探索，慢慢地自我发现，经常感受那种自我发现的惊喜②，这让他感到自己已经独立地发现了存在主义和禅宗的一些基本原则，一点即通，一见生喜。性情上，他倾向于从内向外地慢慢地自我发现，对接受外在权威（上帝、真神）的律令，对外在造就、外来约束很难接受。"外在论"把个体的成就贬低得一无是处，而福尔斯是成就驱动型人格，坚信个人成就，排斥神造论自在情理之中。其次，文学本身就具有反权威的特质，必须独辟蹊径方能成就千古文名，他对文学的钟情也妨碍了他走向神教。

## 二、止观的应用

福尔斯对禅宗的采信，除了上述寂照的本体论，还有方法论上的"止观"。福尔斯先采用禅宗方法，先观察自己与外界的关系。大约在 25 岁时，等同居女友伊丽莎白去上班之后，他自己买了一个单筒望远镜，偷窥远处的

---

① Alan Watts, *Way of Zen*, New York：Vintage ebooks, 1985, p. 33. 道家与上帝论的最基本分野在于：上帝通过"为"创造世界，而道通过无为——也即生长（growing）创造。被造就好像机器一样被组装，或像雕塑从外至内被塑造，而成长的事物是从内至外地分化。……道是生长，道法自然（spontaneity）。
② 未证无我，就谈不上真正地无为，起心动念，始终带着深藏自我的色彩。无为法要从无我的本觉状态生发，才算得上无为。正如《圆觉经》云："我相坚固执持，潜伏藏识，游戏诸根，曾不间断。"《佛说四十二章经》云："慎勿信汝意。汝意不可信。……得阿罗汉已。乃可信汝意。所以，福尔斯对无为法的喜爱是一种偏向、性情、解悟，并不是一种证悟。"

邻家女孩①,他有一种观察的快乐感,"很禅宗"。

　　作品中,男主人公总是用望远镜窥视,全方位地窥视。读者自然而然会怀疑福尔斯有窥视癖,很容易引发批评家对于窥视欲的联想。对此,福尔斯反驳说:"当然,我们很难否认这种体验的性含义。但如果总是窥视狂,则在审美上无法自圆其说。禅宗的争辩是,不要去试图分门别类,不要在类别中搜寻,它只是保持对事物的敏锐。"②

　　更主要的是,他用这种方法来观察自己:"写作就是展示自己(a laying bare of myself)……因为我自己是我唯一理解的事物。我看我自己的时候,机会几乎都把自己当作'它(it)'——几乎和我(me)是分开的。"③自我观察的时候,"我的超我中有比良心更多的东西。我不赞成我自己,但我从未对自己丧失兴趣。我仔细地检查自己,但从不责备自己,也许因为我的罪(sins)都是我愿做的,很少——乃至从不——冲动行事。我的超我是一个赞许纵容的审查者"④。他的超我对他的自我基本是静观、不介入、不责备的,就像那个寂照的本体,而不像那个严厉的上帝。

　　他对自我的不动声色的观察,有时简直到了冷酷无情的地步。"他喜欢把她们想象成高不可攀、神秘莫测的缪斯……他始终保持着一种复杂、隔绝、遥远的距离,'像一个牧师'。"⑤ 福尔斯似乎有一种蛮劲和狠劲,一旦决定就不顾一切(ruthless determined),对他人的感受不太考虑。他自我观察后的自我评价也是异常苛刻、倾向负面的:"拘谨、自私、羞怯、冷冰冰地内敛、活在自己世界里、僵化高傲、评判冷酷、阶级意识强、野心勃勃不顾

---

① 读者对这个画面应该不陌生:《收藏家》中克莱格曾用望远镜偷窥别人谈情说爱,《法国中尉的女人》中格洛甘曾用望远镜观察站在防波堤上的萨拉,《魔法师》中尼克始终觉得有一只偷窥的空中之眼。
② Charles Drazin, *John Fowles Journals*:Volume 1, London:Vintage, 2006, p. 509.
③ Eileen Warburton, *John Fowles*:*A Life in Two Worlds*, New York:Viking/Penguin, 2004, p. 206.
④ Charles Drazin, *John Fowles Journals*:Volume 1, London:Vintage, 2006, p. 357.
⑤ HRC, Fowles:15. 2

一切。"①

福尔斯的自我观照类似禅宗的对自己的起心动念进行绵密关照，不介入、不责备、不分析、只是绵密地静观自我的种种行为。有时甚至对自己的造作（sins）静观、作壁上观。倘若自己毫无造作，便不会有一连串的因果相续，也就无法观察到自我的反应和真实，所以，放纵一下自己，反而有利于引蛇出洞，在动态交流中观察真实自我与想象自我之间的差距，从而得到一连串的迥异于预期的惊奇，观察自我便似永不落幕的盛宴。

他对自己心灵反应的观察有时候带有引蛇出洞的特征，他不了解真实的自己，于是想通过自己对危机状态的反应来观察自己的反应。有一次，伊丽莎白和他吵架之后，威胁要回到前夫罗伊那里。他尽管也爱她，但同时又希望她走，看看她离开会给自己带来何种心灵冲击，他总是试图洞悉他者、洞穿他者，与此同时，也洞悉了自我、洞穿了自我，笔者把他这种方法叫作双向洞穿，艰难的事物，在你攻克它的同时，它也攻克了你，你洞穿它的一切，它也洞穿你的一切，它挑战你，改变你，塑造你，成就你，烦恼和菩提就这么不知不觉地融为一体，互相转化，这就是攻坚克难的双向洞穿效果。福尔斯有意识地制造机会，利用自己的爱情来洞穿他者、自我，观察、记录他者和自我的身心反应，多年的心内联系终于成就了自己的文学声名。

### 三、结语

首先，福尔斯从自己的身心、认知状态出发，坚定地秉承拿来主义的原则，以我为主，他学为用，的确也独树一帜了，但他也深深卡在了拿来主义的悖论中，具体分析如下。第一，是原汁原味地拿来，还是坚持以我为主，他学为用地拿来？特别是面对佛家这种要求消泯自我的无我法，拿来之后，发现它最终要求自己消泯自我，放弃自恋，和自己的初衷相悖，此时该如何

---

① 这些形容词是："priggish, selfish, shy, icily reserved, self-absorbed, stiffly superior, harshly judgmental", "class consciousness and ruthlessly ambitious"。

办？最好的方法就是浅尝辄止、浅拿则止，所以，福尔斯对禅宗的拿来一定会停留在技术的"术"的层面，而不会进入"道"的层面。第二，自我发展到一定极限，会变成自我最大的边界和障碍，无法突破因自我主体性而形成最后屏障和边界，毕竟自己不是最高的知识。他最终仍将陷入以我划界的二元对立中，强大的自我和强大的他者始终对立，无法消泯界限。第三，拿来主义很容易陷入功利主义，唯"利"是图（不同形式、不同层面、不同侧面的"利"），以利害为评判事物的唯一指标。第四，最终，自我突破只能以突破、消泯自我边界为前提，如何更进一步，拿来主义将在边界处陷入困局。

其次，福尔斯的思想在本体论和方法论上更趋向于东方的禅宗，倾向于从内至外的自我发现，而不是从外部由神灵来塑造自我。作为一个永恒的异见者（Pagan），他采用了禅宗的静观法门，在心地上用工夫，静观万物，不取不舍，如此应对存在主义者生活中的孤寂、焦虑和压力。

再次，在《魔法师》写作上，他暗暗采用了禅宗接引法门中的许多技巧，如参话头、第一义谛不可言说、啐啄同时等，虽然文本会晦涩难懂，但保持了文本的开放性、可探索性，他借此取得了永恒文学名声。他多次无问自说，可惜西方批评家不懂禅宗，几乎当面错过了深入了解他的机会。但是，他自己并未证道，却强用禅宗教育法，于是，作品也带有一些病禅和狂禅的倾向，让人如坠入五里雾中，更加百思不得其解。但他似乎并不关心读者的迷茫、惊惧，这正是他想要的效果，因为他坚信"任何一种答案都是一种死亡"，只有不断探求，本身就解惑，才是自我认知的一个过程。

# 第四章

# 读者接受

## 第一节 论对文学批评的批评

### 一、关于批评

批评（critique）是二元对立世界里一种自然且必然的现象。"孤阴不生，独阳不长""此有则彼有，此生则彼生"，一旦作品生成，即使没有他人品头论足，创作家自己也会变成批评家，站在他者的角度，先自审察品评一番，力图使作品达到自己评价体系的最佳状态。然后，作品经过编辑部的评论，投入市场，面对读者，整个过程无一不伴随着品头论足的过程。优秀作家在某个特定方面的思想、体验、技巧，远胜于普通的浅阅读者，再加上文学技巧的修饰，就如一个本来就风姿绰约的女子，加上精心打扮，其视觉效果可想而知。所以，普通读者一睹之下，立刻如同惊鸿一瞥，心灵震动，自在情理之中。一般来说，作品取得商业成功之后，才会有更多职业批评家跟进，从方方面面甄别其作品的品质。批评本身就是对其成功的确认，继续无节制地欣赏、颂扬、揭示其成就，就没有新信息的注入，研究内容就会陷入同质化，本身也是死寂之相。因此，批评是新信息、新见解、新视角、新活力的注入，是一种话语的增殖，是文学经典化的必经之路。没有持续的批评声音，表明此部作品的内在生命力已经耗竭，已经盖棺论定，无须再议了。批评也是对其享有不匹配的声誉的一种抑制，天道抑人，亦有道焉！批评往往直击弱点，有利于作家的长进，当然，也可能重挫作家的自我认同，一切要由作家本人的心理承受能力而定。

职业化的批评是一个作品经典化过程之必须，经不起方方面面的挑剔，就很难进入文学经典的场域。批评既是对其进行甄别、认定、演绎、拓展，也是给其增光添彩，使其影响力增值的过程。正如莎士比亚、奥斯汀、罗琳等的作品形成世界性的产业，有很多后续的增值团队专业在传播。因此，批评家其实是创作家的良师益友，花了大量的时间来系统性地细读并指出误区，这是对作者极大的关注，即使他也只是出于自己的职业诉求。作品与批评是一个互惠共生的生态系统，若无与作者、作品适配的读者环境和文化环境，作品再好，恐怕也会生错了时空，落得无人问津。

**二、读者的重要性**

若无读者，一切伟大的书籍都会待在书架上落满灰尘，就如真道，隐匿不彰。作品自身优秀，固然十分重要，若生不逢时，也很难得到认同。很大程度上，读者水平、接受环境决定作品的命运。再进一步说，是接受环境决定作品的命运。一部作品的成功表明整个人群的接受水平、性情偏好、文化氛围。读者就是作家的生态系统！

作家作品凭什么成功？有人说文学文本是自足的，其文学性是由作品本身内在结构决定的，是内在自足的，但是，具有很高文学性的作品，未必就一定会成功。心理分析师武志红有个钩子理论，颇能说明问题：作者心中的钩子和读者心中的钩子互相勾住了，呼应了，就成功！所谓的成功，就是在市场上，作品勾起读者普遍的认同，但不是读者认同的就是很好的东西，这还要看读者的水平。读者都是浅阅读者，没有时间精力来深想，或者，越是流行读物，越能媚俗，反而越有更多的读者。成功的作品在于发现和呼应社会的密结。观察台上台下疯狂的舞者，台上人物的疯狂只是给台下观众提供了一个可以疯狂的平台，所以一呼百应，上下协力，让人压抑的激情达到最大化的释放和疯狂。比如，《泰囧》的成功，并不说明《泰囧》是什么，而更说明了受众是什么。福尔斯的《收藏家》在英国没有成功，却在美国成功了，这本身就说明了美国和英国的文化环境具有很大的差异性，足以决定一个剑走偏锋的作家的成败。

### 三、作家看批评家

作家看批评家，特别是福尔斯，有一种非常矛盾的情绪。一方面，他需要得到批评家的认同和剖析，一方面又怕被批评家做活体解剖后，暴露出软肋之后，被顺手插上几刀，重挫自己的心理。在英美，作家成功后，一般都会被人邀请谈及自己的创作心理，或自我解剖，但福尔斯不愿多谈。在1980年9月22日给 Van Damme 的回信中说："请放心，我并不总是对批评和文学分析轻蔑。我不喜欢的是清清醒醒地对文本进行尸体解剖（这本是一个非常有用的专业和事业），将创作状态呈现为清清醒醒的、精算精确的行为。创作比那更神秘。"[①]他认为创作是神秘思维过程，尽管他说不想做"研究自己创作心理的教授"（a sort of professor on myself），事实上，他就是自我研究的教授，他经常在常在报刊、采访、日记、手稿中谈及自己的创作心理。自曝和被曝是不可避免的过程，只是看谁探究得更深。评论家的任务之一，就是揭露作家的无意识，如果带着关切和宽爱，作家会很欣喜，比如他特别欣赏吉伯特·罗斯比他更了解他的恋母情结：他实际是迷恋母亲所象征的生育能力和进入永恒的能力。作家通过创作获得母亲一样的生育能力，通过倾慕者

---

① HRC, Fowles: 53.1.

的崇拜获得永恒和新生。①

但总体上说,福尔斯不喜欢乃至畏惧评论家,他把评论家叫作"秃鹫","工作了六个月。现在——作品死了——一具尸体和随之而来的秃鹫"②。尽管福尔斯表面不喜欢批评家,其实他非常看重别人的评论,暗暗收集所有评论。拉武德让他感到很郁闷,因为福尔斯自认为、也希望自己的作品被认为是一个现实主义的,但是,福尔斯关注的四大主题全部和传奇的四种特点类同,且细节神似。所以,拉武德将福尔斯作品定位为传奇(romance),传奇这个文学定位,在英美文学史上并不是太高,是"下里巴人的娱乐方式,多愁善感和怪力乱神式的逃避(fantastic escape)","不从常规具体环境中得到的体验"。③ 但拉武德评得有理有据,他无言以对。而且,窃以为,传奇的故事设定,使得福尔斯对事物的看法也很有偏颇。他强调并实践离群索居也是基于这样的观点。事实上,社会是人的群居特征的表现,是协作互惠的结果。人的自由也只能在社会中寻找,在人与人之间的关系中寻找,离群索居只能找到孤立无援。1972 年《批评》(*Critique*)做了一期福尔斯研究专栏,也让他倍感沮丧。④

### 四、对批评的批评

福尔斯是个思想复杂、个性复杂的作家,很多人都在评论,评论也都发表了,但各有深浅,等发表后被更加眼明心亮的评论家指出缺点,让人耳目一新,正是这种对评论的评论,推进着人们的认识,引导着人们无限靠近真相和真理。

---

① Gilbert Rose, "The French Lieutenant's Woman: the Unconscious Significance of a Novel to Its Author", *American Imago*, No. 29, 1972, pp. 165 – 176.
② HRC, Fowles: 53. 1.
③ Peter Conradi, *John Fowles*, London: Methuen, 1982. p. 17.
④ Eileen Warburton, *John Fowles: A Life in Two Worlds*, New York: Viking/Penguin, 2004, p. 333.

关于福尔斯的评论，一般的评论呈现出一个特点：读者会因其名声太大不敢批评，对其每句话都信以为真。基本把福尔斯（或作家）当成真理、至圣先师一般地膜拜着，评论者不自觉地将自己降格为一个欣赏者，把功成名就的作家奉为圭臬，为他自圆其说者，把作品中讲不通的地方也努力替他讲通。不管是引经据典、理论先行，还是循着文本暗示去领会作者的意图，总之，作家的主体地位、权威地位和真理地位是没有受到挑战和质疑的。作家"道、势"合一，批评家就处于客体、属下、吹鼓手的地位，独立的学科特性——批评——就无法得到体现。而国外的不少文章，也同样遵循了这个特点，不管其理论多么深厚、视角多么独特，只要循着作家主体的角度去剖析问题，最多只能算研究和欣赏，不能算批评，只是不断地捍卫作家的所写所言所想，变着花样赞美作者而已。

而另外一些出色评论的主要特征，不是其理论多么独辟蹊径，也不是文采多么字字珠玑，其根本特征在于：作家作品不再是至高无上的主体，而是被批评和审视的客体，主客易位，批评家才能站稳批评的脚跟。另外，他们推翻了"作家即是真理"这个预设，将作家视作普通人，带着批判的目光，去揭示作家的自我遮蔽、无意识、选择性呈现、认知偏差、偏颇意识与观点，等等，也立刻因其真知灼见引起了作家和其他批评家的重视。作家不是完人，不是大智慧者，会将自己的认知缺陷和情绪偏向性投射到文本中。这不可怕，反而是，具有偏向性的作品反而更像人类的作品，更能吸引人，同时也给评论家留下了置喙的生存空间。

在阐释是否穷尽的问题上，批评家和编辑都会陷入一种误区，即认为这本作品已经耳熟能详，不可能还有多少阐释余地，正是这种阐释穷尽论，限制了阐释的进一步深入和发展。以《收藏家》中渐次深入的批评为例，福尔斯本人认为是写的群氓、多数与菁英和少数之间的对立。很多批评家也循此线索，批判绑架者克莱格为加害者、病态者、迫害者，米兰达是个菁英思想者、存在主义者、新女性的代言人。如果这样写，基本上就落入作者预置的思想框架之中，没有贡献出鲜活的见解。

笔者的博士论文在阐释福尔斯的成名作《收藏家》上，也几乎落入了同样的传统窠臼。笔者曾从病态心理学角度去分析克莱格的病态性格和从弗洛姆、霍尼等的人本主义心理分析理论去阐释米兰达的爱生性格，的确，男女主角是一种显然的人格对立，从表象、思想、行为上看，的确是对立的。尽管文本读过数遍，自认为吃透了《收藏家》中每个细节的心理内涵，但是，实际上，还是被在表象的对立所欺骗，被作家的菁英、群氓的二元对立设置所欺骗。

很可能由于《当代小说研究》编辑有一种"阐释穷尽论"，认为《收藏家》已经"被研究得非常透彻了，很难产生新的见解"，且主流阐释都认为米兰达在狱中成长为一个存在主义者，诺德曼于是逆流而上，做了一篇翻案文章，在福尔斯全部小说的大背景下，他不仅细致地罗列了《收藏家》中的细节，还列举了福尔斯其他小说的细节，运用自己深入细致的文本细节阐释能力，通过20多个排比，揭示绑架者克莱格和受害者米兰达其实是同一心态，都是作者同一观念的对立反应和两个变体而已，米兰达是克莱格的变体，克莱格是作者的蓝胡子情结的变体，且《收藏家》是《魔法师》的"囚禁主题"的变体而已。这个发现打破了我们二元对立的认识，表象的二元对立中有一个不对立的立场，即加害者和被害者貌似对立，其实心态如出一辙，一体两面。

于是，笔者继续探究发现，尽管福尔斯自称一生只写过一个女性，笔下的理想女性、菁英、阿尼玛、理想女性表面上是以作者的妻子伊丽莎白为原型，其实他一个女性也没有写，只写了男性将自己的幻梦、天女情结、思考向一个女性影像投射，使得女性完全没有自己的实在和声音，没有真正属于自己的身体和思考，她们只是一个虚像，承载作者上帝一般的塑造和操控。

还有一个跨学科的视角，鞍山师范学院附属卫生学校的翟月老师发表在《成功·教育》上的一篇小文章，从变态心理学的角度指出米兰达宽爱折磨者，其实已经患上了斯德哥尔摩综合征。已经沦为囚徒的米兰达，居然居高临下去爱人，教导自己的绑架者，被人发现，她已经患上了斯德哥尔摩综合征，爱上了自己的折磨者，和克莱格两种对立身份，却说着一样的话，一样的心态，一样的语言，一样的习惯，只是从反面模仿。① 反叛就是反面的模仿，真有局外人一语道破天机的感觉。跨学科的知识结构使她一眼看穿文学界业内人争议许久的话题，此处可以看出跨学科知识的重要性。

在此发现之后，其他评论家还推进了一层，即，不仅米兰达并未具有女性真正的主体性，其后貌似独立的萨拉、朱莉等都是没有独立人格的传声筒，伍柯克认为他的女性观全是来自男性的立场，福尔斯作品中的女性实际并未言说，而是作者借她们的嘴巴说话，她们说着男性的思想语言。② 欧尼咖认为，福尔斯的所有小说都是一个主题的变体，即男性主人公寻求成熟，而女性主角都在扮演两种原型：处女、妓女，或妖姬、缪斯。他所有的想象力牢牢扎根于男权主导的人本主义。③ 福尔斯作品中的女性，降格为男性追求（Quest）过程中的助手、催化剂、没有人性的原型、理想女性。④ 这两个发现大大推进了我们对福尔斯笔下女性的认识。而在许多评论中还在继续认为萨拉、米兰达等女性是存在主义的英雄，是与男主人公非本真的存在（bad faith）相对立的本真的存在（authenticity）。其实福尔斯笔下的女性不仅不是本真的存在，而且是男主角虚幻的，毫无主体性，是男权主义的对女性的幻觉重构，是根本不存在的存在。我们这样评论不是因为不懂存在主义，而是文本读得不细致所致，是受到文本中存在主义因素的诱导而中了作者的

---

① 翟月：《"收藏家"女主人公悲剧结局的心理分析》，载《成功·教育》，2009 年第 3 期，第 265 页。
② Bruce Woodcock, *Male mythologies: John Fowles and Masculinity*, Brighton: Harvester, 1984, p. 17.
③ Susana Onega, "Self, world, and art in the fiction of John Fowles," *Twentieth Century Literature*, Spring 1996, p. 51.
④ Bruce Woodcock, *Male mythologies: John Fowles and Masculinity*, Brighton: Harvester, 1984, p. 8.

圈套，而且作者并不以为存在主义是个圈套，他自己都没有意识到自己的男权意识。从此可以看出，作家已经受制于自己的认识局限和无意识，如果评论家跟着作者的暗示走，其评论就必定受制于作者的局限性。

**五、评论别人很可能也是在评论自己**

一个世相的存在，是诸因缘条件和合所致，也就是说，所有的不同学科的规律都穿越它，比如人的存在，人既是政治的人，也是经济的人、历史的人、文化的人、物质的人、基因的人、心理的人，等等。所有隐含的规律性，在条件成熟的时候，都会表现出来。文学现象，既是因缘和合，也是深层隐匿规律的外在表现，我们就可以从多个侧面去揭示它某方面的真理性。

对于文学评论来说，从不同角度看同一文本，可以说诗无达诂、文无定论、智者见智、仁者见仁，任何一个角度的评论，都有其合理性和真理性，但是从同一角度看同一问题，就有深浅之别了。批评家为什么会被批评？批评家为什么会选择那个特殊的角度来进行批评？为什么有的人选择叙事学分析？有的人选择了哲理分析？有的人却选择了心理分析？是否这种选择本身已经体现出一种偏颇性？甚至是一种偏见？从批评家的批评，可以反推出批评家的心理结构和认知框架。因此，批评大家容易被大家批评，因为我们在批评中，不知不觉地暴露出我们心理结构中的问题和盲点。

在阅读国外关于福尔斯评论的期刊文章中的文献综述和书评时，笔者发现一个有趣的现象，批评家并没有因为他人引经据典、鸿篇巨制或者辛苦劳作或邀请自己作序就笔下留情，而是直抒己见，寥寥数语毫不留情地批评评论家的种种误区、弱点和缺陷，这种较真和求真的不留情面让人觉得耳目一新，这种貌似不近人情、不留情面的对批评家的批评，从人情上很难令人接受，于人获得真知确是大大有益。它让我们发现，批评并不代表着批评者正确，而往往反映着批评家自己正在受着作者、文本、时代思潮、文化无意识、自身心理的无形影响，批评正好反映了他的偏颇，而互相批评也许只是无限接近真理的一个路标和桥梁而已。

下面我们再以《法国中尉的女人》为例，阐明批评家在文学批评中往往受着自己意识不到的诸多因素的影响，而限制了自己的认识深度。萨拉的神秘、多义、复杂、女性主义特征、后现代是福尔斯研究中的重大问题，"萨拉之谜"可以作为本文研究的测试场，测试的是批评家的认知深度，乃至自己的心结问题。萨拉是谁，大约有十几种阐释，下面一一列举。（1）福尔斯的解释是，萨拉是潜意识里溢出的画面，"是在无意识中的一些意象渗溢出来了"①。（2）病态人格。（3）自私女性，丧失了爱的能力的女人。"我不想结婚，我不想分享我的生活。我希望我是我，而不是丈夫希望的我。"②（4）聪明人在令人窒息的社会里寻求自我解放而无所不用其极。（5）新女性，女性主义者。思想超前，不被接纳，自身深奥莫测，是加速男性成长的催化剂。（6）存在主义女英雄。③ 她根据偶然（contingency）和自由来构建自己的生活，追求内心真实的"女作者"④。（7）是英国文学传统中"疯女人"的续写与创新，一个恶劣环境中顺势装疯的女性。⑤（8）社会化不完全的边缘人。游离于社会自由、存在自由、叙事自由之间，在另类空间里被人接纳也接纳自我的人，她体现了三种自由之间的复杂关系。⑥（9）旧女性。她依然隐匿于男性的羽翼之下，并未摆脱隐性的父权话语枷锁。⑦（10）萨拉只

---

① John Fowles, *Wormholes*, London: Vintage, 1999, p. 14.
② John Folwes, *The French Lieutenant's Woman*, New York: Little Brown & Company, 1969, p. 352.
③ John V. Hagopian, "Bad Faith in 'The French Lieutenant's Woman'", *Contemporary Literature*, spring 1982, pp. 191 – 201.
④ Dwight Eddins, "John Fowles: Existence as Authorship", *Contemporary Literature*, No. 2, 1976, pp. 204 – 222.
⑤ 宁梅：《论约翰·福尔斯对"疯女人"形象和心理医生形象塑造的延续与创新》，载《当代外国文学》，2008 年第 1 期，第 152—158 页。
⑥ Richard P. Lynch, "Freedom in The French Lieutenant's Woman", *Twentieth Century Literature*, Spring 2002, pp. 50 – 76.
⑦ 陈榕：《萨拉是自由的吗？——解读〈法国中尉的女人〉的最后一个结尾》，载《外国文学评论》，2006 年第 3 期，第 74—84 页。

是一个男性臆想的神秘对象,男性构建的符号,有功能,无实在,有神秘性而无个性。①(11)萨拉作为男性的他者和文本、不断被读,又拒绝被读透。每一个角度的评论都能自圆其说,揭示某方面的问题。但笔者一直疑惑不解的是,一个孤立无援的年轻女性,生计尚无着落,自身尚且难保,弱势到了极点,还忙着去关注一个陌生男人是否成为存在主义者,这既不合情也不合理,有点虚假。好不容易终于和查尔斯在一起,她又莫名其妙地离开。这让查尔斯花了两年时间来找她,当查尔斯千辛万苦地找到她时,她却说自己不想做查尔斯太太,"我不想结婚,我不想分享我的生活。我希望我是我,而不是丈夫希望的我"②。除了虚构小说,现实生活中何曾发生过如此荒诞的事情?简直让人有点忍无可忍。但如此感觉,是我们错把《法国中尉的女人》当作现实生活来演绎,其实,福尔斯认为《法国中尉的女人》是发生在潜意识里的事情。福尔斯在《日记2》中说,他在观看电影《漫游者》后认为,《漫游者》没法被物质化,它属于潜意识,不能放在摄影机前。《漫游者》让他特别感兴趣的主因是卢德金(Rudkin)制作的《法国中尉的女人》的电影剧本犯下了同样的错误:过于忠实于原文,过分富丽,没有节奏。③从他的话中,我们可以推知四点:(1)《法国中尉的女人》是潜意识里的东西;(2)它不适合拍成电影;(3)小说中的华丽情节是潜意识中的想象,不适合具体化,不应死扣原文,一板一眼地阐释;(4)潜意识里的故事有自己的节奏。④马格里的阐释更有意思,他发现,萨拉是通过三层男性的声音来刻画的:查尔斯的视角、叙事者的视角、福尔斯的视角,但萨拉却没有自己的视角。萨拉并无真实思想,她看待问题的视角其实也是男性的。萨拉只是

---

① Magali Cornier Michael, "'Who is Sarah?': A Critique of The French Lieutenant's Woman's Feminism", *Critique*, summer 1987, pp. 225–236.
② John Folwes, *The French Lieutenant's Woman*, New York: Little Brown & Company, 1969, p. 352,
③ Charles Drazin, *John Fowles Journals: Volume 2*, London: Vintage, 2006, p. 104.
④ Robert Shole, "The Orgastic Fiction of John Fowles," *The Hollins Critic VI*, December 1969, p. 4.

一个神秘对象、一个图标（icon），作者力图要保持她的神秘性而让她没有真正的个性。他批评拜德（Byrd）将《法国中尉的女人》执意阐释为最为理想的女性主义小说，其实正好表明了自己有"强烈的将它读作女权小说的意愿"①。同时，马格里批评午科克弱弱的努力，想要证明"福尔斯是一个男权理念的批判者"，其实文本细节表明，福尔斯并未超越，反而是深陷于男权理念之中，这反而反映了午科克自己无法超越男权意识形态。② 评论不仅没有客观地反映小说的内蕴，反而反映了批评者自身的偏执。

　　此处笔者想多说几句。文学评论不是想证明哥德巴赫猜想。胡适先生的"大胆假设、小心求证"的理科论证方法不适用于文学评论。最可怕的是你（被）植入一个定论。如果你大胆假设她是叛徒、女巫，然后去求证她是叛徒、女巫，最终一定会找到某种证据，加上自己的过度阐释、牵强附会、主观臆断，最后一定会"成功地"证明她是叛徒和女巫，而对自己的隐秘恶念和认知偏见一无所知。先定性，再找证据是一种强制阐释式思维方式。

　　文学评论是从细致的文本细读和文献阅读出发，是从感同身受去体验的，而不是从大胆假设、大胆猜想，从想象出发、从预设的阐释框架出发，从"人有多大胆"出发，从想象出发，一定会自证其说。"魔鬼也会引经据典。"事实上，结论是最后得出的，不是还没有开始研究前就预想出了结论。

　　从福尔斯评论中看，西方的论文作者几乎抛弃了摘要、主题句、论证这种先入为主的做法（尽管它清晰易懂，或摘要是论文完成后才写的，尽管它放在文首），而是像讲故事一样，循序渐进，层层剥笋，不断深入，最后才在大量的文本细节支撑下得出结论。他们的论文，始终有大量文本细节的支撑，这样才能是文学评论。如果没有文本细节，"文学"就从"文学评论"中消失了，这是对"文学评论"四字的反讽。

---

① Magali Cornier Michael, "'Who is Sarah?': A Critique of The French Lieutenant's Woman's Feminism", *Critique*, summer 1987, p. 228.
② Magali Cornier Michael, "'Who is Sarah?': A Critique of The French Lieutenant's Woman's Feminism", *Critique*, summer 1987, p. 233.

**六、结语**

文学评论是一道绚丽的风景，它要求评论者具有极高的文本细读能力，广博的理论功底，深刻的人生体验，娴熟的文字驾驭能力，不卑不亢的批评姿态，如此才能将内在精神转化为更深一层、更胜一筹的文字，转化为一种绚丽的外在风景，转化为一道精美的精神食粮（其精美度并不亚于乃至胜过文学作品本身），滋润我们浅阅读的灵魂。

自知最难。作家自知难，所以需要批评家去照亮作家的无意识，但批评家自知亦难，在剖析别人的时候，不知不觉地又流露出自己的无意识和认知结构中的问题，因此，需要其他批评家去互相点破，乃至互相"攻击"。中国古代文论有"刻薄人善作文章"的命题，将其归咎于文人的攻击性与宽爱欠缺，此处需另做文章，予以深究。但东方与西方的文学批评精神，粗略地可用莫言的"希望"来归纳一下："中国人向以宽容待人为美德，不酷评别人也就免去了别人对自己的酷评……因为高级一点的中国人除了宽容的美德之外还有睚眦必报的美德，所以在一般情况下少说话总是能比较得便宜。当然我内心里总希望作家能像凶猛的狼一样互相咬得血肉模糊，评论家像勇敢的狗一样互相撕得脱毛裂皮，评论家和作家像狗和狼一样咬得花开鸟鸣，形成一种激烈生动的咬进局面。但这是不可能的，这不符合中国国情。咬进既然无法实行，大家就该互相宽容，不但宽容别人，而且宽容自己。我们拜倒在马尔克斯和福克纳脚下，虽然显得少骨头，但崇拜伟人是人类的通俗感情，故而应该宽容；我们不去学人家的精髓而去学人家的皮毛，虽然充分地表现了我们的天真可爱，但仿造的枪炮也可以杀人故而也应该宽容，我们以中国的魔幻与拉美的魔幻争高低，虽然是一种准阿Q精神，但毕竟形象地说明了外国有的我们也有而且早就有了从而唤起一种眷恋伟大民族文化的高尚情操，不但故而也在宽容之列，甚至应给予某些适当的奖励啦。但宽容是有限度的，对别人对自己都是。在充分宽容之后，真该想想小说该怎样写了。……伟大作品毫无疑问是伟大灵魂的独特的陌生的运动轨迹的记录，由于轨迹的奇异，作家灵魂的烛光就照亮了没被别的烛光照亮过的黑暗。……小说越来越变为人类情绪的容器，故事、语言、人物，都是制造这容器的材料。所以，衡量小说的终极标准，应该是小说里包容着的人类的——当然是打上了时代烙印、富有民族特色、普遍性与特殊性矛盾统一的——情绪。"①如此长篇累牍地引用莫言，窃以为他勾勒出了作家、批评家过分宽厚，丧失职业所需的攻击性之后，会自然丧失原创的灵感，沦为二流和跟班。"慈悲多祸害，方便出下流"，大家客客气气地讲一堆客套话，没有真诚的交流，群居终日，言不及义，也言不及"道"，没有信息差，没有冲突、对话、切磋，甚至连误解与和解也没有，互相从对方身上学不到什么东西，相聚只是"有组织的无聊而已（organized idleness）"，互相消耗生命而已。虚假的宽容，内心的腹诽，很可能掩盖了锐气、勇气、见地的欠缺，也没有一语概要，一语道破的神采。当然，批评既要考虑到当事人的心理承受力，也要考虑到过度"刻薄"，针针见血，实非卫生之术，对批评者自身也有伤身害命的副作用。周益公《平园续稿》云："盖雕琢肝肠，已乖卫生之术；嘲弄万象，亦岂造物之所乐哉？唐李贺、本朝邢居实之不寿，殆以此也。"什么是得法，得体，适度的文学批评，是值得我们深思、终身学习的话题。

## 第二节　约翰·福尔斯的遗产：我的读者反应

"念念不忘，必有回响"，究竟日思夜想地研究他人，会对评论者自己有何影响？是否会受到感染？写这篇文章，不再是为了欣赏和批评，而是为了检查一下他究竟如何影响了我这个读者。前面，我作为一个研究者、批评

---

① 莫言：《小说的气味》，当代世界出版社2004年版，第288页。

者，必须秉承文学评论的基本精神，从批判精神、问题意识、因缘分析、深层分析的角度去中立客观地研究他的得失，只有顺着他的思路去剖析和批判才会甄别、才会有力，而欣赏和颂扬中没有新信息的注入，会显得很乏力。文学评论大致有两个世俗的定位。有时候，文学评论像医生，总是指出你这里有问题、那里有问题，而不是老是说你这里也好，那里也好，这样病人反而不满意了。有时候，文学评论又像侦探，从表象入手去探知真相，从结果出发去探求缘起。有时候，文学评论也像科学研究，需要从多角度、多学科、跨学科视角去解释同一事物不同侧面的特性，使得评论至少要具备"片面的深刻"，才能逐渐具备"全面的深刻"。它需要大量的文本证据、手稿证据、历史资料，作者不能妄发议论，不能说不客观、不中立、无法论证的虚浮之言，因此，文学研究和理工科的研究内在相似。这样多侧面、多角度、多学科透视同一文本问题时，往往会把作者揭示得体无完肤，让作家备受伤害。作家也知道，作品一旦发表，其后的局面就是"作者已死"——作家不能再出场阐释自己的作品（尽管作家一般都会被邀请讲述自己的创作心理和作品意蕴，但此时，作者的言论已经只能作为一家之言了），作家只能看着自己和作品像一直等待解剖的青蛙，躺在评论家的刀下任其解剖、透视、审视。经过多角度、多层面解剖挑刺之后，读者会发现，作家岂止不是完美的人，其内在认知缺陷、情感问题、无意识问题，都会一一暴露在批评家锐利的目光之下。这些问题，曾经体现在作品中，曾经影响虚拟世界的人物性格和事件走向，使得作品瑕瑜互见。瑕疵是经典作品的有机组成部分，作家作品越是瑕疵内置，越留下了批评家们炫技、炫智、置喙的空间，这是正常的文学生态，也是作品甄别、遴选、经典化的必经过程，大浪淘沙之后，经典作品（连同它们内置的瑕疵）会保留下来，激励后人，也警醒后人。

当我们用文章学的最高要求、多角度的标准来衡量作家时，好像福尔斯不乏差强人意之处。但是，反观自己，其实自己差得更远。批评是容易的，原创是困难的！从创生经典作品的角度，福尔斯实际上是一个相当了不起的人物，从众多的文学青年中脱颖而出成为现当代文学史上的一座丰碑不是每个人都能做到的。高超的文学技巧除外，没有众多的优点、独特的个性、独特的性情，以及一点点和时代相应的好运气，是很难变成文坛耆宿的。

我作为评论者之一，究竟发现他什么超越文学爱好者的优点？究竟有哪些优点值得我们学习？福尔斯大约有如下品质和思想，特别值得文学青年们学习。

第一，生命哲学。福尔斯在 24 岁就能够从一生一世的角度来看待自己的当下生命，具备了自己的生命哲学，且能坚定地选择一条"荆棘丛生的陡峭的路"（"steep and thorny way"）。他从这种生命哲学出发，选择自己的职业，规划自己的人生，和众多的随波逐流者与众不同。"我感到我内心模糊的决心越来越坚定：用我的生活来做一场实验，努力最大化地真诚和诚实（ideally honest and sincere）。这是我唯一使用和体味生命的机会。努力考试、最后获得一个安全、停滞的职业，没用。我确信我要选择我自己的生活方式——写作。我要尽量地自由，这样才能给我的艺术潜能以足够的回旋余地。"① 福尔斯在还没成功时就形成了自己与众不同的成功观，"十年前，我选择了做作家……在存在主义者的意义上，即我不得不经常重新抉择、活在焦虑里、怀疑自己是否正确。我孤注一掷了。一部分是一种存在主义者的有意识的选择。另一部分是天生如此。现在回想起来，即使我一本书也没有被人接受，我还是对的。因为我周围到处是没有自主抉择的人，被金钱、地位象征、工作选择了的人"②。从生命意义上讲，无论创作的成败，福尔斯的生命都是成功的，他做了自己的主人。为了这个生命抉择，他倾尽了全力，孤注一掷。他看问题始终以生命本身、文学成就为参照系，而非当下的物质环境，甚至，他把自己的婚恋也以文学的方式来观照，这样就和自己的情感体验保持了一定的审美距离，始终恋而不痴，爱而不迷，为文学保持着一颗

---

① Charles Drazin, *John Fowles Journals*: *Volume 1*, London: Vintage, 2006, p. 34.
② John Fowles, *Wormholes*, London: Vintage, 1999, p. 6.

清醒觉悟的心。我国清代学者陈澹然曾言:"不谋万世者,不足谋一时;不谋全局者,不足谋一域。"福尔斯很好地把握了全局意识(global vision)和自我定位之间的关系,作为视野开阔的大器晚成者,他于是也有了资本和底气,在作品中也常常提及整体视角及其真意,和陈澹然先生的全局意识、整体意识异曲同工。当然,全局与全局之间,还有大小之别,文学的全局也许是情感、人性、一生一世,哲学的全局更是真与美,宗教的全局更是他方来世、三生三世,不同的学科的全局,还是有格局的区别。人很难看到真正意义的全局。

第二,勇气。在高远的目标和当下的现实之间,总是隔着一条鸿沟,在召唤并挑战着个体的勇气。福尔斯的目标非常高远,以文学立名,克服湮灭,但福尔斯的现实,也很差强人意:只字未发,家境不裕,收入不丰。大学毕业后的15年里,他只选择低薪的工作糊口,确保自己有时间创作,他在默默无闻且穷困潦倒中所表现出的勇气、耐心、耐性、韧性,特别让我佩服,没有这种特别能忍的特质,很难产出大作品。窃以为,福尔斯的成功,勇气第一,文采次之。

第三,说"不"。福尔斯一生秉持着自己的"三不"信念:"人应有三个政治和社会责任,即做一个不信上帝的无神论者以承担起做人的责任;不属于任何政治派别;不属于任何集团、组织、群体、派系、流派,这样才能确保个体的自由不受裹挟。"① 这个信念有以下几点好处。(1) 避免在人际互动中受到干扰牵制,迷失初心。和人群保持较远的距离,免得他人以组织要求、团体规则、江湖道义、人情关系等隐形微妙的压力干扰你的独立思考。人在社会团体中,很容易被环境、气氛、性情、各种上下左右的互动关系所左右和裹挟,以至于改变初衷和初心,最后变得面目全非,自己都不认识自己了。(2) 节约时间,专注主业。"我这样捍卫自己:作家是个升华了

---

① John Fowles, *Wormholes*, London: Vintage, 1999, p. 10.

的行动者，最好的行动就是专注地做作家。""因为这些，我感到与社会和社区生活格格不入。"①(3) 活得更深，更少被繁文缛节的应酬拉回浅表化的琐屑生活中。在寂寥的心境中更能仔细观察自身的起心动念和情感状态。一个简单的事件就可以在心里激发巨大的回响，并有时间来记录和探索它。在这种状态下，更好做一个人类幽暗情感的探索者，这是一种艾米丽·狄更生的状态，或梭罗的状态，作家是自我边缘化者、探索者、生命意义上的极限运动员。(4) 少受情志的刺激。福尔斯是个身心敏感的人，不喜社交，离群索居，少受刺激是上佳之选。某天我重读拉武德的专著，突然觉得，三不主义并不是一种理性，而是一种性情。不加入任何团体，人就失去了自己的支持系统（support group）。个人的自我实现总是在人群之中的，一滴水只有放进大海才能永恒不竭。因此，"三不"是一种疏离社会的论调，没有团体、组织、集团，人类社会的任何大型工程都没有办法展开，登月计划将永恒停留在嫦娥登月的神话水平上。所以，离群索居的"三不主义"并非一种理性思维的结果，而是性情上身心敏感，沉默寡言，不适合与人交往，独处反而更加轻松自在。所谓的思想和信念，很可能只是一种性情，一种观点背后其实是许许多多的情感体验，久而久之，反复强化的情感体验变成了貌似客观的观点，反之亦然，一种情感背后隐匿着一种观点，观点和情感，简直就如面粉和水分，很难截然分开。(5) 说"不"是底线，说"不"是力量，说"不"是自由。对于福尔斯这样身心敏感、沉默寡言的特异个体，能够说"不"，说明他坚守了某种底线，为自己划定了自他边界，因这说"不"，他获得了在自己边界内的自由和生存空间。对于更多不能说"不"的人，只能被种种裹挟，最后无法实现自己的预定目标。康德在《实践理性批判》中言："人若活得不自由，最大的原因是思想不自由，不擅长独立思考，那么总会被周围的思想带着走，因为自由不是你想做什么，就做什么，而是你不

---

① John Fowles, Self-introduction (1969 Manuscript), HRC, Fowles: 5.11.

想做什么，就不做什么。"因此，说"不"带来自由，说"是"带来的是身不由己，左右为难，自我伤害。最后，说"不"需要力量，说"不"是认知突破的象征，是一种内在力量的增长；内在软弱无力，就没有能力说"不"。

第四，自我挑战，自我洞穿。福尔斯创作的一个重要技法是侦探小说的技法，而侦查的对象是理想女性（或其变体）的身体、心灵、美色的谜团，在洞穿异性奥秘的过程中，不停会有发现和自我发现，在洞穿他者的同时，也同时洞穿了自己。它就像攻克珠峰，你得为它做长时间艰苦卓绝的身体和心理准备，乃至在认知上为可能的死亡做准备，那是一个系统工程。你首先攻克的是自己的惰性、软弱、自律，等等，也可以说，珠峰提前攻克了你。任何艰巨的任务，在你攻克它的同时，它也攻克了你，你洞穿了它的一切，它也洞穿了你，甚至要了你的时间和性命。这就是攻坚克难的双向洞穿效果。只有困难让人坚韧，也只有坚韧才能克服困难。烦恼和菩提就这么不知不觉地融为一体，挑战你，改变你，塑造你，成就你，让你垂头丧气又无怨无悔。人生需要一个高点，以壮此生行色。

第五，反对收藏家意识（collector consciousness）。他反对将事物分门别类，然后刻板化认知，之后束之高阁，不再细究，以一个侧面的特性遮蔽事物的复杂性和整体性。事实上，人的认知特点之一，就是依赖捷径（mental shortcut），依赖刻板化认知，不多做深究，如果事事深入研究，简直寸步难行。所以，只能保持一个开放的态度，等待早已被自己刻板化认知的对象，突然做出意料之外的事情，让人重新刮目相看。

第六，真实。艾琳曾多次提出要给福尔斯写传记，福尔斯一直没有答应。但最后，福尔斯把自己所有的日记、手稿提到艾琳车上。"关于艺术家的真相，不管多么糟糕，总比沉默要好……艺术是人做的，并非来自神秘的虚空。"① 暴露自己需要极大的勇气，他最终还是本着求真的精神向公众暴

---

① Eileen Warburton, *John Fowles: A Life in Two Worlds*, New York: Viking/Penguin, 2004, Viiii.

露一个并不完美的自己，显得自己很不伟岸、高大、光鲜，但是很真实，毕竟，认真才能较真，较真才能求真。

第七，从他对待花花草草的等量齐观的态度中，可以看出他的兼容并包、静观万物的观察者心态。"花园的一半是灌木，无论什么种子，都可以生长：蒺藜、草本植物、荛，不管在黑名单上排名多么靠前……里面住着五六窝哺乳动物，时来窝筑巢的鸟，还有好多来访的鸟，不同种类的蝴蝶和飞蛾，繁茂的昆虫。……他们只是没有想到生命会如此丰盛、如此回报，如此懒惰和杂乱带来的却是一种和谐创造的感觉。"① 他对多样性有一种开放性，接受杂草也接受毒草，自己基本上作为观察者、欣赏者、不介入自然的进程，对大自然的演化有一种"万物自如"的放手。当然，也可以说是懒惰，省去了除草、施肥、修剪的责任。

第八，静观。福尔斯的本体论，其实只有一个比喻：打引号的"上帝"（"God"），就如在街上看两个人打架，而绝不干预。② 最高本体是一种具有觉照力却不会介入的存在体。它虽不干预，其实它也在干预。如果两个打架的人突然觉知到有一个观看者，这对狂暴中的他们是一种中断，在那一瞬间，从迷失的疯狂突然停止下来，注意力从自我转移到观看者的身上，如果这片刻的清醒和回光返照能够持久一些，他们的狂躁就会安静下来，这就是不干预的干预。

福尔斯的这个领悟其实来自禅宗的止观法门，在现实生活中会带来实实在在的心理健康的效用。个体把自己分裂成两个人，一个安安静静的自己（watching self）看着另一个奔忙迷失的自己的一举一动、起心动念、悲喜人生，这个经历的自我（experiencing self）在好奇心、好胜心、名利心等心理的驱使下去经历人生。安静不动的自己是回光返照、念起即觉的基础，没有那个清清静静的自己作为冷眼旁观的看客，给自己的乐极、悲极、残暴至极

---

① Robert Huffaker, *John Fowles*, Boston: Twayne Publishers, 1982, p 16.
② John Fowles, *The Aristos*, New York: Plume Books, 1975, p. 22.

等极端的情感装个刹车，中止疯狂的念头和行为，任何情感都会走到极端。入戏易疯狂，"分裂"静观才正常。

第九，"意志的自由是最高的善（The freedom of will is the highest good）"。细思人间，最可贵的还真的只有意志了。其生存环境林林总总，生命形态千姿百态，但推究到底，就是一股意志在推动人表现出林林总总的行为，人世间的冲突，无非是自由意志的冲突。每个人都有自己的意志，在有限的场域里一刻不停地冲突着。当然，从反面思考，也可以表述为：意志的无度自由是最高的恶。当一个人赢得无限自由时，别人的自由就无限退后，他就沦为别人的人间地狱了。他人即地狱，其隐含前提条件就是别人为所欲为，自己毫无控制感。所以，意志没有无限的、不受约束的自由。自由是有限有边界的。

第十，术业有专攻。笔者开始以为，福尔斯是不太关注社会舆情的，他沉醉在自己的幻象世界里，以美和神秘感为精神食粮。但在 HRC 查阅其手稿发现，他曾写了一本《美国啊，我为你哭泣》，对各种社会问题发表见解，但最终都没有发表。也许，他真正的兴趣和强项，并不在现实的时事点评和介入世事，于是，他很快退回虚构文学的创作中，那更符合他的性情。

第十一，在文学创作上，福尔斯有自己的过人之处。（1）企图立言以不朽的雄心，普通人没有他野心大，动机高。他对写作立身的残酷的坚定性（ruthless determination），令人望而生畏。（2）为写作做出的精神努力，每天练习和不断的舍弃，包括一定程度上牺牲了教学。到 30 岁结婚时，他已经感到默默无闻、又拒绝挣钱的压力相当大了，内心为这种不去多挣钱的选择感到羞愧。但他还是顶住了心理压力又坚持了七年，直到 1963 年《收藏家》的发表，洗去一路默默奋斗的一身风尘。（3）对理想女性原型的痴迷，这点简直到了偏执的地步。（4）编故事的天性。偶尔在餐馆吃个饭，过来一个女招待，他脑海里就开始为她编故事，他有编写故事的天性。（5）他有一种叙事才能，使其富有悬念性和惊奇性，这个才能超越很多普通的文学爱好者。

(6) 他擅长诱导。福尔斯擅长通过文本暗示，诱导读者进入下一步研究。他在文本中冒出几个关键字，比如自由、阿尼玛、菁英、存在主义、禅宗等关键词的暗示和指引，读者不得不把这些关键字的意义全部思索一遍，最后学会了关于心理分析、存在主义、禅宗的很多理论，原来这是隐藏在故事之外的一套自然演进的心学道路：从心理分析到存在主义哲学，到东方的禅学。他一生致力于理解自我（self－knowledge）。Self－knowledge 翻译成心理学术语就是"我是谁？"，翻译成心学术语就是"念佛者谁？"，因此，我们可以说，福尔斯一直都是个心学研究者。(7) 福尔斯的教法是起疑，提起学生的疑惑之情，让他自己去思考、探索、咬定，最后会突然顿悟。他的作品中几乎都是开放式结尾，除了这是一种后现代小说技巧，也是他的一种哲学理念，"答案总是某种形式的死亡"，"每一个答案都是一种死亡"（"An answer is always a form of death）"。①

但是，笔者在很多要点上依然很难和福尔斯产生契合感。首先，笔者没有体会过他体验过的情感和执着，对他那种执意要回到一岁以前，体验天人合一的无分别状态的追求既无理解，也无追求。其次，他对女性的神话、迷恋让人不好理解，他不厌其烦地反复重写一个女性原型的变体、凝视，洞穿女性之谜，让人感到无法理解。窃以为，男女的心理本质上是一样的，都具有贪嗔痴慢疑的特性，只是表达方式不太一样罢了。人到了一定年龄、一定阶段，会关注大局、政治、文化、哲学这种永远说不清道不明的形而上学，而不会再孜孜不倦地描写理想异性，那是心理停滞的表现。虽然没有病态，也无害于社会，但如此主动沉浸在梦幻之中，不是一个具有现实主义精神的人的生活方式和行为方式。

总之，文学家和文学爱好者还是有一些显著区别，无论是意志品质、心态、认知、文本技巧等，都需要我们仔细发现和认真学习。

---

① John Fowles, *The Aristos*, New York: Plume Books, 1975, p. 22.

# 参考文献

**中文参考文献**

[1] [奥] 阿尔弗雷德·阿德勒:《生命对你意味着什么》, 周朗译, 国际文化出版公司 2003 年版。

[2] [美] 埃里希·弗洛姆:《逃避自由》, 刘林海译, 国际文化出版公司 2002 年版。

[3] [美] 埃里希·弗洛姆:《生命之爱》, 王大鹏译, 国际文化出版公司 2003 年版。

[4] 陈徽:《性善乎, 性恶乎: 康德道德哲学之善恶概念及其人性论》, 载《同济大学学报（社会科学版）》, 2004 年第 2 期。

[5] 陈榕:《萨拉是自由的吗?——解读〈法国中尉的女人〉的最后一个结尾》, 载《外国文学评论》, 2006 年第 3 期。

[6] [美] 弗洛姆:《爱的艺术》, 刘福堂译, 广西师范大学出版社 2002 年版。

[7] [奥] 西格蒙德·弗洛伊德:《论文学与艺术》, 常宏等译, 国际文化出版公司 2003 年版。

[8] [奥] 弗洛伊德:《精神分析引论新编》, 高觉敷译, 商务印书馆 2002 年版。

[9] 高德胜：《"文明的勇敢"与教育的勇气》，载《全球教育展望》，2012年第1期。

[10] [美] 哈夫洛克·埃利斯：《性心理学》，陈维政等译，贵州人民出版社2002年版。

[11] [美] 赫伯特·马尔库赛：《爱欲与文明：对弗洛伊德思想的哲学探讨》，黄勇、薛民译，上海译文出版社1987年版。

[12] [美] 杰丽·弗莉格：《精神分析和妄想狂：空中的眼》，徐燕红译，载《国外文学》，1996年第2期。

[13] [瑞士] 卡尔·古斯塔夫·荣格：《未发现的自我》，张敦福、赵蕾译，国际文化出版公司2003年版。

[14] [美] 卡伦·霍妮：《自我分析》，许泽民译，贵州人民出版社2004年版。

[15] [美] 卡伦·霍妮：《我们内心的冲突》，王作虹译，贵州人民出版社2004年版。

[16] [德] 康德：《实用人类学》，邓晓芒译，重庆出版社1987年版。

[17] [德] 兰德曼：《哲学人类学》，阎嘉译，贵州人民出版社2006年版。

[18] [美] 兰迪·拉森、[美] 戴维·巴斯：《潜意识与人格》，郭永玉、孙灯勇译，人民邮电出版社2012年版。

[19] [美] 劳伦斯·佩文、[美] 奥利佛·约翰：《人格手册：理论与研究（第二版）》（上册），黄希庭译，华东师范大学出版社2003年版。

[20] 老舍：《文学概论讲义》，复旦大学出版社2004年版。

[21] 李秋零：《康德论人性根本恶及人的改恶向善》，载《哲学研究》，1997年第1期。

[22] 刘纲纪：《〈周易〉美学》，武汉大学出版社2006年版。

[23] 鲁枢元：《创作心理研究》，作家文艺出版社2015年版。

[24] [美] 罗洛·梅：《爱与意志》，蔡伸章译，甘肃人民出版社 1987 年版。

[25] 莫言：《小说的气味》，当代世界出版社 2004 年版。

[26] 南怀瑾：《南怀瑾选集》（第九卷），复旦大学出版社 2003 年版。

[27] 宁梅：《论约翰·福尔斯对"疯女人"形象和心理医生形象塑造的延续与创新》，载《当代外国文学》，2008 年第 1 期。

[28] 潘家云：《"太多的理性是赤裸裸的疯狂"：〈收藏家〉中克莱格的伪理性剖析》，载《当代外国文学》，2009 年第 1 期。

[29] 潘家云：《"窥""破"愚妄：福尔斯作品中的妄想狂特征》，载《国外文学》，2009 年第 1 期。

[30] 潘家云：《女性原则还是阴性原则——从中华文化的角度评约翰·福尔斯〈魔法师〉的阴性特征》，载《宁波大学学报（人文科学版）》，2013 年第 2 期。

[31] 潘家云：《如何存在？论约翰·福尔斯对存在的刻画与领悟》，载《外国文学》，2013 年第 2 期。

[32] 潘家云：《温柔的暴虐：〈收藏家〉中克莱格的人本主义心理分析》，载《宁波大学学报（人文科学版）》，2006 年第 3 期。

[33] 潘家云：《再论萨拉是谁？约翰·福尔斯的创造力剖析》，载《外国文学评论》，2014 年第 2 期。

[34] 钱钟书：《钱钟书论学文选》，花城出版社 2000 年。

[35] [美] 乔纳森·布朗：《自我》，陈浩莺等译，人民邮电出版社年版 2004 年版。

[36] [瑞士] 荣格等：《潜意识与心灵成长》，张月译，上海三联书店 2009 年版。

[37] [瑞士] 卡尔·古斯塔夫·荣格：《心理学与文学》，冯川、苏克译，译林出版社 2011 年版。

[38]［法］萨特著，［美］韦德·巴斯金编：《萨特论艺术》，欧阳友权、冯黎明译，广西师范大学出版社2002年版。

[39]［德］叔本华：《爱与生的苦恼》，陈晓南译，中国和平出版社1986年版。

[40]［美］斯蒂芬·A.米切尔、［美］玛格丽特·J.布莱克：《弗洛伊德及其后继者：现代精神分析思想史》，陈祉研、黄峥、沈东郁译，商务印书馆2015年版。

[41]孙灯勇、郭永玉：《是疯子还是天才：精神质与创造力关系探讨》，载《华中师范大学学报（人文社会科学版）》，2008年第6期。

[42]孙绍振：《另眼看曹操（三）——孙绍振演讲实录》，载《名作欣赏》，2009年第3期。

[43]王洪宝：《作家心理潜流及灵感突起》，载《文艺评论》，1985年第3期。

[44]王松林、王晓兰：《中国"十一五"期间英国小说研究》，载《外国文学研究》，2011年第1期。

[45]王卫新：《福尔斯小说的艺术自由主题》，复旦大学出版社2009年版。

[46]［美］威廉·白瑞德：《非理性的人：存在主义探源》，彭镜禧译，黑龙江教育出版社1988年版。

[47]吴言生：《禅宗的诗学话语体系》，载《哲学研究》2001年第3期。

[48]许又新：《暂态与心理卫生》，载《中国心理卫生杂志》，2016年第1期。

[49]于建华：《论收藏家的对话性艺术特征》，载《当代外国文学》，2006年第1期。

[50]余培林：《生命的大智慧》，河北人民出版社1988年版。

[51] 翟月:《"收藏家"女主人公悲剧结局的心理分析》,载《成功·教育》,2009年第3期。

[52] 张伯源:《变态心理学》,北京大学出版社2006年版。

[53] 张峰:《一曲女性物化的悲歌——评约翰·福尔斯的小说〈收藏家〉》,载《解放军外国语学院学报》,2003年第9期。

[54] 张和龙:《后现代语境中的自我:约翰·福尔斯小说研究》,上海外语教育出版社2007年版。

[55] 张和龙:《幽闭的自我,畸变的心灵——评约翰·福尔斯的小说〈捕蝶者〉》,载《外国文学评论》,2000年第2期。

[56] 张汝伦主编:《大学思想读本》,广西师范大学出版社2004年版。

[57] 赵毅衡编选:《"新批评"文集》,中国社会科学出版社1988年版。

[58] 周宪:《超越文学——文学的文化哲学思考》,上海三联书店1997年版。

[59] 朱建军:《人是什么》,北京航空航天大学出版社2009年版。

[60] 朱建军:《意象对话心理治疗》,北京大学医学出版社2006年版。

**英文参考文献**

[1] Alan Watts, *Way of Zen*, New York: Vintage Ebooks, 1985.

[2] Alix Splegel, "More and More, Favored Psychotherapy Lets Bygones Be Bygones", *New York Times*, Feb. 14, 2006.

[3] Barry N. Olshen, *John Fowles*. New York: Frederick Ungar Publishing Co. 1978.

[4] Benhamin DeMott, "The Yarnsmith in search of Himself", *New York Times*, August 29, 1982.

[5] Brooke Lenz, *John Fowles: Visionary and Voyeur*, New York: Rodopi Press, 2008.

[ 6 ] Bruce Woodcock, *Male mythologies: John Fowles and Masculinity*, Brighton: Harvester, 1984.

[ 7 ] Charles Drazin, *John Fowles Journals: Volume* 1, London: Vintage, 2006.

[ 8 ] Charles Drazin, *John Fowles Journals: Volume* 2, London: Vintage, 2006.

[ 9 ] Christopher Peterson & Martin E. P. Seligman, *Character, Strengths, and Virtues*, Oxford University Press, 2004.

[ 10 ] Daniel Halpern, "A Sort of Exile in Lyme Regis", in Dianne, L. Vipond (ed), *Conversations with John Fowles*, Jackson: University Press of Mississippi. 1999.

[ 11 ] Dwight Eddins, "John Fowles: Existence as Authorship", *Contemporary Literature*, No. 2, 1976.

[ 12 ] Eileen Warburton, *John Fowles: A Life in Two Worlds*, New York: Viking/Penguin, 2004.

[ 13 ] Erich Fromm, *The Heart of Man: Its Genius of Good and Evil*, New York: Harper Colophon Books, 1964.

[ 14 ] Gilbert Rose, "The French Lieutenant's Woman: the Unconscious Significance of a Novel to Its Author", *American Imago*, No. 29, 1972.

[ 15 ] H. W. Fawkner, *The Timescapes of John Fowles*, London: Associated University Presses, 1984.

[ 16 ] Ian Gotts, "Mantissa: Funfair in Another Villiage", *Critique*, Winter 1985.

[ 17 ] J. P. Rushton, "(Im) pure genius—Psychoticism, Intelligence, and Creativity", Helmuth Nyborg (ed), *The Scientific Study of Human Nature: Tribute to Hans J. Eysenck at Eighty*, New York: Elsevier Science Ltd, 1997.

[18] James Campbell,"An Interview with John Fowles", *Contemporary Literature*, *No.* 17, 1976.

[19] James R. Aubrey, *John Fowles: A Reference Companion*, New York: Greenwood Press, 1991.

[20] Jean-Paul Sartre, "Existentialism is a Humanism", in Walter Kaufman (ed), Philip Mairet (Trans), *Existentialism from Dostoyevsky to Sartre*, New York: Meridian Publishing Company, 1989.

[21] John Folwes, *The French Lieutenant's Woman*, New York: Little Brown & Company, 1969.

[22] John Fowles, *A Maggot*, Boston: Little Brown & Company, 1985.

[23] John Fowles, *Magus*, London: Jonathan Cape Ltd, 1977.

[24] John Fowles, *The Aristos*, New York: Plume Books, 1975.

[25] John Fowles, *The Collector*, Granada: Triad, 1981.

[26] John Fowles, *Mantissa*, New York: J. R. Fowles, Ltd, 1982.

[27] John Fowles, *A Maggot*, Boston: Little Brown & Company, 1985.

[28] John Neary, *Something and nothingness: The Fiction of John Updike & John Fowles*, Carbondale and Edwardsville: South Illinois University Press, 1992.

[29] John V. Hagopian, "Bad Faith in 'The French Lieutenant's Woman'", *Contemporary Literature*, spring 1982.

[30] Katherine Tarbox, *The Art of John Fowles*, Athens: University of Georgia Press, 1988.

[31] Kerry McSweeney, "Withering Into the Truth: John Fowles and Daniel Martin", *Critical Quarterly*, *No.* 4, 1978.

[32] Magali Cornier Michael, "'Who is Sarah?': A Critique of The French Lieutenant's Woman's Feminism", *Critique*, summer 1987.

[33] Maria Jesus Martinez, "*Astarte's game: variations in John Fowles's The

Enigma", *Twentieth Century Literature*, Spring 1996.

[34] Perry Nodelman, "John Fowles's Variations in the Collector", *Contemporary Literature*, Fall 1987,

[35] Peter Brandt, "Somewhere Else in the Forest". *Twentieth Century Literature*, Spring 1996.

[36] Peter Conradi, *John Fowles*, London: Methuen, 1982.

[37] Peter Wolfe, *John Fowles: Magus and Moralist*, Lewisburg: Bucknell University Press, 1979.

[38] Raman Singh, "An Encounter with John Fowles," *Journal of Modern Literature*, No. 2, 1980–1981.

[39] Richard Bausch, *The Norton Anthology of Short Fiction sixth edition*, New York: W. W. Norton & Company, 2002.

[40] Richard C. Kane, *Iris Murdoch, Muriel Spark, and John Fowles: Didactic Demons in Modern Fiction*, Rutherford: Fairleigh Dickinson University Press, 1988.

[41] Richard P. Lynch, "Freedom in The French Lieutenant's Woman", *Twentieth Century Literature*, Spring 2002.

[42] Robert E. Busewell Jr. & Donald. S. Lopex Jr., *The Princeton Dictionary of Buddhism*, Princeton University Press, 2014.

[43] Robert Huffaker, *John Fowles*, Boston: Twayne Publishers, 1982.

[44] Robert Shole, "The Orgastic Fiction of John Fowles", *The Hollins Critic VI*, December 1969.

[45] Roberta Rubenstein, "Myth, Mystery And Irony: John Fowles's The Magus", *Contemporary Literature*, 1975.

[46] Sigmund Freud, *Civilization and Its Discontent*, Shanghai: Shanghai Foreign Language Education Press, 2003.

［47］ Simon Loveday, *The Romance of John Fowles*, New York: St. Martin's Press, 1985.

［48］ Susana Onega, "Self, world, and art in the fiction of John Fowles", *Twentieth Century Literature*, Spring 1996.

［49］ Thomas Bulfinch, *The Golden Age of Myth and Legend*, Hertfordshire: Wordsworth Reference, 1993.

［50］ Victor Frankl, *Man's Search for Meaning*, New York: Washington Square Press Inc, 1963.

［51］ William F. Lawhead, *The philosophical Journey: An Interactive Approach*, New York: McGraw–hill Higher Education, 2000.

［52］ William Stephenson, *John Fowles*, Horndon: Northcote House publishers, 2003.

# 后　记

　　读作家作品分析，条分缕析，虽能提高智识，心灵上却难有触动，苦心孤诣的文本分析更是让没有读过作品的局外人无动于衷。但看前言、后记，则风味大不相同。前言是论者的灵魂和作者的灵魂相触、相知、相融、相交的过程；后记则是论者的灵魂与自己现实的生存环境、生态系统、体制相触碰的过程，其中有被时代接纳的喜悦，也有被环境塑造的痛苦。因此，读前言、后记更能感同身受，体味作者创作的个中滋味。

　　2015年在南京的文学与认知会议上偶遇李顺春教授，一见如故，其观点处处与我成见相左，却让人欢喜：写论文只是练笔，写专著才是文人立身处世、建构体系的大事。专著要深入哲学的本质，浸透宗教之精神。的确，《爱因斯坦文集》中说过"要是没有这种（宇宙宗教感情），就不能在理论科学的开辟性中取得成就。那些在科学上有伟大创造成就的人，全都浸透着真正的宗教信念，只有这种精神才能使人达到他的最高成就"。据统计，"在1900—1996年诺贝尔奖得主639人中，信仰宗教者618人，占96.6%"。专著也许和宗教毫无关系，但作者也得浸润一点点自我期许，一点点宗教精神，以朝圣的心情（pilgrim soul）去写书。没有朝圣的精神，是很难集聚起写书所需的精力、心力、念力、定力的。深爱其言，以此自励。

　　落到实处，撰写专著，真是非常劳累的困难之事。评论有多难。第一难,克服作家影响难。功成名就的作家,名声之大、体验之深、阅读之广,远超普通读者,读者容易被作家声名和才华慑服,难以产生自己的见解,大多只能人云亦云,将文章写成了歌功颂德、循作家思路解释说明的循环论证。第二难,作家非至人,所言非至理,其自相矛盾处,掩藏在叙事之中,让人难以辨识。第三难,批评家多犀利刻薄、真知灼见之士,前人该说的已经说尽,让后来者产生"眼前有景道不得,崔颢题诗在上头"的穷尽感。此三者,俱属于影响的焦虑。第四难,独特角度难。独特的角度并不会无中生有地产生,而是建立在背后独特的理论框架的基础上的,不然对很多独特的例证,照样视而不见听而不闻,如痴如聋。理论就是工具,独特的工具就会产生独特的效果。因此,广学理论,深心吃透,然后指点名作,自有妙判。第五难,契合感难。作家有偏向性,评论家亦有偏向性。有时候,我们与作家和评论家的关注点、兴奋点不同,就很难产生感同身受之感。没有这种契合感,很难触及作家的真髓和密结,既易被作家小觑为无用,又易被读者斥之为"以己之昏昏,使人之昭昭"。两头受气,左右无缘。第六难,框架之难。专著要搭一个框架,涵盖量要足够宏大,细节才能渐次铺开。没有宽大的视野和一定深度,框架搭不好,更难臻于哲学之高度,宗教之精神,否则一看目录就露出了自己的认知底细。第七难,细节之难。那些细节,必须一直记住,没有偏执狂一样的心理不容易做到。写作过程焦虑不堪。虽然著书过程经历了各种艰难,但学术也教会了我很多:言出有据,不要空口白话;字斟句酌,言不虚发,结构严谨,层层深入;批评必须冷静、客观、中立、温和、圆融。我学会了质疑、深思,专注于一点不要放松,学会了持之以恒,学会了分清轻重缓急,关注问题而不是关注自己的感受。我学会了将学术生活化,为学术而学术太辛苦,干脆将学术变成一种常态化的生活方式,就不觉得苦了,也容易坚持了。坚持是一种美德,是一种能力,也是一种人生态度,从此处学来的特质,可以迁移到其他场域中。如果人生从来没有坚持过,从来没有克服过一个很难的挑战,估计到任何行业也不会太出色。学术是一种艰难的训练，到了这个场域，就得按照这个行业的难度生活，不然就无法真正待在这个场域中。这也算一种自我挑战、自我较劲吧。

感谢约翰·福尔斯创造出非常精彩的经典名作，把我引向心理分析、本体研究、禅宗。感谢领导、师长们的宽爱，感谢友人们的鼓励与砥砺，我从中受益匪浅。感谢爱人苏敏以平和、踏实的态度忙里忙外，给我留出了许多闲暇。感谢我的朋友戚亚军，他有次提到，每天能够安安静静读几篇论文就是人生最快乐的时光了。我当时的震惊难以形容，读论文的时间我还是有的，我居然如此奢侈！感谢师弟李庆涛博士，他从牛津大学影印回来十本专著，每一页上都有他的汗水。感谢史志康教授，一直安慰我，鼓励我。感谢赵伐教授、王文斌教授、王松林教授、贺安芳博士、方英博士、田颖博士、蒋花教授对我的帮助和指导。还有，特别感谢宁波大学跨学科沙龙的朋友们、冯革群博士、贾庆军博士、王军博士、程文博士、钱志富博士、葛体标博士、李广志副教授、方英博士、吴燕飞老师、费丞老师等老师的如切如磋、如琢如磨，使我养成了学术化的一种生活方式和思维方式！感谢孟简同学、陈圣洲同学、郑丹老师为我认真校对。感恩太多的老师、同学、朋友、有缘人，感谢他们对我的启迪和帮助。